로크미디어가
유혹하는
재미있는 세상

달빛
조각사

달빛 조각사 37

2012년 8월 29일 초판 1쇄 인쇄
2012년 9월 3일 초판 1쇄 발행

지은이 남희성
발행인 이종주

기획 팀 김명국
책임 편집 이세종

발행처 (주)로크미디어
출판등록 2003년 3월 24일
주소 서울시 용산구 원효로97길 46 5층
Tel (02)3273-5135 Fax (02)3273-5134
홈페이지 rokmedia.com · **E-mail** rokmedia@empal.com

ⓒ 남희성, 2007

값 8,000원

ISBN 978-89-257-2721-9 (37권)
ISBN 978-89-5857-902-1 04810 (세트)

이 책은 (주)로크미디어가 저작권자와의 계약에 따라
발행한 것이므로 본서의 내용을 무단 복제하는 것은
저작권법에 의해 금지되어 있습니다.

작가와의 협의에 의해 인지는 생략합니다.
잘못된 책은 바꾸어 드립니다.

남희성 게임 판타지 소설

차례

들모레 요새의 불행   7

대활약의 예고   35

나쁜 용사의 출현   65

폭풍의 눈   93

위드의 최후   129

엠비뉴의 권능   159

종착점   185

역사의 흔적   225

팔로스 제국력   257

하벤 제국의 침공   285

들모레 요새의 불행

조각술 최후의 비기 퀘스트는 베르사 대륙의 역사를 한참 이나 거슬러 올라간다.

칼을 든 자가 정의인 전쟁의 시대.

사막에서 전사로 성장하여 부하들을 이끌고 엠비뉴 교단의 군대를 막아 내야 하는 막중한 임무!

위드는 검술의 마스터, 세계를 구하는 용사라는 호칭까지 얻을 정도로 지니고 있는 무력도 엄청났지만, 당당하게 싸울 정도로 고지식하진 않았다.

"인생은 열심히 공부하고 정직하게 노력하는 사람들만 성공하는 게 아니지. 적당히 타협도 해 가면서 잔머리를 잘 굴려야 돼!"

인생은 실전!

위드는 쌍봉낙타를 타고 들모레 요새의 성벽 위에 서 있었다.

갑자기 나타난 그에 의해 마폰 왕국군과 베이너 왕국군은 크게 놀랐다. 얼마 전까지도 전투를 벌였던, 다시는 보고 싶지 않은 사막 군단의 대제왕이 아닌가.

"죽여라."

"끼요옷! 엠비뉴를 거역하는 역적들의 내장을 파먹을 것이다."

무엇보다 위드를 쫓아서 엠비뉴 광신도, 괴물 군대가 요새로 밀려들어 오고 있었다.

엠비뉴의 군대는 머릿수 자체만 놓고 보면 그렇게 많지 않았다. 마폰 왕국과 베이너 왕국의 동맹국 병사들, 사막 군단에 비하면 적다고 할 수 있는, 고작 30만!

전쟁의 시대 왕국들이 조금 무리를 한다면 동원할 수 있는 규모의 병력이다.

그렇지만 차원이 다르다고 할 수 있는 부분이, 인간 병사 수백 명 정도는 아침, 점심, 저녁을 배부르게 잘 먹고 나서 야식으로 잡아먹을 수 있는 커다랗고 이상하게 생긴 괴물들만 5만이 넘는다.

키가 30미터가 넘어 요새의 성벽을 그냥 넘어올 수 있을 정도의 청동 거인도 1,000명이나 되었다.

엠비뉴의 축복과 암흑의 오라를 받은 광신도들은 인간 기사들을 두 손으로 잡고 그대로 찢어 버릴 수 있었다.

이렇게 그나마 정상적인 병력만 있는 것이 아니라, 하늘을 날아다니는 각종 대형 괴물들!

수십 미터씩 늘어나는 혓바닥으로 땅의 인간들을 잡아채서 먹고, 산성 침을 아래로 내뱉는다.

전설에 남아 있는, 하늘을 나는 대형 거북이 바라테스.

거북이들의 위에도 엠비뉴의 정예 궁수들이 5,000명씩 나눠서 타고 화살과 투석 공격을 준비하고 있었다.

엠비뉴의 군대 중에서도 징벌의 사제, 극악의 기사단이 무서운 것은 그들에게 목숨을 구걸하거나 투항하면 바로 이성을 상실한 엠비뉴의 광신도로 만들어 버린다는 점!

종교재판관, 주교 들은 신성력을 바탕으로 심판을 내린다. 엠비뉴가 버린 존재로 낙인을 찍으면 온갖 저주와 괴로움 속에서 죽어 가게 된다.

"인간들은 살아갈 가치가 없다. 죽이고, 죽여라."

"하염없이 지긋지긋한 고통을 느끼게 해 주리라."

"엠비뉴를 위하여 전진하라!"

위드를 뒤쫓아 온 청동 거인들과 비행 생명체에 타고 있는 궁수들의 화살 공격들도 요새로 집중되었다.

수만 발의 화살이 들모레 요새의 성벽 위로 날아왔다.

위드의 사막 군단을 토벌하기 위해 모였던 마폰 왕국군과 베이너 왕국군은 어쩔 수 없이 엠비뉴 교단을 막아야 하는 신세가 되고 만 것이다.

"우리는 저자와 아무런 관계가 없다!"

기사들이 요새를 공격하는 적들을 향하여 힘껏 외쳤지만, 단순하고 파괴밖에 모르는 엠비뉴 교단이 사정을 봐줄 리가 만무했다.

대화가 조금도 통하지 않는 최악의 상대!

"어떻게 해야 합니까, 대장!"

"저들이 요새를 함락하려고 합니다."

"어느 쪽이든 빨리 공격 허가를 내려 주십시오!"

병사들은 위드에게로 화살을 쏴야 할지 당장 성벽 아래로 몰려오고 있는 엠비뉴 교단의 광신도와 괴물부터 처리해야 할지, 난감한 기색이 역력했다.

슈우우우우우우!

청동 거인들이 던지는 거대한 돌덩어리들은 바람을 가르는 무시무시한 소리를 내며 날아와서 성벽을 강타하면서 무너뜨리고 있었다.

들모레 요새가 아무리 절벽을 끼고 있는 천혜의 지형에 위치해 있고 마법과 순수한 은의 강으로 인해서 보호를 받는다고 해도, 이런 파상 공세를 오래 버틸 수는 없다.

하늘에 떠 있는 비행 군단에서 쏘는 화살들은 성벽의 궁수들을 향하여 직접적으로 쏟아졌다.

-요새 보호 마법. 바람의 영역, 성대한 방패, 강철의 벽이 발동되었습니다.

 마법 방어진들이 발동되면서 화살들을 차단하고, 청동 거인의 돌덩어리와 투창 공격을 약화시키는 화려한 효과들이 연쇄적으로 발생했다.
 그러나 청동 거인들의 돌덩어리들은 마법 방어에도 불구하고 스파크를 일으키면서 뚫고 들어와서 성벽을 부수기도 했다.
 "요새를 점령하려는 적들을 향하여 공격하라!"
 마폰 왕국의 지휘관이 참다못해서 국왕이 내린 검을 휘두르며 명령을 내렸다.
 "발사!"
 "적들을 물리쳐라!"
 "국왕 폐하를 위하여!"
 마폰 왕국과 베이너 왕국의 병사들은 기다렸다는 듯이 성벽에 갈고리를 던지고 올라오는 엠비뉴 교단의 광신도들을 향하여 화살을 쏘았다.
 공격이 우선 그들에게 집중된 것은, 아무래도 가만히 있는 위드보다는 엠비뉴 교단이 훨씬 위협적이었기 때문이리라.
 그때를 맞춰서, 눈치를 보고 있던 위드는 더 크게 고함을 질렀다.
 "엠비뉴 교단이여, 이것 보아라. 존경해 마지않는 베이너 국왕 폐하께서 군대를 움직여 너희를 벌하고 있다!"

그러자 성벽 아래에서 광신도들의 외침이 들렸다.

"이교도들을 죽여라! 엠비뉴를 받들지 않는 자, 끝없는 고통을 맛보게 해 줄 것이다!"

그냥 들어 주기만 해도 충분했다. 딱히 시키지도 않았는데도 절묘한 호응.

"크흠, 내 이런 말까지는 하지 않으려고 했는데, 베이너 국왕 폐하께서는 엠비뉴 신을 향해서 차마 전하지 못할 정도의 쌍욕을 하셨다. 특히 밤일이 순식간에 지나갈 정도로 아주 짧다던가."

"베이너 국왕의 몸을 갈기갈기 찢어라!"

위드와 엠비뉴 교단의 광신도들은 죽이 척척 잘 맞았다.

때리는 시어머니보다 말리는 시누이가 더 밉다는 말을 있는 그대로 보여 주는 광경!

얼마나 미웠는지, 들모레 성에 있는 수비 병력이 위드에게로도 화살을 쏘았다.

티디팅!

그러나 화살들은 위드의 갑옷에 생채기도 내지 못하고 튕겨 나갔다.

―화살 공격으로 인하여 경미한 피해가 생깁니다.
높은 방어력과 맷집으로 인하여 생명력이 3 감소합니다.

> －화살에 연속으로 적중되었습니다.
> 별 관심을 기울이지 않아도 될 정도의 미약한 공격입니다.
> 갑옷이 이를 완벽하게 막아 내고 역으로 튕겨 냅니다.

워낙에 높은 생명력을 가진 데다 좋은 방어구들로 무장하고 있으니 일반 궁수들의 화살 따위에 피해를 입을 리가 만무했다.

위드는 병사들의 공격을 관대하게 용서해 주기로 했다.

"뭐, 객관적으로 봐서도 나처럼 나쁜 짓을 하면 조금은 욕을 먹어도 돼."

여전히 최소한의 양심은 가지고 있었다.

모든 수비병들이 위드를 향해서만 공격을 한다면 그것은 상당히 부담스럽고 귀찮은 정도의 위기가 될 수 있었다.

마폰 왕국과 베이너 왕국의 영웅 로하드람과 안드레 그리고 동맹군의 영웅들까지 가세하여 위드를 죽이려고 덤벼든다면, 또한 엠비뉴 교단에서도 만사를 제쳐 두고 위드에게만 집중 공격을 한다면 영락없이 빠져나올 곳이 없는 막다른 길에 갇히게 된다.

하지만 엠비뉴 교단의 성향을 이용하여 양측에 싸움을 붙이고, 잠깐이지만 최고의 자리에서 구경을 할 수가 있었다.

신경을 써 둬야 하는 로하드람과 안드레는 각자 성벽에서 병사들을 지휘하며 엠비뉴 교단을 막느라 여념이 없었다.

'내 사리사욕을 위해… 아니, 대의를 위해서 마폰 왕국과 베이너 왕국은 망해야 돼. 여기서 보다가 수비병들이 잘 싸우고 있으면 쓸어버려야 되겠군. 그리고 엠비뉴 교단이 너무 쉽게 요새를 장악하지 못하도록 도와주기도 해야지.'

양쪽을 오가면서 이득을 보겠다는, 얍삽하면서 추잡하지만 효과는 절대적인 전술이었다.

역사에 주로 나오는 위대한 전략가들의 공통적인 특징이자 장점이 무엇이던가. 바로 상대방의 뒤통수를 얼마나 절묘하게 잘 치느냐였다.

순간적인 기회를 놓치지 않고 제대로 뒤통수를 강타해야만 좋은 전술이다.

"역시 난 나쁜 놈이야."

위드는 스스로를 향해서 칭찬까지 했다.

괜히 도덕심 때문에 사고를 경직되게 했으면 사막 군단을 데리고 엠비뉴 교단과 정면으로 싸웠을 것이 아닌가.

적의 전력이 어느 정도인지 가늠도 되지 않은 상태인 만큼 승리를 장담할 수도 없었을 테고, 이기든 지든 피해는 막심했을 것이다.

놈들이 들모레 요새를 파괴하는 것을 보면 적의 전력도 파악할 수가 있고, 공격 방법을 결정하기에도 좋았다.

역사를 통해서 배울 점은 배워야 한다. 영웅 심리야말로 등 따뜻하고 배부르게 사는 데에는 손해였다.

"돌격!"

"신도들이 들어갈 수 있도록 문을 열어라."
"파괴의 순례자들이여, 죽음을 위하여 전진!"

광신도들은 강철 기둥을 들고 뛰어와서 들모레 요새의 성문을 부수려고 했다.

순수한 은이 흐르는 강 때문에 성향이 악에 완전히 치우친 마물들과 괴물들은 우물쭈물하며 쉽게 접근하지 못했다. 하지만 강에 돌덩어리들과 흙더미를 채워 넣고 있었다.

지옥의 문에서 튀어나온 마물들은 불규칙적으로 공중을 날아다니며 화살과 마법 공격을 뚫고 접근하여, 수비병들을 낚아채어 하늘로 끌고 갔다.

마법 보호 장막이 있기에 몸이 타들어 가는 고통을 느낄 텐데도, 마물들은 인간 사냥을 계속했다.

"캬하핫, 이 맛이군."
"머리를 씹는 맛을 그리워했지."

지옥에서 온 놈들에게 인간들이 얼마나 맛있는 성찬이겠는가.

아마도 악마들이 키우는 마물들에게는 관광지의 맛집을 찾아온 느낌일 것이다.

들모레 요새는 삽시간에 마물들로 인해서도 아비규환!

전쟁의 시대에 철벽의 성으로 명성을 떨치던 난공불락의 요새라고 하지만 엠비뉴 교단의 군대를 오래 막아 내기는 힘들 것 같았다.

"아… 시작되었습니다."

"엠비뉴 교단의 군대가 다가오고 있습니다. 저런 것이죠. 우리가 생각했던 진짜 전투다운 전투는 이제 벌어질 것 같습니다."

방송국들의 중계 경쟁이 화끈하게 펼쳐졌다.

어느 채널을 돌리더라도 모든 방송국들이 들모레 요새의 전투를 생중계로 내보냈다.

시청자들의 채널 선택권을 박탈한다는 논란이 없었던 것도 아니지만, 방송국들이 생중계에서 빠질 수 없는 사정도 있었다.

위드의 모험을 중계하지 않는 방송국!

최신 유행에 뒤처진 이류 방송국의 느낌이 날 수 있다.

위드의 모험과 베르사 대륙의 운명까지 걸린 중요한 이벤트에 자신들의 방송국만 쏙 빠져 버릴 수는 없는 것이다.

이 시간대에 다른 프로그램을 방송해서 시청률이 좋다는 보장도 없었고, 어찌 되었건 위드만 내세우더라도 광고를 다 팔 수 있었기에 방송국들은 선택의 여지가 없었다.

게다가 위드의 모험이야말로 가장 인기가 있고 남녀노소를 막론하고 좋아하기에 채널 선택권과 연관된 비판도 극히 적게 받는 편이었다.

방송중계에 나오는 화면에 보이는 엠비뉴 교단의 어마어마한 군대는 시작과 끝을 알 수 없을 정도였다.

병력의 숫자 자체는 로열 로드의 전쟁 규모에서 여러 차례 나왔던 정도이지만, 단일 퀘스트에서 이렇게 격렬한 공성전은 극히 드물다.

산악처럼 우뚝 서 있는 청동 거인들이 땅을 울리면서 들모레 요새를 향하여 걸어가고, 비행 생명체들과 그것에 타고 있는 궁수들로 하늘까지 온통 뒤덮여 있다.

"이…교도들을 심판하라."

"참을 수 없는 고통의 형벌을 내리리라."

로열 로드의 유저들, 시청자들도 엠비뉴의 군대가 보이는 위력 앞에 전율하지 않을 수가 없었다.

위드가 모험을 하고 있는 전쟁의 시대가 아닌 현재에도, 엠비뉴 교단의 전력은 무섭게 팽창을 해 가고 있기 때문이었다. 하벤 제국이 중앙 대륙을 먹어 치우고 있다고는 해도, 엠비뉴 교단에 의해 파괴되는 지역들도 만만치가 않았다.

지금 보이는 것만이 전부도 아니었다. 마녀들에 의해 열린 지옥의 문을 통하여 여전히 마물들이 무더기로 떨어지고 있다.

아직 대낮임에도 불구하고 하늘도 종말을 의미하는 듯이 온통 검붉게 변해 갔다. 베르사 대륙의 운명을 건 결전에 어울리는 분위기였다.

KMC미디어에서는 신혜민과 오주완이 진행을 맡았다.

방송국 진행 요원만 100여 명에 이를 정도로 큰 팀을 이루어서 생방송 중계를 하고 있었다.

"시작부터 압도적인 영상이네요. 오싹하면서도 기대가 일어나는데요. 오주완 씨, 어떻게 보고 계신가요?"

"재밌게 보고 있습니다."

"아, 요즘 안티들을 정말 열심히 모으고 계세요."

"제가 그랬나요? 그만큼 손에 땀을 쥐고 봐야 할 정도의 전투라서 그렇습니다. 위드의 무력이야 이미 퀘스트 도중에 나온 몇 번의 영상을 통해서 보인 바가 있습니다만, 저 엠비뉴 교단을 상대로는 과연 어떻게 싸우게 될까요? 항상 기대를 넘어서는 장면들을 보여 주었기에 이번에야말로 위드를 위한 최적의 자리가 마련되었다고 볼 수 있겠습니다. 앞으로 사막의 대제로서의 진면목을 발휘할 수 있는 한판 승부가 시원하게 펼쳐지겠죠."

"제가 저기에 있다면 얼마나 막막하고 무서울까요. 그런데 사실 시청자들 사이에서는, 이 정도의 고난이 없으면 위드의 모험이 아니라는 말도 있어요."

"저 역시도 그렇게 생각합니다. 위드가 어려운 퀘스트를 시도할수록 시청자들과 진행자인 우리는 정말 행복하니까요."

방송국 관계자나 시청자들조차도 위드가 고생을 하는 걸 이제는 자연스럽게 여겼다.

뭔가 사고만 쳤다 하면 대륙 전체가 떠들썩해지는 스케일!

1명의 개인으로서 로열 로드에 이토록 많은 변화와 관심을 가져오는 사람이 앞으로도 또 나타날까 싶었다.

"그런데 오주완 씨, 위드와 엠비뉴 교단 사이의 전쟁에 끼게 된 두 왕국들의 운명은 어떻게 되는 것일까요?"

"그 부분만큼은 제가 확실하게 설명드릴 수가 있겠습니다. 아마도 요새와 함께 최후를 맞이하게 될 가능성이 크겠죠."

"그러면 마폰 왕국과 베이너 왕국은 정말 딱하게 되었네요. 어머, 지금 성문이 격파되었어요."

"과연 바로 부서지는군요! 엠비뉴의 광신도들이 계속 밀려오고 있습니다. 전투는 지금부터라고 할 수 있기에, 잠시 광고를 보고 다시 돌아오겠습니다."

전투에 직접 참가한 위드는 전설의 프로스트 보우 요르푸시카를 무장한 채로 엠비뉴의 광신도들을 향하여 연속으로 화살을 쏘았다.

단순한 얼음 화살이 아니라, 좁은 지역 전체를 얼리면서 작렬하는 화살!

성문 근처에 모여 있는 광신도가 한꺼번에 수십 명씩 떼죽음을 당했다.

"이것이 대량 학살의 재미로군. 그래도 아쉬워. 저곳에 잡템이 잔뜩 떨어져 있을 텐데 말이야."

요새의 수비병들은 이제 위드를 공격하지 않았다. 당연히 적대적인 사이로서 죽여야 하는 관계임에는 변함이 없었지만, 당장은 그들을 돕고 있었으니 공격의 우선순위에서는 밀려난 것이다.

엠비뉴 교단의 잔인함과 그로 인한 공포는 그만큼 컸다. 물론 그들이 물러가기라도 한다면 두 왕국의 집중 표적이 될 테지만, 그것도 살아남은 후의 이야기가 될 것이다.

청동 거인들은 아예 요새를 남김없이 파괴해 버릴 작정인지 커다란 돌덩이를 거침없이 내던지고 있었다. 요새의 보호 마법이 어느 정도 위력을 반감시켜 주기는 한다지만, 느리게라도 날아와서 성벽에 부딪쳤다.

게다가 마법의 효과도 무한정 지속되는 것은 아니다.

잠시 후 순수한 은의 강이 흙으로 메워지면 마물과 광신도들이 더 많이 몰려와서 좁은 성문만이 아니라 성벽을 타고 올라오게 되리라.

어찌 보면 요새의 진정한 위기는 그때부터라고 할 수 있었다.

이미 병사들 사이에서는 심각한 공포가 전염되었다.

지옥의 문을 통해서 나온 마물들이 인간들을 마구 납치해서 먹어 치우거나, 혹은 강제로 육체를 빼앗아서 전투를 했

기 때문이다.

위드는 아트록의 함성을 터트렸다.

"엠비뉴 교단은 잔인하여 우리를 살려 주지 않을 것이다! 살고 싶다면 끝까지 싸워라!"

마폰 왕국군과 베이너 왕국군은 적이었기에 지휘력을 높여서 명령을 내리는 효과는 없다. 하지만 사기에는 약간 영향을 줄 수 있었다.

"아, 안 돼. 고향으로 돌아가고 싶어."

"가자. 살려면 지금 도망을 치는 게 나아."

"우리 왕국은 이미 끝장이야. 안젤라. 그녀에게 가리라."

마물들 때문에 병사들의 사기는 더욱 크게 떨어졌고 전투력까지 나빠졌다. 사기가 아예 바닥을 치게 되면 저마다 살기 위해 도망을 치다가 내분까지 일어나면서 군대가 사상누각처럼 한꺼번에 무너져 버린다.

지휘관의 능력이 뛰어날수록 군대의 전투력도 크게 차이가 났다.

"놈들에게 죽으면 우리의 영혼까지도 짓밟히게 되리라. 이 땅에 정착하여 살아온 수많은 사람들이 노력하여 일구어 낸 땅이 불모지로 변할 것이고 도시는 폐허로 변하게 될 것이다. 고향에 있는 가족들이 저들에게 끌려가서 잔혹한 일을 당하지 않도록 최선을 다하라!"

마폰 왕국의 병사들은, 사기는 올랐지만 다소 어리둥절했다.

"저 야만족의 수장이 무슨 헛소리를 지껄이는 거지?"

"그러게 말일세. 지금 하는 말들은 모두 저자가 저지른 짓이 아닌가?"

위드는 잠시 자신과 사막 군단이 한 행동을 잊어버렸다.

전투 노예들을 붙잡고, 약탈하고, 도시를 불태운 정복자의 행동이나 엠비뉴 교단이나 크게 다를 바는 없지 않은가.

하지만 당사자의 관점에서는 차이가 있었다.

'난 나쁜 짓을 조금 해도 어쨌든 착하니까 괜찮아. 이 정도야 뭐, 인생 살다 보면 다 한번씩 저지르는 거 아닌가?'

긍정적인 자기 합리화!

현재 전쟁의 시대에 있는 모든 주민들은 위드와 서윤이 퀘스트를 하고 있기 때문에 존재한다. 나중에 위드가 원래의 세상으로 돌아가게 되면 바람에 날리는 티끌처럼 사라지게 되리라.

그렇기에 양심의 가책이 덜한 채로 실컷 더 분탕질을 칠 수도 있었다.

사실 평화로운 시대로 왔다면 위드의 행동들은 미래에도 크나큰 영향을 미칠 수가 있다. 하지만 전쟁의 시대 주민들은 만약 위드가 나타나지 않았더라도 어차피 매일 싸워서 죽이거나 죽는 삶을 살아갔을 것이다.

발전보다는 정체, 혹은 멸망의 시기.

파괴하고 복구되는 일을 계속 반복하면서 의미 없는 싸움

을 지속해 나가고 있었다. 그렇기 때문에 훗날의 하벤 제국도, 위드의 사막 군단이 중앙 대륙을 휩쓸었음에도 불구하고 의외로 피해가 생각보단 적었다.

'흠, 병사들이 제대로 싸운다고 하더라도 엠비뉴의 군대와의 전력 차이가 너무 극심하게 나는군. 이렇게 쉽게 밀리면 곤란한데.'

위드는 성벽에 올라서 적을 향해 활을 쏘는 와중에도 전투 전체를 중립적인 관점에서 살펴야 했다. 궁극적인 그의 목적은 들모레 요새를 지키는 것이 아니라 이 전투를 승리로 이끌어야 하는 것이기 때문이다.

사막 군단은 미리 계획한 대로 위드가 시선을 잡아끄는 동안 멀찌감치 물러났다.

멀리서 준비를 갖추고 있다가 적당한 시기가 되면 엠비뉴의 군대를 강타하리라. 믿음직한 조각 생명체들이 병력을 지휘하고, 언제 죽어도 아쉽지 않은 헤스티거와 노인 자하브가 선두에 설 것이다.

반 호크가 이끄는 언데드들은 이미 투입되어 엠비뉴의 군대를 측면에서 공격하고 있었다. 언데드들이야 소모되더라도 얼마든지 계속 일어나기에 일찍 싸워 주는 편이 좋다.

어비스 나이트 반 호크와 둠 나이트의 돌격 기사단!

나름 언데드들의 질을 많이 향상시켜 놓았다고 생각했지만, 이곳의 시체들은 워낙 수준이 높아서 다시 일으키는 게 이득인 경우도 많다.

물론 반 호크만이 언데드를 소환할 수 있는 것은 아니었고, 오히려 엠비뉴 교단의 마법사들이 활약을 할 가능성도 높았다.

그러나 당장 엠비뉴의 주력은 들모레 요새로 향하고 있기에 언데드들은 광신도들과, 또 난쟁이 종족을 상대로 하여 제법 공을 세우고 있었다.

"쿠힛!"

"쿠히히히힛!"

키가 1미터도 되지 않는 난쟁이들은 아주 골칫덩이였다.

마법도 쓰고, 짧은 거리를 순간 이동해서 손톱으로 할퀴니 위협적이라 상대하기가 까다롭기 그지없지만, 유저가 아닌 좀비와 구울 들에게는 좋은 간식이 되었다.

"성문이 부서졌다. 마폰 왕국의 형제들이여, 적을 막아라."

"장창 부대는 한 걸음도 물러서지 마라. 왕국은 너희의 피를 원하고 있다. 국왕 폐하를 위하여 싸워라!"

청동 거인들의 돌덩이가 한꺼번에 성문을 강타하여 부숴 버린 이후 광신도와 괴물 들이 물밀듯이 들어오면서 전투가 벌어졌다.

마폰 왕국의 기사들이 앞장서면서 장창 부대와 함께 요새 안으로 들어오는 적들을 힘겹게 계속 막아 냈다.

성벽에서 적들이 접근하지 못하도록 화살만 쏘아 대는 위드가 제일 한가한 상황이었다. 가끔 마물들도 덤벼 왔지만 화살 두세 발을 맞고는 비명을 지르며 땅으로 추락했다.

"그래도 상당히 빨리 밀리고 있군. 난공불락의 요새치고는 조금 허술한 거 아닌가?"

요새의 방어력이 이 정도라면 철벽이라는 명성과는 달리 사막 군단을 데리고 왔어도 함락시킬 수 있었을 것 같다. 각종 전투와 전쟁에서 위드의 병력 지휘 경험이야 누구도 따라오지 못할 경지에 이르렀기 때문이다.

위드는 이미 뚫려 버린 성문 부근에 공격을 집중하기보다는 순수한 은의 강을 건너서 일렬로 다가오는 적들을 향하여 줄줄이 화살을 쐈다.

채채채챙!

시위를 떠난 화살이 사방으로 터지면서, 공격 범위에 있는 수백의 적을 결빙시켰다.

보통의 광신도라면 이것으로 죽었을 테지만, '악몽을 퍼트리는', '몸이 극독으로 이루어진', '어린아이를 뜯어먹는'과 같은 지독한 수식어를 가진 존재들이다. 게다가 엠비뉴의 군대에 흐르는 암흑의 오라가 결빙의 피해를 덜 받게 하고, 움직일 수 없는 상태에서도 빨리 풀려나게 했다.

결빙 상태에 걸려 죽은 광신도와 괴물은 불과 40% 미만이었다.

물론 살아남은 자들도 잠시 동안 행동이 느려지고 생명력이 떨어지긴 했다. 순수한 은의 강을 넘어서 요새로 돌진하는 무리 중에는 빙결의 효과가 걸려 있는 이들이 매우 많았다.

그들을 향해서도 들모레 요새의 궁병들은 쉴 새 없이 화살을 쏘아 대고 있었다.

끊임없는 비명 소리, 공격을 독려하는 고함, 마물들에게 끌려가는 병사들을 부르는 소리가 시끄럽게 들렸다.

"뭔가 왕국군의 전투력이 제대로 발휘되고 있지 않은 느낌인데. 벌써 왕족들과 함께 요새에서 도망가려는 것은 아니겠지?"

위드는 불현듯 드는 위험한 생각에 마폰 왕국과 베이너 왕국의 기사들과 마법사들이 뭘 하는지 보기 위해 뒤를 돌아봤다.

뒤쪽의 요새 중심 거리에서도 성문 부근 못지않은 격렬한 전투가 한창 펼쳐지고 있었다.

엠비뉴의 비행 생명체들이 공중을 장악한 채로 낮게 날아다니며, 그 위에 탄 광신도 궁수와 공성 무기들이 요새의 건물들을 부수고 불태웠다.

특히 무서운 것은 날아다니는 대형 거북이.

바라테스가 산성 독액을 토해 내자 병사들은 그대로 녹아 버리고, 잠시 후에는 건물들이 폭발하면서 불에 타올랐다.

공격 수단은 그것만이 아니었다.

지옥의 문을 통하여 등장한 마물들은 영악한 데다 학습 능력이 뛰어났다.

'저 인간은 당장 벅을 수는 없다.'
'우리의 몫이 아니다. 악마 이상으로 강하다.'
'잔인한 느낌이 든다. 우리를 붙잡아서 괴롭힐 것 같다.'

위드가 종말의 날을 펼치고 난 후, 어중간한 마물들은 겁을 잔뜩 집어먹고 목표를 인간 병사들로 바꾸었다.

날개가 달린 마물들은 들모레 요새의 병사들을 마구 납치해 가고 있었으며, 특이하게 두더지처럼 땅을 파고 튀어나와서 땅속으로 끌고 가는 부류도 있었다.

마법사들은 지상에서 비행 생명체들을 향하여 불과 얼음, 바람, 빛의 속성을 가진 마법 공격들을 하며 저항했지만, 워낙에 난전이라서 그 효율이 좋지는 못했다.

마법 공격들이 무작위적으로 하늘을 향하여 치솟았다.

기사들 역시도 요새가 워낙 넓고 크다 보니 도처에서 침입한 적들을 제거하고 막아 내느라 아주 바빴다.

폭발음과 비명 소리, 그리고 순식간에 난장판이 되어 가고 있는 들모레 요새.

제아무리 난공불락이라고 하더라도 그것은 인간들끼리의 정규전에 국한된 것이라서, 마물들과 엠비뉴의 군대에는 취약점을 보였다.

"뭐, 불평을 할 수도 없겠군. 내가 조금 더 활약을 해 줘야겠어."

당장 급한 것은 성문과 공중이라고 할 수 있었다.

성문을 막아서 적들이 들어오지 못하게 해야 궁수들과 마법사들이 엠비뉴의 군대의 숫자를 많이 줄여 놓을 수 있다.

물론 요새를 향하여 커다란 돌덩어리들을 투척하고 있는 청동 거인들도 심한 골칫덩이였다.

위드는 타고 있는 낙타의 머리를 쓰다듬었다.

"쌍봉아."

"푸르릉!"

"부를 때까지 알아서 잘 숨어 있어."

위드는 낙타에서 내리며 말살의 검을 뽑아 들었다.

쌍봉낙타가 가장 잘하는 것은 지치지 않고 빨리 달리기와 회피술, 그리고 안전하게 숨는 것이었다.

"그럼 어디 놀아 볼까?"

생명력과 마나의 회복 속도가 워낙 빠르다 보니 그사이 완전한 몸으로 돌아온 상태.

위드가 성문을 틀어막는다면 아마 광신도와 괴물은 1마리도 넘어오지 못할 것이다. 그렇지만 그 자리에서 지키고만 있다면 좀이 쑤시고 시시할 것이다.

한낱 광신도 따위가 어떻게 사막의 대제를 막을 수 있겠는가. 수백 명을 한꺼번에 불에 태워 죽이는 위용을 아무렇지도 않게 펼쳐 보일 수 있다.

원래의 시간대로 돌아가게 되면 잘 도망 다녀야 했지만, 적어도 지금 이 순간만큼은 위드에게 무서운 적이란 거의 없다.

그렇지만 청동 거인들을 서둘러 해치우지 못하는 이상 나중에 성벽이 다 파괴되고 난 이후를 생각하면 성문을 사수하는 것에 크게 의미를 둘 필요가 없었다.

"공중에서 놀아 봐야겠어."

위드는 궁수들이 가득 차 있는 성벽 위를 바람처럼 질주했다. 성벽을 타고 올라와서 기사들 수십 명과 싸우고 있던 괴물 몇 마리들은, 가볍게 검을 휘둘러 처리했다.

"섬광의 도약!"

충분히 빠르게 달리고 있다는 생각이 들자 위드는 스킬을 시전했다.

마나 소모는 거의 없지만 힘과 민첩성이 필요했다. 뛰고 싶은 높이만큼 속도를 내며 달리고 있어야 하는 기술.

콰콰쾅!

엄청난 충격이 땅으로 전달되면서 가까이 있던 궁수들이 튕겨 나가고 성벽이 오분의 일쯤 허물어졌다.

위드는 바람을 가르며 100미터가 넘는 거리를 단숨에 도약해서 대형 거북이 바라테스의 등판이 바로 앞에 보이는 위치까지 올라왔다.

바라테스의 등에는 엠비뉴의 궁수들이 가득 차 있었으며, 마법사들을 향해 설치되어 있는 쇠뇌를 돌리는 중이었다.

"저, 적이다!"

"반드시 죽여야 하는 자다."

그러나 궁수들이라고 해 봐야 위드가 가볍게 말살의 검을 두세 번 휘두르는 것으로 전멸했다.

말살의 검에서 뻗어 나오는 세찬 화염. 불의 기둥이라고 해야 마땅하리라.

무시무시한 화염이 바라테스의 등판 위를 뒤덮으면서 궁병들은 저항도 하지 못하고 불덩어리가 되어 비명을 지르면서 땅으로 추락했다.

"푸흐흥!"

쌍봉낙타는 위드의 전투를 구경하다가 벽으로 가까이 다가갔다. 그러자 몸이 흙처럼 변하더니 스르륵 벽에 빨려 들어갔다. 남아 있는 건 벽에 새겨진 쌍봉낙타의 형상뿐이었다.

쌍봉이는 어디든 사물 안에 모습을 감출 수 있다는 조각은신술을 익히고 있었다.

―저주받은 잡철을 습득하셨습니다.

―알타 독을 바른 화살을 381개 습득하셨습니다.

―책, 엠비뉴를 위한 제물 목록을 습득하셨습니다. 약간의 지식과 경험을 올릴 수 있습니다.

위드는 강한 전투력만큼이나 빠르게 바라테스의 등 위에서 궁수들이 남기고 난 잡템을 회수하고 나서 고민했다.

"이놈은 어떻게 죽이지?"

엠비뉴의 궁수들만 처리할 게 아니라 대형 서북이 바라데스까지도 없애야 한다.

꾸우우우우우!

대형 거북이는 목숨의 위기를 느껴서인지 갑자기 속력을 내고 몸을 비틀면서 날기 시작했다.

위드를 떨어뜨리기 위해서 거꾸로 몸을 뒤집었을 때에는 울퉁불퉁한 등판을 잡고 매달려 버렸다.

창공에 있기에 느낄 수 있는 스릴감!

지상이 아찔하게 보이기는 했지만 워낙 무식하도록 많은 생명력 덕분에 이 정도 높이에서는 추락하더라도 별로 다치지 않는다.

주변에는 다른 마물들이 날아다니고 있었고 마법사가 쏘아 낸 화염 마법들이 스치고 지나갔다. 다른 바라테스들도 그를 노리고 산성 엑기스를 내뱉었지만, 공중에서 마구 뒤집히고 있는 와중이라 역으로 거의 맞지 않았다.

"어느 정도의 힘으로 때려야 죽을지 애매한데. 일일이 신경 쓰기도 성가시니 조금 강하게 처리해야겠군."

위드는 스킬을 시전했다.

"화염의 진노!"

말살의 검에서 불길이 크게 타올랐다.

일반적인 불꽃과는 다르게 아주 거칠고 격렬했다.

직접 닿지 않은 적들에게는 피해를 주지 않지만 검에 베이고 난 후에 불길에 휩싸이면 웬만하면 몬스터라 해도 가죽과 뼈가 다 녹아 버린다. 특히 검에 직접 찔렸을 때는 공격력을 5배 이상 높여 준다.

 위드는 대형 거북이의 등판을 연속으로 여러 번 베어 버리고 나서 결과를 확인하지도 않고 높이 뛰었다.

 이번에는 도약 스킬을 사용하지 않더라도 다른 대형 거북이의 등판에 내릴 수가 있었다.

 궁수들을 제압하는 동안, 지나왔던 대형 거북이가 화염에 휩싸여서 괴성을 지르며 지상으로 추락하는 모습이 보였다.

 "제대로군!"

 그 이후부터는 공중에서 풀쩍풀쩍 뛰어다니면서 대형 거북이들만 공격했다. 등판에 타고 있는 궁수와 기사 들이야 거북이들이 땅에 떨어지면 알아서 사망할 게 아닌가.

 "피해라!"

 "또 떨어진다."

 "백작님이 저곳에……."

 하늘에서 불덩이가 되어 추락하는 대형 거북이들로 인해서 들모레 요새는 더욱 처참하게 부서지고 있었다.

 탑과 건물이 무너지면서, 병사들과 귀족들이 깔려서 수없이 많이 죽어 갔다.

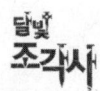

대활약의 예고

"깨어나라. 야성의 본성에 따라 울부짖어라."

들모레 요새를 지켜 주던 신성한 은의 강은 돌과 흙으로 절반 이상 메워졌다.

엠비뉴의 사제들이 화살이 닿지 않을 정도의 거리까지 다가와서 지팡이를 땅에 내려찍으면서 주술을 펼쳤다. 그러자 요새를 지키기 위해 싸우던 수비병들이 괴로워하며 머리를 감싸 쥐었다.

"이봐, 괜찮아?"

"몰라. 머리와 온몸이 가렵고 아파. 살이 찢어지는 것 같아."

갑자기 병사들이 입고 있던 갑옷 사이로 털이 길게 자라서 삐져나왔다.

"이게 무엇인가?"

"몰라. 이건 아니야. 내 몸이 변하고 있어."

팔다리가 굵어지고 피부가 벗겨졌다. 그리고 커진 몸을 견디지 못하고 갑옷마저도 떨어져 나갔다.

"주, 죽여 줘!"

"사제님을 불러오겠네."

"안 돼. 그 전에 나는… 아, 늦었……."

얼굴에도 수북하게 털이 자라나더니 엎드려서 네발로 땅을 디뎠다.

크르르릉!

눈에는 살인 충동만이 가득한 중형 늑대개들로 변하고 말았다.

엠비뉴의 주술 중 하나로, 인간을 야수로 바꾸어 놓는 것.

날쌘 늑대개들은 주변에 있는 인간의 목을 물어뜯었다.

어깨와 등을 맞대고 함께 싸우던 동료들이었지만, 그것을 알아볼 이성은 야수의 본능과 엠비뉴를 향한 충성심에 의해 잠식되어 있었다.

"너의 눈과 귀는 잘못된 것을 보고 들어 왔다. 너희가 진정으로 모셔야 할 분은 오로지 엠비뉴뿐이다!"

세뇌의 신성 마법도 수비병들을 뒤덮었다.

마법에 걸린 병사들은 곧바로 배신을 하여 엠비뉴의 편에 섰다. 성벽을 장악한 궁수들이 화살을 오히려 성 안쪽의 병사들을 향해 돌린 것이다.

"정신 차려라!"

"대장, 엠비뉴를 믿어야 합니다. 그분이야말로 우리를 편안하고 행복한 고통의 세계로 이끌어 주실 것입니다."

"쟈토! 국왕 폐하께서 우리에게 베풀어 주신 은혜를 잊어서는 안 된다."

"헹, 국왕? 그 작자가 우리에게 해 준 것이 도대체 뭐가 있습니까? 영토에 대한 욕심으로 허구한 날 전쟁이나 일으키고 과중한 세금이나 책정하고, 도저히 못 살겠다고 떠나는 유민들을 잡아 가두고 죽이는 일을 좋아서 했는지 아십니까?"

"그것은 어쩔 수 없는 일이었다. 다른 왕국도 다 그렇지 않으냐!"

"국왕이란 작자는 우리를 부려 먹기만 했을 뿐입니다. 귀족들과 함께 권위를 앞세우면서 지배하기만 했습니다. 이제 그 고통의 시간은 지났습니다. 엠비뉴께서 안식을 내려 주시니 기꺼이 받아들여야 합니다."

병사들을 통솔하는 대장은 막으려고 했지만, 곧 그에게도 세뇌 마법이 걸렸다.

"크크큿, 너의 말이 맞군. 그렇다면 나도 엠비뉴를 따르겠다."

도처에서 병사들의 반란이 일어났다.

기사들은 가벼운 현혹에는 걸리지 않았지만, 충성도가 낮은 병사들에게는 간단하게 먹혀들었다.

위드가 공중에서 엄청난 활약을 하는 동안에 굳건할 줄 알았던 들모레 요새의 성벽 수비병들은 무참히 허물어지고 있었다.

성벽을 힘으로 점령하고 수비병들과 싸우는 방식이 아니라, 야수화와 집단 세뇌를 걸어 버리니 오히려 엠비뉴의 군대를 늘려 주는 셈이다.

"이런 못난 놈들."

위드는 대형 거북이 사이를 뛰어다니면서 지상을 잠깐 내려다보는 것만으로도 상황을 짐작했다.

"아무튼 일을 믿고 맡길 놈들이 없어. 잠깐을 버티지 못하는군."

대비도 하지 못한 채로 갑작스럽게 엠비뉴 교단과 싸우게 된 들모레 요새의 병사들 입장에서는 억울하기 짝이 없는 푸념이었다.

그러나 엠비뉴 교단의 군대에 의해서 요새가 당장 함락되는 것은 아니다.

요새의 마법 공격 장치와 공성 무기가 작동되면서 커다란 마력탄들을 토해 냈다. 정예들이 배치된 궁수탑에서도 강철 화살들을 쏘아 내고 있었다.

마폰 왕국과 베이너 왕국의 마법사들도 응징에 나서면서, 성벽 부근에 모여 있는 적들에게 적지 않은 반격도 가하였다.

효과적인 격퇴라고는 할 수 없어도 광신도와 마물의 진군을 지연시키는 효과는 있다.

 위드가 원하는 건 딱 그 정도 수준이었다.

 그가 마음껏 활약할 수 있도록 시간을 끌어 주는 정도면 충분하다.

 "벌써 네가 마지막이다!"

 궁수들의 저항을 가볍게 무시한 채 마지막으로 남아 있던 대형 거북이까지 추락시켰다.

 지상에 떨어질 때에는 폼 나게, 불타는 대형 거북이를 타고 함께 떨어졌다.

 액션 영화의 주연배우는 아니지만 방송국의 중계를 보고 있을 시청자들을 위해 가끔씩은 이렇게 멋진 장면도 보여 주어야 한다.

 '이러면 확실히 폼이 좀 나겠지!'

 거북이의 등을 밟고 그대로 서서 망토를 휘날리며 요새의 중앙 광장에 정확히 추락!

 —높은 위치에서 떨어져서 땅에 크게 충돌했습니다.
 네로만의 목걸이가 신비한 힘으로 충격을 흡수합니다.
 37,838의 생명력의 피해를 받았습니다.
 충돌 시 생겨난 약간의 어깨 부상으로 인해 전투력에 손실이 발생했습니다. 검술 스킬을 사전하면 더 많은 마나의 소모와 허점이 생겨납니다.
 961초 동안 유지됩니다.
 생명력의 회복 속도와 사제의 치유에 의해 더 빨리 완쾌될 수 있습니다.

붕괴와 폭발이 일어나고, 먼지가 가시고 나서 위드는 천천히 등장했다.

생명력의 하락이야 그리 심하지 않아서 무시해도 될 정도지만, 멋을 부리느라 입게 된 어깨 부상은 약간 꺼림칙하다.

그러나 당장 위험한 전투 중이 아니라서 참을 수 있었다.

'정말 멋있었어. 역시 난 최고야.'

방송국은 실시간으로 시청자들에게 그 장면을 전송했다.

게시판들은 난리법석이었다.

-하늘에서 싸울 때는 진짜 빠르고 환상적이었는데 지금은 좀 무식해 보여요. 왜 떨어진 거죠? 설마 저 레벨에도 회피할 수 있는 스킬이 없나?

-눈으로 봐도 상당히 아플 것 같음.

-폭발 직전의 영상을 잘 보면 그 전에 뛰어서 거북이를 벗어날 시간도 충분했던 거 같은데요.

-폼 잡은 거 아니에요?

-별로 띨띨해 보이기만 했는데.

시청자들의 냉정한 눈은 겉모습에 치중한 행동들을 좋게 봐주진 않았다.

그들이 위드에게 바라는 건 그저 전율이 일어날 정도의 호쾌한 전투!

오크 카리취의 지휘력만 하더라도 불사의 군단과의 공방이 워낙 급박하게 이루어지면서 박진감이 흘러넘쳤다.

위드의 전투에 대해 내성이 생긴 만큼, 대형 몬스터와 함께 하늘에서 떨어지는 장면 정도는 시청자들에게 먹혀들지 않았다. 돈도 되지 않는 미취학 어린이들에게나 그럭저럭 먹히는 행동이었다.

엠비뉴의 공중 생명체 바라테스 군단은 지상을 향하여 막대한 화염 브레스와 화살 공격을 퍼부으면서 요새를 파괴하고 수비병들을 죽였다. 그렇지만 위드에 의하여 의외로 별 활약도 하지 못하고 금방 정리가 되어 버리고 말았다.

물론 대형 거북이들이 요새에 추락하면서 입힌 피해는 별도로 계산을 해야 되겠지만!

위드는 연기가 걷히자마자 바로 주변부터 살피며 눈을 번뜩였다.

"콜록! 누, 누구든 나를 좀 도와주시오!"

부상을 입은 기사나 귀족 들이 있었다. 얼마 전 전투에서도 봤던 베이너 왕국의 루만 백작이 번쩍거리는 보석 박힌 검을 가진 게 보였다.

'조용히 처리해 버리고 아이템을… 아, 병사들이 좀 많이 있군. 지금은 이목을 다소 신경 써야 할 때야. 아깝군, 아까워.'

요새의 마법 보호막이 유지되고 있기에 침범해서 지상에서 전투를 벌이고 있는 지옥의 마물들은 아직 적었다. 성문을 통해서 들어온 광신도와 괴물도, 힘겹지만 어떻게든 처리되고 있었다.

들모레 요새에는 수비를 위한 마법 탑이 총 12개나 세워져 있다. 땅에 흐르는 마력을 가져와서 보호 마법진을 활성화하는 것으로, 탑이 파괴될 때마다 방어 능력은 약해진다.

청동 거인들과 괴물들, 마물의 공격도 마법 탑이 있는 방향으로 집중되고 있었다. 하늘에서 보니 이미 3개가 청동 거인의 돌덩이에 의해서 부서지고 말았다.

어차피 엠비뉴의 파상공격을 오래 막진 못하리라.

청동 거인들의 돌덩어리 투척은 요새가 완전히 부서지기 전에는 그치지 않을 것이기 때문이다.

"요새가 점령되기 전에 적의 병력을 줄이면서 실속을 최대한 챙겨야지."

지옥의 문도 가장 급한 문제다.

엠비뉴의 군대는 전력의 규모라도 정해져 있지만, 지옥의 문이 오랫동안 열려 있다면 마물들이 늘어나다가 대악마라도 나타나지 말란 법이 없다.

대마녀 페쳇을 해치우고 빨리 지옥의 반지를 부숴야 하지만, 달성하기가 정말 어려운 목표였다.

적들의 한복판에 있는 페쳇을 어떻게 해치울 수 있겠는가.

설혹 단둘이 싸우게 되더라도, 그녀는 특수한 능력을 가졌다.

켈튼 왕국의 어느 기사가 남긴 쪽지에 그녀에 대한 이야기가 기록되어 있었다.

하늘조차 데려가기를 포기한 마녀는 용맹한 기사단의 검에도 베이지 않았다. 마법사들이 목숨을 걸고 완성시킨 마법 공격에도 결코 피해를 입지 않았다. 사제들의 신성 마법도 그대로 통과해 버릴 뿐이었다.

분명히 실체가 있는데도 모든 공격이 지나가 버리다니……

어찌해야 저 저주받은 마녀를 세상에서 깨끗하게 지울 수 있을 것인가.

아홉 번의 전투 패배로 인하여 겔튼 왕국은 멸망의 위기에 처했다. 왕궁마저 넘어가면 겔튼 왕국은 마녀들의 세상이 되리라.

마지막으로 남은 마법사들은 더 늦지 않게 대마녀의 능력을 분석해 냈다.

고대의 마법 중의 하나로, '차원 이탈'.

2~3개의 차원을 넘나들면서 진실한 육체를 숨기는 마법이다.

그녀를 죽이는 건 모든 몸이 완벽하게 이 세계로 넘어오고 난 이후에만 가능하다.

마녀 페쳇은 상대방을 농락하다 죽어 가는 순간에 힘을 흡수하는 것을 즐긴다. 그녀로 인해서 얼마나 많은 기사들이 생명력과 마나를 잃어버렸는지 모른다.

유일한 방법은 그녀의 몸이 나타나서 상대의 힘을 흡수하는 순간을 노리는 것.

그때가 아니라면 어떤 공격도 무용지물이다.

또한 설부른 공격은 다시 그녀의 육체가 달아나 버리게 하고 말 것이다.

나 제르켈은 사악한 네크로맨서들에게 금단의 마법을 배웠다.

'시체 폭발'!

주군에게 충성을 다하고 시민들을 지키기 위하여, 그녀의 앞에서 내 목숨을 끊고 동시에 육체를 폭발시키리라.

나머지 일은 다른 기사들에게 맡겨야 되겠지.

기사들의 피와 시체가 왕국을 지켜 낼 것이다.

오오, 켈튼 왕국에 영광이 있으라.

원래의 시간대에 있는 마판에게 자료를 최대한 모아 달라고 부탁해서 모라타의 대도서관에서 발견한 기록.

페쳇은 어떤 공격도 무력화시키는 특기를 가졌기에 전투 중에는 무적이라고도 부를 만하다. 숭고한 희생이 없이는 절대 잡을 수 없는 마녀였다.

위드의 생각이 거기까지 미쳤다.

"음, 빨리 움직여야 하는데. 요새 안에 빈방이 있을지 모르겠군. 낮잠이라도 좀 자면 안 되겠지?"

급할수록 돌아가라는 말이 있다. 위드는 아예 가지 않을

생각도 조금은 들었다.

"이번에야말로 위드에게도 최후의 날이로군. 오늘만큼은 하늘을 나는 재주가 있더라도 죽음을 피해 가지 못할 것이다."

유병준은 엠비뉴의 군대에 속해 있는 전력을 세세하고 꼼꼼하게 살펴보고 있었다. 주 전력을 나열해 놓은 기록들만 몇 장이 넘어가는데, 보는 내내 입가에 미소가 가시지 않았다.

공격대의 선발을 이끄는 거대 거북이 바라테스 군단은 적들의 요새를 허무하게 무력화시킨다.

성벽을 높이 쌓으면 무엇하겠는가. 하늘에서 화살을 아래로 쏴 버리면 속수무책으로 당해야 하는데.

지상에서 반격할 수 있는 마법 공격 범위보다 높이 날아다니고, 단단한 등껍질을 두르고 있는 거북이의 특성상 맷집도 보통은 아니다. 유일한 단점이라면 비행 속도가 조금 느리다는 정도.

그런데 이렇게 쉽게 당할 줄은 몰랐다.

"그래도 시작에 불과하다. 엠비뉴의 주 전력은 나오지도 않고 있으니까 말이지. 크크크."

유병준이 보는 모니터에 나타나 있는 엠비뉴의 대사제들과 징벌의 사제들, 극악의 기사단은 아직 움직이지도 않고 있었다.

 엠비뉴의 핵심 전력의 구성은 유저들이 소위 말하는 네임드 몬스터들 그리고 준보스급 몬스터들의 향연이라고 할 수 있다.

 300종이 넘는 희귀 괴물과 맹목적인 믿음을 가지고 전투를 치르는 광신도, 청동 거인!

 그 휘하의 전력만으로도 들모레 요새는 버티지 못하고 무너지게 되겠지만, 진정한 보스급들이 나선다면 그때부터가 진짜 전투가 아니겠는가.

 모니터로 지켜보면서도 긴장감으로 발바닥이 간질거릴 순간은 아직 나오지도 않았다.

 엠비뉴의 진정한 힘은 잉그리그와 모툴스, 2명의 대사제에 의하여 발휘된다. 그들의 상상을 초월하는 권능은 대륙을 제패할 수 있는 엠비뉴의 군대를 무적에 근접하게 만들어 주었다.

 인공지능이 분석한 바에 따르면 위드가 동원 가능한 최상의 모든 전력을 다 합하여도 엠비뉴의 군대와 비교하여 23%밖에 되지 않았다.

 들모레 요새와 마폰 왕국군, 베이너 왕국군을 잘 끌어들인다고 해도 26%를 넘지 못한다. 훈련된 왕국군 병력이라고는 해도 흑마법에 의해 현혹되거나 세뇌되면 취약점을 그대로 드러내는 약점 때문이었다.

마녀들의 주술은 집단 환상을 불러내기도 하기에, 군대로 격파하기는 대단히 까다롭고 어렵다.

아군들끼리 엉뚱하게 자중지란을 일으켜서 자멸을 하기 일쑤다.

이러한 엠비뉴 교단의 특성상 정규군으로 토벌한다는 것은 불가능에 가깝다.

어떠한 군대의 특성이나 장점도 통하지 않으며 그에 반해 약점들은 적나라하게 드러나게 만든다는 점이 근본적으로 엠비뉴 교단의 광신도 군대가 무적이 될 수밖에 없는 이유다.

남부와 중앙 대륙을 휩쓸던 위드의 군대 사막의 붉은 칼 군단이 어떤 식으로 싸울지 흥미진진하게 기다렸는데, 제대로 정면으로 맞붙지 않았다.

아무래도 다양한 전투 경험이 있는 위드가 엠비뉴 교단의 각종 능력들을 대략이나마 짐작하고 미리 꽁무니를 빼 놓은 것이리라.

자만심을 가지고 어설프게 힘만 믿고 정면에서 덤볐다면, 잠깐 동안은 사막 군단이 압도적으로 우세했겠지만 시간이 지나며 몰살 확정!

엠비뉴의 군대가 지닌 전력이나 특성이 미지수이다 보니 다른 왕국들을 끌어들여 적당히 간도 보고, 미리 약화도 시켜 놓으려는 것이리라.

정말 교활하고 영악한 행동이라고 하지 않을 수가 없었다.

"아무리 강하더라도, 그리고 실수를 저지르지 않더라도 한계는 있다. 이번 기회에 엠비뉴의 진면목이 드러나게 되겠구나."

로열 로드에 대해 많은 정보를 아는 유병준으로서는 자꾸만 엠비뉴 교단이 과소평가를 받는 부분이 불만이었다.

유저들은 베르사 대륙에서 살아가면서도 진정한 위기를 별로 겪어 보지 못했다. 자기들끼리만 치고받고 싸웠지, 언제 악의 세력에 의하여 지배를 당해 본 적이 있겠는가.

그렇기 때문에 대륙의 음지에서 엠비뉴 교단이 퍼져 나가는 것을 어리석게도 방치해 두었을 것이다.

베르사 대륙은 결코 안정적이고 평화가 당연하게 자리 잡고 있는 곳이 아니다.

위드가 지금까지 퀘스트에 연속으로 성공을 거둔 것이 오히려 상당한 공으로 작용해 과거에 전성기를 누렸던 엠비뉴의 세력이 제대로 나타날 수 있게 되기도 했다.

노들레가 실패자로 역사가 바뀌고 나면, 대번에 세상은 온통 엠비뉴 교단이 날뛰는 것을 보게 될 것이다.

"헤르메스 길드가 대륙을 지배하는 것도 탐탁지 않고… 최상의 결론이 되겠어."

유병준은 최종적으로는 유저들이 욕심을 부리다가 불행해지기를 원했다.

로열 로드의 창조자로서 대륙을 관찰하면서 마음에 들지

않았던 때가 매일 수백 번씩이었다.

 겁도 없이 아주 강한 몬스터들이 우글거리는 마굴로 들어가서 최후를 맞이하는 커플.

 "으윽, 이렇게 죽음을 맞다니… 하지만 당신과 죽음까지 같이할 수 있어서 행복하오."

 "덕배 씨, 사랑해요."

 드라마나 영화로도 제작되지 않을 삼류 신파극이 수없이 벌어진다.

 베르사 대륙의 멋진 세계를 배경으로 하여 커플들은 우후 죽순 나타나고 살아갔다.

 힘을 가졌다고 과시하고 지배하려고 하지 않고 남들을 돕는 선한 자들도, 알려지지 않았지만 많았다.

 도시에서는 웃음꽃이 활짝 피었고, 모험을 원하는 자들의 얼굴은 열정으로 빛이 났다.

 유병준에게는 상당히 거슬리는 부분들이었다.

 "위드가 이번 전투에서 패배하고 죽기만 한다면 말이지."

 -위드의 사망 확률을 계산해 볼까요?

 "그렇게 할까?"

 유병준은 인공지능의 말에 관심이 쏠렸다.

 매번 어려움을 극복하던 위드였지만 이번에는 아무래도 상식적으로 실패하지 않겠는가.

 사막 군단이라고 거느리고 있는 놈들이 많긴 해도 정예병들을 제외하면 강제로 징집한 병사들이라 약하기 짝이 없다. 엠비뉴의 괴물들은 물론이고, 광신도와 싸우더라도 곧바로 밀려 버릴 것이다.

 현혹이나 세뇌의 마법에 걸리면 적으로 돌변하지 말란 법도 없다. 물론 애초에 그럴 가치조차 없는 병력이었지만.

 들모레 요새도 몇 시간을 버텨 내지 못할 것이고, 믿을 것은 2만여 명 정도의 사막 전사들밖에 없다.

 하지만 전체적으로 전력 차이가 심하게 나고 있으니 사막 전사들이 하나하나 죽어 가는 것을 보는 재미도 있을 것이다.

 조각 생명체들을 포함하여 위드를 따르는 모든 이들이 목숨을 잃는다. 그리고 마지막에 위드와 서윤이 죽는다면, 그것이야말로 완벽하고 깔끔한 마무리.

 조각술 최후의 비기도 영영 사라지게 된다.

 설혹 위드가 탁월한 지휘 능력에 믿기지 않는 지략까지 발휘하더라도 괜찮다. 전투가 오래 지속된다면, 잉그리그와 모툴스의 권능에 의하여 엠비뉴의 군대는 갈수록 강해지게 되는 특성까지 보유했기에 승리에 대한 믿음은 절대적이라고 할 수 있다.

 "으음."

 유병준은 그런데도 확률을 계산하기가 꺼림칙했다.

 "계산하지 마."

 -생존 확률 계산을 취소합니다.

실컷 기뻐하는 것도 지금뿐일 수 있다.

확률이란 일이 이루어질 가능성을 따져 보는 것일 뿐이다. 성공 가능성이 3%에 불과하더라도 거짓말처럼 이겨 버릴 수도 있지 않은가.

"가능성이 거의 없는데 성공한다면 배가 더 아플 것 같단 말이지."

다름 아닌 상식 밖에 존재하는 위드이기 때문에, 엠비뉴의 군대가 패배하거나 예상 밖의 일이 벌어질지도 모르는 것이다.

유병준은 도무지 인정할 수는 없었지만, 마음으로는 믿고 있었다.

'위드라면 해낼 수 있을지도 몰라.'

당장 들모레 요새가 공격받고 있지만 위드는 어디까지나 차분하고 냉정했다.

청동 거인들이 던지는 돌로 인하여 땅이 울릴 지경이고, 도처에 비명 소리가 가득해 전쟁터 주변은 혼란의 극을 달리고 있었다.

"슬슬 파상 공세가 시작되는 것 같군."

외부 성벽은 엠비뉴 교단이 순식간에 차지해 버렸다. 요새의 수비병, 그리고 마폰 왕국과 베이너 왕국의 병사들이 나서서 탈환하려고 하고 있지만 쉽진 않다.

"정의로운 신의 심판을 받으라!"

"크으으, 안 돼. 머리가 아파."

"엠비뉴를 따르면 편해질 것이다."

종교재판관과 사제 들에 의해서 세뇌된 변절자들도 계속 생겨났다.

아군인 줄 알고 방심하였다가 엠비뉴 교단의 하수인이 되어 버린 부대들에 의해서 죽는 경우도 다반사로 일어난다.

엠비뉴 신의 심판!

신앙심이 깊거나 저항력이 높지 않다면, 걸리고 나서의 선택은 단 두 가지였다.

고통스러운 죽음을 맞이하거나, 엠비뉴를 따르거나.

하지만 왕국의 기사단들이 출동하여 외부 성벽에서 내성으로 들어오는 길목들을 철저하게 막았다. 내성에는 국왕을 비롯한 고위 귀족들이 머무르고 있기에 기사들의 전력은 상당했다.

넓은 방패와 철검을 든 기사들이 주요 요소들을 지키면서 괴물들을 막아 냈다.

들모레 요새의 내부는 어쨌든 군사 요새답게 복잡한 미로의 형식을 가지고 있어서, 외부 성벽을 빼앗겼다고 해도 그 이후가 허술하지는 않았다.

"엠비뉴 교단도 이 요새를 차지하기 위해서는 꽤 많은 피를 흘려야 되겠지."

처음 경험하는 괴물들이나 공격 전술들은, 지켜보는 것만으로도 전투에 참고가 된다.

그리고 위드가 노리는 것은 무엇보다도 엠비뉴의 고급 전력의 약화에 있었다.

사막 군단을 본격적으로 투입하기 전에 마녀들과 세뇌를 일삼는 사제들을 어떻게든 처리해 놓아야만 한다. 그렇게 엠비뉴의 군대를 약화시켜 놓지 않으면 마법들에 의해 너무나도 불리할 수 있다.

마폰 왕국과 베이너 왕국군에 홀랑 맡겨 놓고 전장을 완전히 이탈하지 않는 것도 그 기회만을 호시탐탐 노리고 있기 때문이었다.

"아깝더라도 어쩔 수 없지. 조각 파괴술! 이 모든 것이 힘이 되어라."

위드는 2단계의 전투를 위하여 조각술을 활용하기 시작했다.

대상도 무려 명작의 조각품!

이 시간대로 와서 퀘스트에 빠져 지내느라 조각품을 많이 만들어 내지는 못했다. 그러나 약탈한 최고의 보석들을 바탕으로 쌍봉낙타 위에서 제작한 '정복자의 다이아몬드 수컷 낙타'.

예술적 가치는 다소 낮은 편이지만 위대한 정복자 위드가 직접 만든 것이기 때문에 역사적인, 명성과 관련이 있는 보석 작품이었다.

　명작은 2개밖에 없었고, 걸작은 3개를 만들어 놓았지만 조각 파괴술을 쓸 수 있는 기회는 여러 번 있지 않다.

　중요한 시기에 아끼지 않고 쓰기로 했다.

　그 순간, 위드의 몸에 강렬한 빛이 어렸다.

　어두워진 하늘에 대비되어 더욱 밝고 환한 빛이었다.

―조각 파괴술을 사용하셨습니다.
명작 조각상이 파괴된 고통! 슬픔!
예술 스탯이 10 영구적으로 사라집니다. 명성이 200 줄어듭니다.
예술 스탯이 일 대 육의 비율로 하루 동안 힘으로 전환됩니다.
예술 스탯이 너무 높습니다. 힘과 관련된 전투 스킬을 획득하게 됩니다.
힘 1,660이 스킬 마스터 '통렬한 일격'으로 바뀝니다. 힘을 잔뜩 실은 공격을 정확히 적중시키면 적들을 저 멀리까지 날려 버릴 것입니다. 마비와 혼돈, 즉사의 상태에 빠지게 만드는 비율을 늘립니다.
힘 1,320이 스킬 마스터 '꿰뚫는 창'으로 바뀝니다. 강력한 공격력으로 상대방의 갑옷과 방패를 통째로 부수고 관통합니다.
힘 1,980이 스킬 마스터 '순간의 괴력'으로 바뀝니다. 짧은 시간 동안 낼 수 있는 최대 힘의 5배까지 쓸 수 있습니다. 막대한 체력을 필요로 합니다.
힘 2,880이 스킬 마스터 '용사의 의지'로 바뀝니다. 용사만 획득이 가능한 스킬입니다. 자신을 포함하여 범위 안의 동료들의 정신력에 따라 축복을 부여합니다. 힘의 약화와 관련된 저주에 대해 완전한 면역력을 가집니다.
힘 1,450이 검의 기본 공격력을 극대화시키는 데 활용됩니다. 내구력이 빨리 줄어들게 되겠지만 검의 공격력이 62%까지 늘어나게 됩니다.

위드는 늘끓어 오르는 힘을 느꼈다.

"이 맛이로군!"

무엇이든 부술 수 있고, 어떤 적이든 으스러뜨릴 수 있을 것만 같은 기분!

로열 로드에서만 느낄 수 있는 이 기분은 최상의 환희와도 같다고 할 수 있다.

더구나 이 주변에는 힘을 마음껏 과시하고 터트려도 될 정도로 강한 적들도 쌓여 있다. 엠비뉴 교단이야말로 현재의 위드가 제대로 싸워 보기에 부족함이 없는 대상이며 푸짐하게 먹을 수 있는 밥이 되리라.

"힘은 이만하면 충분하고, 그러면 어디 본격적으로 놀아 볼까?"

철저한 준비야말로 안정된 노후를 보장한다. 전투를 위해 바로 달려가는 대신 이번에는 다른 조각품을 꺼냈다.

야만 전사 투르거!

그들은 바바리안의 일족으로 분류되지만 거인족과 관련된 신화에도 기록되어 있다.

키가 무려 6미터에 달하며, 몸 전체가 섬세하고 강인한 근육질로 둘러싸여 있다. 육체의 모든 것들이 마치 싸움을 위해서 만들어진 것 같은 전투 종족.

나이 어린 여자들이 보면 무슨 저런 징그러운 몸이 있냐면서 싫어하겠지만, 세상의 이치를 조금 알게 되면 눈을 초롱 초롱 빛내며 쳐다볼 그런 몸매였다.

 야만 전사들은 베르사 대륙에서도 희귀해서 만나기가 어렵고 그들이 살아가는 땅에는 몬스터들도 아주 강해서 아직까진 유저들이 들어가서 탐험하지 못했다. 그러나 전설과 모험에 대한 책과, 동굴 속에 그려진 벽화 등을 통해서 외모와 전투 능력만큼은 확실하게 알려져 있었다.

 호전적이고 투쟁심이 강해서 항상 어떤 몬스터들과 싸우고 있는 그림들이나 누군가를 해치웠다는 이야기들이 사람들을 통해 전해져 내려온다.

 덩치가 큰 종족으로 변하고 나면 육체를 유지하는 데 체력과 힘이 더 많이 소모된다. 그러나 지금의 힘과 전투력이라면 야만 전사 투르거도 어렵지 않게 충분히 소화할 수 있을 것이라는 자신감이 있었다.

 "조각 변신술!"

―조각 변신술을 사용합니다.
조각술에 대한 무한한 애정은 그 조각품과 조각사를 서로 닮게 만든다!

 위드의 키가, 배가 터지도록 우유를 마신 성장기의 아이들과도 비교할 수 없을 만큼 쑥쑥 자랐다.

 피부는 건강하고 보기 좋을 정도로 검게 그을고 몸 전체의 형상도 바뀌었다.

 넓고 탄탄한 어깨와, 성능 면으로 최신형 통돌이 세탁기마

저 능가할 것 같은 빨래판 복근. 옆구리의 섬세한 근육 갈라짐이나 잘빠진 허벅지의 건장한 자태도 일품이었다.

얼굴형도 많이 바뀌었는데, 오크 카리취나 드워프 아트핸드, 해골 리치였을 때와는 정반대로 몹시 잘생겨졌다.

사실 처음에 위드는 야만 전사로서 위압감이 넘치는 험악한 얼굴형을 생각했다. 하지만 조각상을 만들다 보니 얼굴과 몸의 조화와 균형미가 잘 맞지가 않았다.

조각 변신술을 위해서는 당연히 있어야 할 칼자국 1~2개에 매부리코, 찢어진 눈매와 갈라진 턱 선.

그 정도의 얼굴은 되어 줘야 위드의 마음에 찼지만, 육체가 워낙에 멋지다 보니 전혀 어울리지가 않아 어색하기 짝이 없었다.

육체의 아름다움과 안면의 부조화 사이에서 괴로워하다가 결국 부하 헤스티거의 얼굴형을 본뜨는 것으로 타협을 보았다.

그 얼굴을 그대로 조각하자니 예술가로서의 자존심이 용납하지 않아 코를 약간 더 높이고, 눈에도 옆트임을 하고 눈썹을 진하게 바꿨다. 그리고 이마를 넓히는 정도로 타협을 봤다.

그렇게 탄생한 절정의 미남 전사!

얼굴과 몸매 모두 여자들의 혼을 빼 놓을 것만 같은 외모였다.

—몸의 크기가 커지면서 현재 착용하고 있는 장비들의 상당수가 쓸 수 없게 되었습니다.
조각 변신술에 필수적인 '조각품에 대한 이해'가 마스터의 경지에 올랐습니다. 충분한 힘과 종족에 대한 이해를 바탕으로, 야만 전사 종족의 특수 스킬들을 그대로 사용할 수 있습니다.

철벽 육체 : 야만 전사들은 거추장스러운 갑옷을 입지 않습니다. 그들의 몸은 강철보다도 단단한 최고의 갑옷입니다. 축복받은 육체는 모든 마법들을 약화시키고 빨리 벗어나게 합니다. 만약 상처가 생기더라도 거짓말처럼 아물어 버리게 될 것입니다.

바위 울림 : 야만 전사의 외침은 끝없이 울려 퍼집니다. 그들의 고함 소리는 적들을 압도합니다. 나약한 자들은 소리만 듣고서도 혼이 빠져나가게 됩니다.

대지의 흔들림 : 땅을 주먹으로 치거나 발을 굴러서 인위적인 흔들림을 일으킬 수 있습니다. 넓은 범위의 적들이 쓰러지게 될 것이며, 건축물들도 파괴될 것입니다. 무엇이 야만 전사가 일으키는 땅의 흔들림에 버텨 낼 수 있겠습니까?
쓰러진 적들은 일정 확률로 기절, 혼란, 이동 불가능의 피해를 입습니다. 주의. 스킬 시전에는 많은 체력과 힘이 소모되며 단기간에 회복되지 않기에 신중하게 사용해야 합니다.

깊은 숨결 : 야만 전사는 인간과 비슷하지만 조금 다른 신체 구조를 가졌습니다. 그들의 폐는 넓고, 심장은 거칠게 약동합니다. 어떤 무리한 움직임에도 결코 호흡이 가빠지지 않습니다. 일주일간 끊임없이 전투를 벌인다 해도 야만 전사들을 지치게 하기는 힘들 것입니다.

환희의 회복 : 야만 전사들은 용맹의 신 바트거를 믿습니다. 사실 그들에게 있어 바트거의 존재는 인간들과 같이 신앙의 대상은 아닙니다. 용맹을 떨친 야만 전사들은 나이가 들고 나서 승리의 제단을 통해 전

사들의 무덤에 들어갈 수 있다고 생각합니다. 용맹의 신 바트거는 그 무덤의 관리인이자 가장 뛰어났던 야만 전사입니다.
야만 전사가 고통과 괴로움으로 비명을 지를 때, 바트거는 특별한 힘을 줍니다.
"야만 전사여, 아직 그대가 할 일은 끝나지 않았다. 승리자는 반드시 네가 될 것이니 싸움을 멈추지 말라."
환희의 회복은 모든 상태 이상을 해소하고 소모된 체력, 깎여 나간 생명력을 복구합니다. 또한 힘과 체력에 따라 각종 저항력들을 높여 줍니다. 그러나 사용할 수 있는 건 1달에 한 번뿐입니다.
환희의 회복을 사용하고 나서도 싸움을 승리하지 못하여 스킬을 다시 시전하려면 대단한 전투 업적을 세워야만 가능합니다.

-조각 변신술의 영향으로 힘과 민첩, 체력이 대폭 증가합니다.
공격 스킬의 효과가 25% 늘어납니다.
지구력이 강화됩니다.
조각 변신술이 풀릴 때까지 유효합니다.

"으으음, 제대로구나."

위드는 야만 전사의 능력에 감탄했다.

이건 마치 된장찌개에 꽃게, 전복, 새우 등의 해산물이 듬뿍 들어가 있는 것처럼 푸짐하고 완벽하지 않은가.

야만 전사는 아직까지는 유저들이 선택할 수 없는 종족이다. 그러나 네크로맨서 직업이 열렸듯이, 유저들에게도 훗날 기회가 주어지게 될 수도 있으리라.

물론 얻는 것이 있으면 그만큼을 잃어야 하기에 누구나 선택하게 될 수 있을지도 의문이고, 어떤 페널티가 적용될지는 알 수 없었다.

위드의 경우에는, 적어도 지금의 능력이라면 충분히 야만 전사를 소화할 수 있다. 조각 변신술의 최대의 장점, 조각술의 비기가 가져오는 기적과도 같은 능력이었다.

"이제 내 세상이로군."

놀랍도록 커다란 덩치가 되어 높아진 시선으로 주변을 둘러보았다.

들모레 요새 안에 있던 병사들이 그를 보면서 기겁하고 있었다.

"괴물! 괴물이다!"

"신이시여, 어찌하여 저런 악마를 우리에게 보내셨습니까!"

병사들은 두려워서 검도 꺼내지 못했다.

사실 그들이 공격을 하더라도 위드에게는 그저 이삼일 감지 않은 머리를 시원하게 긁어 주는 정도밖에 되지 않을 것이다. 비가 오는 날에 등을 공격하면 때가 나올지도 모르고.

위드도 인간과는 그다지 싸우고 싶지 않았다.

그들의 키는 자신의 허리춤에도 닿지 않는다.

왠지 한참 작은 꼬마 아이들 사이에 서 있는 우월한 존재가 된 것 같았다.

"끓어오르는 힘을 어서 빨리 터트리고 싶군."

청동 거인이 던지는 바윗덩어리들로 땅이 요동치며 흔들

리는 것이 느껴졌다. 요새 밖으로 나가서 청동 거인들을 부숴 버리고 싶었지만, 당장 급한 무기부터 해결해야 한다.

보통 전투를 펼치면서 잡템과 여러 무기들을 얻기는 하지만, 야만 전사가 쓸 만한 무기를 얻을 확률은 극히 드물다. 아이템도 그냥 떨어지는 것이 아니라 연관성이 있어야 하기 때문이다.

사막 지역에서는 주로 사용되는 무기인 시미터를 얻기가 쉽고 해안가에서는 낚시 도구와 희귀한 조개껍질 같은 걸 획득할 수 있는 것처럼, 다 이유가 있다.

야만 전사들의 장비는 아마도 그들이 살아가는 돌의 숲 부근에서나 주울 수 있을 터.

"이럴 때를 위해서 미리 다 준비했지."

위드는 쪼그려 앉아서 배낭에서 말살의 검을 3개 모두 꺼냈다.

찰칵!

대장장이들에게 요구했던 특별 주문.

말살의 검들은 서로 연결해서 창처럼 길게 이어 붙일 수가 있었다. 강도야 말할 필요도 없거니와, 이렇게 하면 큰 덩치에도 불구하고 소검을 휘두르는 느낌도 나지 않으리라.

특히 마지막 세 번째의 검 자루는 야만 전사의 손으로도 편하게 잡을 수 있도록 충분히 두꺼웠다.

―말살의 검이 연결되었습니다.
공격력이 1.4배가 됩니다.
불의 특성을 더욱 강화합니다.
추가적인 스탯이 부여됩니다.

"됐어."

야만 전사가 되어 검을 쥐니 실제 그 위력이야 어떻든 몸에 비해서 얇고 긴 꼬챙이를 들고 있는 듯한 어색한 모습이었다. 검신이 인간에게 맞게 맞춰져 있다 보니 차라리 도끼나 철퇴를 드는 것이 현재로써는 더 어울릴지도 모른다.

그러나 위드는 말살의 검에 담겨 있는 불의 힘을 일으켰다.

화르르륵!

검을 감싸고 도는 두꺼운 불길.

야만 전사와 완전하게 어울리는 무기가 되었다.

그리고 손을 통해 타오르는 듯한 뜨거움이 느껴졌다.

최상의 몸과 공격 무기!

말살의 검을 사용하기 위한 조건 중 불에 대한 저항력이 있어야 한다는 것이 있다. 종족의 특성이 바뀌었지만, 검술의 마스터라는 사실과 기본적인 저항력은 그대로였기에 쓸 수 있었다.

야만 전사들의 투쟁심은 전 종족을 통틀어서 최고라고 했다. 위드의 머릿속에도 어서 빨리 싸우고 싶은 생각밖에 들지 않았다.

나쁜 용사의 출현

"성벽을 적들에게 빼앗겼습니다. 즉시 물러나야 합니다!"

"싸워라. 우린 이곳에서 죽는다. 국왕 폐하를 위하여!"

"싫어. 난 저 악마들에게 산 채로 몸을 뜯어먹히고 싶지는 않아. 도망칠 거야!"

"엠비뉴 신을 모독하는 이교도들을 남김없이 붙잡아라. 그냥 죽이지는 않으리라. 엠비뉴의 스물일곱 가지 고문을 실시하겠다. 그 후에 나무에 걸어서 햇볕에 바짝 말린 후에 말에게 먹이면 아주 좋아하겠군."

"악마야. 지옥에서 온 마물이 내 친구를 데려갔어. 오오, 이런 날이 오다니 슬퍼해야 하나. 내 친구는 아마 지금쯤 머리까지 잡아먹혔겠지. 돈을 빌린 게 있었는데 갚지 않아도 되겠어. 물론 내가 이곳에서 살아남아야 하겠지만……."

들모레 요새의 성벽은 청동 거인의 투석 공격에 의해 잠깐 사이에 심각하게 파괴되었다.

요새의 수비병들은 광신도들, 괴물들과 뒤엉켜 싸우며 적들이 넘어오지 못하게 필사적으로 버텼지만, 순수한 은의 강도 거의 다 메워지고 있었기에 곧 요새를 향한 파상 공세가 벌어지게 되리라.

"신이시여, 왜 우리에게 이런 고난을 주시는 겁니까."

병사들은 비탄에 잠겼다.

일반 왕국이 괴물들과 악마들로 구성된 침략을 막아 낸다는 것은 불가능했다. 마폰 왕국과 베이너 왕국의 최정예들이 있어서 그나마 버텼다고 할 수 있다.

위드가 말살의 검을 들고 등장한 것은 그때였다.

들모레 요새의 내성으로 연결되는 통로에서 천천히 걸어 나왔다.

쿵! 쿵! 쿵!

걸음을 내디딜 때마다 돌로 된 바닥이 울리면서 묵직한 소리가 났다.

군사 요새인 만큼 통로를 넓게 만들지 않았다. 그래서 아주 꽉 찬 느낌을 주었다.

사실상 그냥 공중으로 뛰어서 오면 더 빨리 올 수 있었지만 남들 싸움에 서두를 필요는 없다. 그리고 이렇게 해야 괜히 멋있어 보이지 않겠는가.

은은한 겉멋이야말로 포기할 수 없는 남자의 자존심!

"어엇."

전쟁터를 보며 긴장하고 있던 병사들이 위드를 보며 경악했다.

엄청난 체구에, 전투를 위해 태어난 것처럼 각진 근육으로 위압감이 넘치는 몸매, 가공할 화력을 뿜어내는 말살의 검.

지옥의 문이 열리고 먹구름이 몰려와서 날이 어두움에도 불구하고 환한 머리!

"저 대머리 거인은 뭐지?"

"……"

사막의 대제로서 머리가 벗겨진 채로 활약을 하다 보니 익숙해져서 그만 머리카락을 만들지 않았다.

우람한 육체에 잘생긴 얼굴, 그렇지만 머리카락이 없어서 오히려 더 야성미가 넘쳐흘렀다.

진정한, 나쁘고 못되고 사악하고 고집 강한 남성다운 느낌이랄까!

"내 밥들이 많이 있구나."

나타날 때는 천천히 움직였지만, 전장에 끼어든 이상 그 후부터는 아니었다.

가까이에서 엠비뉴의 거대 거미가 인간을 끈끈한 거미줄로 휘어잡고 잡아먹는 중이었다.

나쁜 용사의 출현

위드는 성큼성큼 걸어가서 거미 다리 중의 하나를 붙잡았다.

크아왕!

"저리 꺼져! 넌 사냥해 봐야 거미 끈끈이나 다리 껍질밖에 안 주잖아."

거대 거미가 뭐라고 하건 간에 상관하지 않고 저 성벽 너머로 투척!

거대 거미는 수백 미터를 날아가서 엠비뉴의 군대를 깔아뭉갰다.

딱히 스킬을 사용하지도 않았는데 자연스럽게 발휘되는 괴력이었다.

"엇! 도와주셔서 고, 고맙습니다."

거미줄에 잡혀 있던 인간 병사가 감사의 인사를 했다.

위드는 고마워하는 병사들은 무시한 채로 성벽을 향하여 걸어갔다.

솔직히 병사들이야 죽거나 말거나 상관이 없었다. 거미가 잡아먹은 후에 처리를 해도 되었지만, 기다리고 싶지 않았을 뿐이다.

들모레 요새의 수비병들은 투지에 눌려서 저마다 물러나며 길을 터 주었다. 아마 위드가 그냥 동료들을 죽이더라도 감히 덤비지 못하였을 것이다.

아예 싸움이 안 된다는 것을 느끼고 사기가 잔뜩 저하된

채 허겁지겁 도망치는 것이 훌륭한 판단이리라.

"감히 내 허락 없이 엠비뉴의 괴물들이 넘어오고 있군! 돈도 안 되고 경험치도 안 되는 이 최악의 놈들!"

위드는 괴물들을 붙잡아서 마구 던졌다.

"우와아아아, 적들을 몰아내라!"

그 모습을 본 요새의 수비병들은 사기가 치솟아서 침입한 적들과 싸웠다.

그렇지만 위드가 활약하는 장소 외에도 수십 곳의 성벽이 허물어져서, 적들이 넘어오는 곳은 아주 많았다. 엠비뉴에 넘어간 궁수들도 수비병들을 향해 활시위를 당기고 있는 중이었다.

위드의 분전에도 불구하고 전황 자체는 인간들의 압도적인 죽음으로 이어지고 있었다.

"제대로 힘을 써 봐야겠군."

위드는 성큼성큼 걸어서 돌무더기를 밟으며 성벽 위로 올라갔다. 성벽에 올라가니 그렇지 않아도 큰 몸뚱이가 더욱 크게 보였다.

"저리 꺼져라!"

성벽에 달라붙어 있던 암석 괴물을 잡아서 엠비뉴의 군대 중심부가 있는 장소까지 멀리 던져 버렸다.

"세상에 무슨 힘이……."

"저 무거운 괴물을 던졌어!"

그 광경에 엠비뉴의 사제들이나 세뇌된 수비병들 할 것 없이 경악을 금치 못했다.

"크워어어어어어!"

전장을 압도하는 바위 울림의 외침!

위드가 엠비뉴 교단의 강한 적을 부르는 소리였다.

"누가 요새의 시시한 인간들과 싸우려고 하는가! 나에게 달려와라. 너희에게 힘이 무엇인지를 알려 주겠다!"

대형 폭발 마법이 터진 것과 같은 광량한 외침이 터져 나왔다.

야성을 만끽하며 싸워 볼 가치가 있는 적을 초대한다.

야만 전사는 덩치만 큰 것이 아니라 목소리까지 아주 거대했다.

"저, 저희가 사악한 주술에 걸렸었나 봅니다."

성벽의 궁수들이 갑자기 정신을 번쩍 차렸다. 방금 전까지도 엠비뉴에 현혹되어 있었는데, 외치는 소리를 듣고 나서 주술이 깨어진 것이다.

"함께 싸우겠습니다!"

궁수들이 협력 의사를 밝히거나 말거나, 위드는 진정한 전투 전의 전매특허와 같은 노래를 시작했다.

시커먼 먹구름이 밀려온다

나약한 자들이 어렵게 지켜 오던 평화는 깨어져 버렸지

내가 살아가는 곳은 깊은 땅속, 어둠이 함께하는 곳

시청자들은 여기서 다소 뜬금없다고 생각했다.

과거의 위드가 부른 노래와는 다르게, 가사가 이상하지 않고 지나치게 멀쩡했다.

심지어는 장중한 서사시와 같은 느낌까지 난다.

엠비뉴 교단의 군대가 진격해 오면서 어두워진 하늘과도 잘 어울리는 분위기의 노래 아닌가.

빨래를 할 수가 없어서 화가 난다
장판 아래, 그리고 벽지에 습기가 차 버렸다
구질구질 퀴퀴한 냄새!
비 오는 날이 제일 싫다
내일 아침에 일어나면 방 안에 짙은 안개가 끼어 있겠지
악몽 같은 곰팡이를 없애기 위해 한여름에 보일러를 돌려야 해
난방비, 난방비, 이 지옥 같은 난방비

노래 제목은 <멸망의 반지하 방>!

노래를 부르다 보니 감정이 몰입되어, 위드는 극도로 분노해 버리고 말았다. 반지하 월세방에 살던 설움을 떠올리고 만 것이다.

살림살이라고는 단출하게 이불과, 재활용 센터에서 얻어

온 오래된 작은 텔레비전, 길거리에서 주워 온 플라스틱 수납장 2개가 전부였던 시절.

매달 집주인에게 월세를 내기 위해서 허덕이던 기억이 통째로 떠오르고 말았다.

남들은 어릴 때 친구들과 싸우거나, 엄마한테 성적에 대한 잔소리를 듣고 비관을 한다. 그러나 위드는 집주인한테 야단을 맞고 쫓겨날지도 모른다는 위기의식을 유지한 채로 청소년기를 보냈다.

아직도 꿈에 집주인만 나오면 가슴이 철렁 내려앉고, 반사적으로 뭔가 잘못한 건 없는지부터 허둥지둥 찾아내려 한다.

연탄이 쌓여 있던 반지하 방은 고향처럼 아늑하면서도 말할 수 없이 두려운 장소였다.

"전부 죽여 주마!"

위드의 애초 계획은 성벽에서 조금 더 기다리는 것이었다.

들모레 요새의 수비군이 아직은 건재하기 때문에 일찍 나설 필요가 없다. 반 호크가 이끄는 언데드 군단도 적들을 약간씩이나마 괴롭히고 있었기 때문에, 전장에 그가 바로 뛰어들 필요는 전혀 없다고 봐도 된다.

하지만 그 모든 이야기들은 화가 나기 전의, 차분했던 당시에나 실현 가능한 계획들.

위드는 성벽을 박차고 요새 밖으로 뛰어나왔다.

밀려오는 엠비뉴의 군대 한복판에서 말살의 검을 휘둘렀다.

꾸엑!

"피해. 도망쳐라!"

광신도들 따위는 일 검에 100명 이상이 잿더미로 변해 버렸다.

엠비뉴 교단에서 공성용으로 데려온 괴물들이라고 하더라도 마찬가지였다. 위드의 공격 범위 안에 있는 자들은 모두 불에 타올라서 죽음을 맞이했다.

"죽어라. 죽어. 죽어!"

-흑기사의 일격!
돌이킬 수 없는 공격이 주변의 적들에게 발동합니다.

연속 공격이 성공하면서 발동되는 광역 스킬!

위드의 주변 일대가 불바다로 뒤덮였다.

집을 임대해 주고 월세를 받는 건 나쁜 일은 아니다.

그렇지만 집주인 가족이 가끔씩 마당에 모여서 단란하게 삼겹살을 구워 먹는 걸 보면서 얼마나 부러웠던가. 혹시나 얻어먹을 게 있을까 싶어서 순수한 마음으로 여동생을 데리고 나가 봤더니, 고기 먹는 동안 거지처럼 어슬렁거리지 말라는 이야기만 들었다.

보일러가 고장 나거나, 문틀이 어긋나서 문이 열리지 않는다는 하자를 말해도 소용이 없었다.

직접 고쳐서 살든지 아니면 방을 빼라는 식이다.

집주인에게 수없이 당했던 서러운 기억들.

어린 시절이었기에 수학 시간에 배운 피타고라스가 뭐 하는 사람인지는 몰라도, 집주인 이름이나 그가 했던 말들은 정확히 기억났다.

"넘실거리는 화염 각인!"

종족은 바뀌었지만 용사라는 직업은 그대로이기에 스킬들을 쓸 수 있었다.

콰과과과과광!

연쇄 폭발이 일어나면서 주변 지역을 마구 초토화시켰다. 위드 혼자 날뛰면서 들모레 요새로 향하는 엠비뉴의 군대를 휩쓸어 버린 것이다.

최소한 3,000~4,000명 정도는 가볍게 목숨을 잃었으리라.

요새에서 갑자기 병사들의 환호성이 터지는 것이 어렴풋이 들렸다.

그러나 마침내 순수한 은의 강이 완벽하게 힘을 잃어버리면서, 괴물들의 본격적인 진격도 개시되었다.

하늘에서는 지옥에서 내려온 마물들 100마리 이상이 날갯짓을 하면서 머무르며 위드를 노리고 있었다. 그들은 교활하기에, 위드가 약해지는 순간 한꺼번에 덤벼들 것이다.

"엠비뉴를 따르지 않는 자, 파멸을 면치 못한다!"

엠비뉴의 군대는 공포를 모르기에 수많은 병력이 죽었음에도 불구하고 그대로 계속 진격을 해 왔다.

사제들과 마법사들도 순수한 은의 강의 경계를 넘어왔다.

그들의 가장 큰 목표는 엠비뉴 신의 신탁까지 내린 위드였다.

"놈을 죽여라."

"진실의 눈으로 저자의 실체를 파악했다. 엠비뉴께서 우리의 염원을 위하여 반드시 없애야 한다고 하신 놈이다."

"엠비뉴를 따르는 모든 신도들이여, 우리의 목표가 나타났다."

엠비뉴의 군대는 위드를 향하여 집중했다.

원래 파괴를 일삼는 그들의 사명에 따라 요새를 공격하기도 하였지만, 이 순간만큼은 위드를 향하여 모든 원거리 공격을 퍼부었다.

"쐐기 돌풍이여, 불어라!"

"깨어지는 차가움의 구슬!"

전쟁터로 나온 위드를 향해 엠비뉴 교단에서 발현된 수없이 많은 마법 공격들이 날아왔다.

"다른 하나의 검, 절대 방어, 눈 질끈 감기!"

방어 스킬들의 발동!

눈 질끈 감기는 쓸모가 많아 노들레의 퀘스트를 하면서 다시 익힌 것이다.

공중을 날아다니는 검이 마법들을 격파한다. 그러나 채 깨뜨리지 못한 마법들이 위드의 커다란 육체를 그대로 강타

했다.

융단폭격처럼 이어지는 수백 개의 마법 공격이었다.

위드는 눈을 감은 채 충격과 고통에 대비했다.

"응?"

큰 충격에 의해 튕겨 나가서 땅을 구르며 쓰러질 줄 알았지만 그렇지 않았다.

분명 몸을 두들기는 느낌은 났지만, 대비하고 있던 것에 비해서는 의외로 간지럽기 짝이 없는 듯한 기분!

생명력이 십분의 일도 감소하지 않았다.

대사제 모툴스와 잉그리그가 공격에 가담하지 않았다고는 하지만, 큰 부상도 없이 지나치게 거뜬했다.

위드의 가공할 레벨과 스킬, 스탯이 야만 전사로 바뀌면서 엄청난 능력을 발휘한 것이다.

야만 전사들은 마법에 대한 저항력이 굉장히 높다.

게다가 감소한 생명력도 매우 빠르게 차오르고 있지 않은가! 트롤처럼, 싸우면서 멀쩡하게 회복이 되는 재생력까지는 아니었지만 이 정도도 엄청난 것이었다.

위드는 깔끔하게 계산을 끝냈다.

'역시 야만 전사는 강해. 조금 안심해도 되겠군. 물론 이런 공격을 대여섯 번 이상 당한다면 위험하겠지만……'

공중에 날아다니는 마물들은 위드가 약화되었다고 느끼면 바로 덤벼들기 시작할 것이다. 그런 위험을 감안한다면 생명

력이 절반 이하로 하락되어서는 곤란할 것이다.

먼지가 완전히 가시고 난 후에 위드는 아무렇지도 않다는 듯이 포효했다.

"어리석은 놈들! 너희가 믿는 엠비뉴의 힘은 고작 이 정도였느냐!"

마법 공격에 대해서는 대비하지 않을 수 없었기에 빠르게 움직였다.

달려가서 괴물들을 마구 붙잡아 마법사들과 사제들이 있는 장소로 던졌다.

엠비뉴의 마법사와 사제는 숫자부터 아주 많았다.

보통 일반 왕국군에서 마법사와 같은 병력은 제한적이며 그 수도 많지 않다. 하지만 엠비뉴의 군단은 신성력과 마나를 바탕으로 하기 때문에 광신도들 중에도 간단한 마법을 발휘하는 자들이 대거 섞여 있다.

전투 중에 인간 병사들을 죽이고 나서 종교재판관이나 사제로 승격을 하는 경우도 가끔 볼 수 있을 정도였다.

"이놈의 인기는……."

위드는 급하게 뛰어다녔다.

괴물을 그냥 찢어 버릴 정도로 엄청난 괴력이나 공격력을 자랑했지만 덩치가 크다 보니 맞을 곳도 많다는 점은 아주 불리한 부분.

마법의 발동에는 조금 시간이 걸리더라도, 광신도 궁수들의 화살도 수백 개씩 날아오기에 하나씩 피한다는 건 아예 불가능하다. 그냥 공격이 조금이라도 덜 오는 쪽으로 몸을 날리는 정도가 전부라고 할 수 있었다.
"엠비뉴를 위하여 놈을 붙잡아라!"
"반드시 생포해야 한다. 산 채로 가죽을 벗겨서 끓는 기름에 담아야 할 것이다."
암흑 기사들도 대거 덤벼들었다.
위드는 그들을 주먹으로 후려치고, 말살의 검으로 베었다.
"얼마든지 덤벼라, 이 엠비뉴의 잡졸들아!"

위드의 모험을 보는 시청자들은 평소와 다르게 가슴을 졸였다.
그동안은 유쾌하고 박진감 넘치는 모험을 즐기면서 묵직한 쾌감에 빠져들었다면, 이번에는 무조건적인 성공을 기원했다.
이 모험의 결과에 따라 세상이 바뀌기 때문이다.
위드를 좋아하는 팬이 아니라도 엠비뉴 교단이 커지는 것은 누구도 바라지 않았다.
엠비뉴 교단의 대확장과 더불어 찾아온 대륙의 위기, 위드가 유저들을 대표하여 과거로 돌아가서 전쟁을 치른다는 느낌도 있었다.

영향력이 큰 KMC미디어, CTS미디어를 가리지 않고 위드의 영웅 만들기에 치중한 결과이기도 했다.

"대륙의 평화가 사실 엠비뉴 교단으로 인해서 많이 위태롭거든요. 지금까지 살펴보면, 위드는 베르사 대륙이 위험에 빠질 때마다 적극적으로 나서서 해결을 해 왔습니다. 대단한 정의감을 가지고 있으면서도 이를 내세우지를 않지요."

"베르사 대륙이 지금처럼 발전한 데에는 위드의 공도 상당히 있었다고 봅니다. 특히 생산과 예술 계열 직업들에 대한 위드의 공헌도는 상당히 큽니다."

방송이 대중에게 미치는 영향력이 정말 크다는 것을 알 수 있는 것이, 각 가정에서 아동들의 변화였다.

"앞으로 커서 위드처럼 정의롭고 훌륭한 모험가가 되고 싶습니다!"

"예술가가 되어서 멋지게 살아가고 싶어요. 그리고 오크 카리취 같은 남자랑 결혼할래요."

위드가 만든 조각 생명체들의 인기를 등에 업고 동화책도 출간되었다.

인간을 수호하는 빙룡과 친구 같은 와이번들을 만나서 함께 나쁜 괴물들을 물리친다는 내용. 밭을 갈고 있던 누렁이가 현자로 나와서 도움을 주고 금인이는 배고파하는 여주인공에게 자장면 사 먹으라고 금괴를 선물로 주는, 굳이 읽지 않아도 다 알 수 있을 정도로 상투적이고 뻔한 전개였지만 인기가 있었다.

아무튼 이번의 전투에서 패배하고 죽으면 위드 개인의 손해일 뿐만 아니라 엠비뉴 교단에도 큰 힘을 실어 주게 되기에 시청자들은 그런 결과를 결코 원하지 않았다.

"오늘은 심장이 떨려서 통닭을 못 먹겠네."

"뼈 바를 정신이 없으니까 피자로 시켜 먹자."

시청률은 계속 공전의 히트를 기록했다.

방송국이나 시청자들이나 위드에 대해서 각별히 여길 수밖에 없게 된 것이, 베르사 대륙의 패권을 헤르메스 길드에서 장악해 버리고 말았다. 어찌 보면 위드가 대륙에 마지막 남은 영웅일지도 모른다는 인식을 하게 된 것이다.

그리고 위드는 지금 역대 모험 중에서도 가장 실패 확률이 높은 퀘스트를 진행하고 있었다.

"아, 안전하게 성벽 안에 있지 무모하게 왜 밖으로 나간 거야?"

"완전 다 쓸어버리네. 시원하긴 하다."

시청자들은 불안하게 볼 수밖에 없었다.

앞으로의 세상은 이 모험의 결과에 따라 둘로 나누어지게 되리라.

헤르메스 길드에 의해 대륙이 통일되어 강압적인 지배를 받거나, 혹은 엠비뉴 교단에 의하여 파괴되거나.

위드는 적들이 몰려들수록 신을 냈다.

"마음껏 덤벼라. 모두 박살을 내 주마!"

쉴 새 없이 달려드는 적들을 한번에 수십수백 마리씩 해치웠다.

"엠비뉴의 잡졸들아, 고작 이 정도밖에 되지 않느냐? 대륙을 파괴하기는커녕 나 하나도 이기지 못하는구나!"

야만 전사의 넘치는 야성미를 바탕으로 적들을 도발했다.

암흑 기사나 광신도, 괴물 들이 모두 그에게로 달라붙었다. 마법사들의 공격도 적아를 가리지 않고 퍼부어졌기에, 위드가 있는 부근은 온통 쉬지 않고 폭발이 일어났다.

-생명력이 감소하고 있습니다.
현재 남아 있는 생명력 68.7%.
큰 부상은 아직 없지만 수많은 적들에게 둘러싸여 있습니다.

적진의 한복판에서 꽤 오랫동안 싸움을 한다.

가히 세계를 구하는 용사의 호기, 혹은 무모함!

그가 활약을 할수록 들모레 요새의 병사들은 기운을 내고, 또한 적들의 침략을 성공적으로 막아 내고 있기도 했다. 엠비뉴 교단의 고급 병력, 지옥의 문에서 나온 마물들이 위드에게만 집중적으로 관심을 가져서 부담이 훨씬 줄어든 것이다.

위드는 괴물의 머리를 손으로 붙잡고 공중으로 던졌다.
콰르르릉!
때마침 내려치던 벼락이 괴물에 대신 적중했다.
마법과 화살의 표적이 되어서 적들 사이에서 날뛰는 것은 기회를 노리기 위함이었다.
때로는 괴물들을 엄폐물로 삼고 암흑 기사들을 짓밟으면서 포효했다.
"약하다. 정말 한주먹거리도 되지 않는구나. 이대로는 시시하니 한꺼번에 와라!"
대륙의 인간 중에서는 아마 최고로 손꼽힐 강자다운 위압감.
엠비뉴의 군대를 상대로 혼자서 적들을 가로막고 있었다. 그렇지만 머릿속으로는 끊임없이 냉정하게 계산했다.
'마법 공격이 조금 뜸해졌다. 큰 것을 준비하는 모양이군.'
간단한 아이스 볼트 정도로는 야만 전사의 몸에 생채기도 내기 어렵다. 엠비뉴의 마법사들도 그 사실을 깨달았을 테니 좀 더 위력이 확실하고 강한 마법을 준비할 것이다.
사제들도 제물을 바쳐서, 피할 수 없는 저주로 위드를 옭아매려고 하고 있었다.
기사와 전사는, 단순 전투력 자체는 사실 어떠한 직업보다도 압도적으로 높다. 하지만 그들에게도 최악의 상성이 있으니 저주와 약화 주문을 외우는 사제와 샤먼, 흑마법사, 마녀

등이었다.

 강력한 힘을 약화시키고, 방어력을 무너뜨리며, 몸을 무겁게 하여 움직임을 느리게 한다.

 레벨이 높은 전사라고 해도 저주에 걸리면 제 능력을 발휘하지 못하니, 저주 관련 계통에는 통달하다시피 한 엠비뉴의 사제들은 최악의 적이었다.

 적으로 나쁜 사제가 많이 출몰하는 던전이야말로 최악의 사냥터로 가장 인기가 없는 이유이기도 했다.

 물론 사제와 같은 직업은 생명력과 방어력이 형편없어 제대로 걸리기만 하면 단숨에 떼죽음을 당한다. 그렇기 때문에 전사와 사제의 전투는 어느 한쪽이 더 낫다고 할 수는 없는 입장이다.

 '지난번 공격 이후로 시간이 조금 지났으니까. 슬슬 시간이 됐다.'

 위드는 엠비뉴 군대의 본진으로 파고들기 시작했다.

 짓밟고, 후려치고, 잡아서 던지고!

 한 걸음을 옮길 때마다 수십의 적들을 해치워야 했다. 그나마 덩치가 워낙 커져서 한번 움직이는 거리가 보통이 아니었다.

 -정말 맛있어 보이는 인간이군.
 -저 힘을 빨아먹고 싶다, 크헬헬헬.
 -저놈의 머리는 내 것이다. 머리통을 와그작와그작 깨물

어 먹어야 돼.

마물들이 하늘에서 조금 더 아래로 내려왔다.

위드가 그만큼 정신없는 상황에 빠졌다고 생각했기 때문이리라.

지옥의 문을 통과하여 세상에 나온 마물도 어느새 1,000마리가 넘어갔다.

"사제님들에게 가지 못하도록 놈을 막아라."

"칼의 심판을 내리라."

불나방처럼 덤벼드는 광신도와 암흑 기사 들로 인해 신속한 돌파는 처음부터 불가능.

그러나 엠비뉴의 군대도 많이 흐트러져 있었다.

들모레 요새를 파괴하기 위하여 일부 병력은 공성전을 치렀고, 또 후방에서는 반 호크가 이끄는 언데드들과 싸웠다.

위드가 나서자 거대한 병력이 그를 포위했지만, 초반의 강한 공격과 몰아치는 돌파로 인하여 적들은 우왕좌왕하면서 따라왔다.

'조금 더 가까이 가야 한다. 다소의 피해는 무시할 수밖에 없어.'

위드는 생명력이 감소함에도 과감하게 적들의 공격도 무시하고 그대로 짓밟으면서 달렸다.

덩치가 워낙 커지다 보니 마법과 화살을 잘 맞을 뿐만 아니라, 기사들이 덤벼들어서 창으로 찌르더라도 피하기가 마

땅치가 않았나.

때릴 곳이 셀 수도 없이 많은 상황!

> -현재 남아 있는 생명력이 51.3%입니다.
> 합동 공격으로 인하여 피해가 커지고 있습니다.

메시지 창에도 경고가 떠올랐다.

지옥의 마물들을 감안하면, 이 정도면 상당한 위기였다.

엠비뉴 군대의 고위 사제들과 마법사들이 있는 곳까지는 아직도 1킬로 정도 거리가 남았다. 위드의 덩치가 커진 만큼 그냥 달리면 금방 이동할 수도 있겠지만, 그 사이를 가로막은 적들이 수만 명 이상이다.

저주와 신성력으로 만들어진 각종 괴물들이 즐비하고, 청동 거인들도 요새 공격을 중단하고 모여들고 있었다.

키가 커진 덕에 위드는 저 멀리에서 사제들과 마법사들이 마법을 완성하기 직전인 것을 볼 수 있었다.

"지금이다. 대지의 흔들림!"

오른발로 땅을 강하게 밟았다.

야만 전사 고유의 스킬.

> -스킬 대지의 흔들림이 사용되었습니다.
> 현재 남아 있는 체력은 87.46%.
> 스킬을 시전하면서 체력을 7.1% 소모합니다.
> 일시적으로 과도한 힘을 사용했습니다. 15분간 최대 힘이 10% 줄어듭니다.

쩌저저적!

위드가 밟은 땅을 중심으로 땅이 무시무시한 소리를 내면서 갈라졌다. 그러더니 대지 전체가 물처럼 출렁거리면서 진동이 퍼져 나갔다.

광신도와 암흑 기사 들은 이리저리 휩쓸리면서 나가떨어지고, 괴물들은 균형을 잃고 몇 바퀴씩 굴렀다. 키가 20미터에 달하는 청동 거인들조차도 비틀거리더니 쓰러지며 수많은 병사들을 깔아뭉갰다.

조각 파괴술을 써서 힘을 최대로 늘려 놓았으니 스킬의 위력은 극대화!

위드 외에는 누구도 멀쩡하게 서 있는 이가 없을 정도로 주변 일대가 아수라장으로 변했다.

"으으으윽, 깔려서 일어날 수가 없어."

"이런 파괴적인 힘이라니, 엠비뉴의 은총이야."

다만 죽음에 이른 것은 비교적 약한 광신도들 소수에 한정되었다. 강력한 효과에 비해서 공격력이 뛰어난 스킬은 아닌 탓이다.

거리가 멀수록 대지의 흔들림의 위력은 급속도로 약해졌다. 그러나 멀리서 마법을 준비하던 마법사들과 사제들조차도, 약간의 시간 차를 두고 땅이 출렁거리면서 공중으로 뛰어오르더니 볼품없이 대지에 나뒹굴었다.

준비하고 있던 마법들이 취소된 것도 당연한 일.

위드의 눈이 기회를 포착하고 날카롭게 빛났다.

'지금이다.'

쓰러져 있는 적들을 넘어서 엠비뉴의 중심부를 향하여 달렸다.

중요한 마법사, 사제 들이 있는 장소!

호위하는 암흑 기사들이 땅에서 급하게 몸을 일으켰다.

"어림없다, 이교도여!"

말에서 떨어진 기사들은 제 실력을 발휘하지도 길을 막지도 못했다.

레벨로 따지자면 300대 후반에서 400대에 이르는, 나름 강자들로 이루어진 군단이지만 위드의 주먹질 한 번에 나가떨어졌다.

엠비뉴의 고위 사제들이 있는 방향으로 일직선으로 뚫고 들어갔다.

"검은 바람의 난동!"

대사제 모툴스가 빠르게 진언을 외웠다.

어디선가 시커먼 까마귀 떼가 나타나서 위드를 온통 둘러싸 버렸다.

마법사들과 사제들을 공격하기 어렵게 하기 위함이리라.

위드의 눈에는 까마귀들 수천 마리 외에는 아무것도 보이지 않았다.

"이렇게 되면 방법이 있지. 종말의 날!"

아껴 왔던 마나를 태양의 전사 최강의 스킬을 쓰는 데 사용했다.

현재의 위치는 대략 엠비뉴의 군대 아주 깊숙한 안쪽까지 들어왔기 때문에 고위 사제들이 피해를 보지 않을 수 없다는 판단에서였다.

"신성 보호!"

고위 사제들은 보호 마법을 써서 뜨거운 불길로부터 자신들을 안전하게 지키려고 했다. 하지만 너무 가깝게 있던 이들은 그대로 화염에 휩쓸려 잿더미만 남았다. 다시 몰려들던 암흑 기사들도, 위드의 곁에서 운 좋게 살았던 마법사도 목숨을 잃었다.

엠비뉴의 군대 중심부에 상당한 피해를 입혔지만 그렇다고 해서 마음을 놓을 수 있는 상황은 전혀 아니다.

쓰러졌던 사제들과 마법사들을 비롯하여 엠비뉴의 지배를 받는 괴물들도 일어나서 모여들었다.

하늘의 마물들도 기회가 왔다고 느껴서인지 입맛을 다시면서 조금 더 가까이 다가왔다.

"독 안에 든 쥐로구나!"

"저자가 이곳에 온 것은 엠비뉴의 은총이 있었다고 할 수밖에 없다. 희생된 자들이여, 기뻐하라. 오늘 우리의 일에 큰 장애물이 될 자를 처치하게 될 것이다!"

별 타격도 받지 않은 모툴스와 잉그리그가 주위를 격려

했다.
 위드는 마나까지 다 써 버린 채로 엠비뉴의 군대 중심부에서 고립되었다.

폭풍의 눈

"죽이자!"

"엠비뉴의 형벌을 저 몸에 실험하는 것이 우선이다. 달군 인두부터 가져와라!"

"팔다리를 자르고 나서 살점을 잘게 다져라!"

광신도들이 마구 아우성을 쳤다.

위드가 빠져나갈 곳은 아무 데도 없는 상황!

근처는 오로지 엠비뉴의 하수인들로만 가득했으며, 사막 군단은 모습이 보이지 않을 정도로 멀리 떨어져 버렸다.

들모레 요새와도 적들로 가로막혀 있을뿐더러 상당한 거리가 있다. 그리고 당연히 마폰 왕국과 베이너 왕국에서 굳이 그를 구하러 올 리는 없다.

"음, 이만하면 딱 한가운데라고 할 수 있겠군."

당황할 만도 했지만, 위드는 흥미롭게 엠비뉴의 병력 배치를 살펴봤다.

사제들과 마법사, 마녀 들의 주변에는 사이사이 겹겹이 엘리트 괴물들이 자리를 메웠다.

생김새도 최악이고 역한 침을 뚝뚝 흘리는, 짙은 초록 피부의 괴물들.

엠비뉴의 괴물 개량 작업에 의하여 태어난 놈들로, 각종 전투 기술들과 회복력, 병을 퍼트리는 능력을 가졌다.

광신도들이야 아무리 강하더라도 눈에 차지 않았지만 그런 괴물들이 수천 마리가 넘게 군대 사이에서 모여들고 있었다.

위드는 딱하다는 듯이 깊은 한숨을 쉬었다.

"너희가 무슨 죄가 있겠냐. 그저 세상을 살다 보면 별일이 다 벌어지는 거지."

"……?"

"전쟁의 시대에 태어나 엠비뉴를 믿는 광신도가 될 게 아니라 나중에 아르펜 왕국이라는 훌륭한 국가가 건설된 후에 그곳의 주민으로서 살아가면 되었을 것을."

"……!"

어느 한쪽이 낫다고 구분하기 어려운 비교!

아르펜 왕국의 주민들은 국왕인 위드가 그들을 가난과 굶주림에서 벗어나게 해 주고 문화와 모험, 상업을 가져왔다고

신처럼 떠받들고 있다. 사실상 아르펜 왕국의 충성도에 대해서는 별도로 관리가 필요하지 않을 정도였다.

그렇지만 세금이란 각종 명목을 들어서 슬그머니 오르기 마련이다.

평화로운 시기였다면 진작 하늘 높은 줄 모르고 치솟았을 테지만 하벤 제국과 경쟁을 하려다 보니 유저들과 주민들을 늘리기 위해서 간신히 참고 있었다.

위드에게 그 고통은 가히 말기 암 투병에 비견될 정도!

그나마 훗날 세금을 올릴 수 있다는 희망이 있기에 가까스로 버틸 수 있었다.

만약 하벤 제국이 갑자기 몰락하기라도 한다면 그 후로 아르펜 왕국의 주민들은 치솟는 세금을 감당하느라 감자와 고구마 대신에 콩나물만 먹고 살아야 할지도 모른다.

"갇혀 있는 이교도 주제에 말이 많구나!"

"그 커다란 몸에 엠비뉴에 대한 존경심을 빼곡하게 채워 넣겠다."

소검을 든 광신도들이 위협하면서 날뛰었다.

고위 사제들과 괴물들도 각자 공격을 준비하고 있다.

잉그리그와 모툴스는 수장들답게 들모레 요새에서 전투가 벌어지고 나서도 지켜보는 입장이었지만, 이제 위드가 가까이 다가오니 직접 전투에 뛰어들려고 했다. 엠비뉴의 석상이 새겨진 목걸이를 들고 보라색의 신성력을 모으고 있었다.

등에 날개를 붙인 마녀들은 쉬익거리면서 혀를 뱀처럼 날름거렸다. 그녀들은 공격을 할 것처럼 불안감을 조성했지만 신중한 성격으로 결코 먼저 다가오지는 않았다.

중과부적.

사면초과.

모든 적들을 상대로 버텨 나가다가 상처를 입어 가면서 얼마나 버틸 수 있겠는가.

그러나 위드가 이성을 잃고 적진의 한복판까지 들어온 것은 아니었다.

효율을 앞세우고, 가능한 피해를 최소화하는 그가 무모한 전투를 할 리가 없다.

지금의 이 모든 것은 계획의 일부.

작전명은 막다른 쥐!

"쥐도 궁지에 몰리면 고양이를 무는 거지!"

계획을 성공시키기 위해서는 적들 한가운데 있어야 했다. 위험을 감수해야 했지만, 위드가 가지고 있는 조각술 스킬을 최대로 이용하기 위한 최선의 방법이었다.

"어디 다 같이 죽어 보자. 하늘이 무너져도 살아남을 수 있을지 봐야지."

위드가 품에서 꺼낸 것은 이번에도 조각품!

넓고 평평한 나무판에는 섬뜩한 풍경의 조각상들이 돌출되어 있었다.

하늘에 구멍이 뚫린 것처럼 굵은 비가 내리고, 바람의 회오리들이 움직이면서 모든 걸 휩쓴다. 땅은 갈라지고, 끝을 모를 깊은 곳으로 무너져 내렸다.

복합적인 재앙을 표현하고 있는 작품.

베이너 왕국과의 전투 당시에 바람 마법의 마스터 비얀 안드레가 쓰던 것을 겪어 보고 조금 더 파괴적으로 개량한 것이었다.

마법은 비교적 협소한 부분에 적절하게 통제된 상태에서 강력한 영향을 미치지만, 대재앙은 그 범위가 아주 넓고 예측하기도 어렵다. 또한 위력에 있어서도 대재앙이 바람 마법보다 결코 약하지 않다.

비얀 안드레는 바람 마법의 마스터로서 마나를 소모하여 마법을 발휘한다. 장점은, 시간이 걸리더라도 주문만 완성하면 바로 사용이 가능하고 또 본인은 안전하다는 점.

그에 반해 대재앙의 자연 조각술은 비기로서 축적된 예술 스탯과 자연과의 친화력, 조각품을 바쳐서 이루어 내는 기적!

조각술 마스터의 경지에 거의 다다른 데다 예술과 자연과의 친화력도 월등한 위드가 일으키는 대재앙은 천문학적인 위력을 자랑했다.

"대재앙의 자연 조각술!"

> —명작의 조각품입니다. 무시무시한 위력이 발휘되어 자신이 죽을 수도 있습니다. 그럼에도 스킬을 사용하시겠습니까?

"누가 죽나 해 보자!"

- 대재앙의 자연 조각술 스킬을 사용하셨습니다.
 예술 스탯 20이 영구적으로 사라집니다.
 생명력과 마나가 20,000씩 소모됩니다.
 모든 스탯이 사흘간 일시적으로 15% 감소합니다.
 자연과의 친화력이 떨어집니다.
 대재앙의 자연 조각술은 하루에 한 번밖에 사용하지 못합니다.
 위험한 재앙을 불러오게 되면, 그 피해에 따라서 명성이나 악명이 오를 수 있습니다.
 재앙을 겪는 와중에 죽을 수도 있으니 주의하십시오.

"놈을 붙잡아라!"

대재앙을 일으키고 난 이후, 괴물과 광신도 들의 공격이 개시되었다.

"이 세계는 파멸한다. 우리를 막을 수 있다는 착각을 없애 주마."

"절대 벗어나지 못하리라!"

위드가 긴 말살의 검을 휘두르면서 다가오는 적들을 베었다. 광신도들을 상대하는 건 어린아이 장난과 같았지만, 괴물들은 두세 번씩 베어야 확실히 죽일 수 있었다. 생명력이 높기도 하였고, 엠비뉴의 축복 속에서 웬만하면 전투 불능에 빠지지 않고 회복도 빨리 이루어지기 때문이다.

불의 힘을 사용하여 완벽하게 육체를 태워 버려야 했다.

그사이에 극악의 기사단과 징벌의 사제들이 신속하게 배

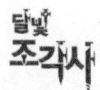

치되고 있었다. 모툴스와 잉그리그, 페쳇을 제외하면 최상의 전력인 그들이 제 발로 찾아온 위드를 포위하면서, 빠져나갈 수 없게 했다.

> -피의 저주!
> 알 수 없는 기운이 몸을 으스스하게 만들고 있습니다.
> 피를 흘릴 때마다 생명력이 평소보다 더 많이 빠져나가며 느리게 회복됩니다.

> -어두침침한 증오의 지대!
> 암흑의 영역이 선포되었습니다.
> 부정한 기운의 움직임이 활발해지고, 이에 저항하는 능력이 약해집니다.
> 저주 마법에 더 취약해질 것입니다.

> -축 늘어지는 육체!
> 힘, 체력이 14%씩 감소합니다.
> 움직임이 저하됩니다.
> '용사의 의지'가 힘을 약화시키는 저주를 완벽하게 이겨 냈습니다.

> -타고난 약점!
> 징벌의 사제들의 끈끈한 마법에 걸려들었습니다.
> 가슴 한복판의 맷집이 약해지고, 적들을 유인하는 붉은 점이 생깁니다. 이곳을 공격당하면 생명력이 최대 15.4배까지 더 많이 감소합니다.
> 말살의 검이 이 저주 마법에 대해 화염의 힘으로 저항하였지만 완벽하게 막아 내지는 못했습니다. 저주의 효과를 64%까지 감소시킵니다.

걸려들게 된 저주들!

눈앞의 적들과 싸우느라 바빠서 그 이후로는 몸에 깃든 저주들을 확인하지도 못했다.

 암흑 사제들, 징벌의 사제들은 즉각적인 공격을 하기보다는 저주로 약화시키는 쪽을 택했다.

 위드는 기본적인 저항력이 높고 저주를 파해하는 아이템들도 갖추고 있었지만 사제들의 끊임없는 시도에 의해서 하나 둘 걸려 갔다.

 "엠비뉴께서 우리에게 한 약속에 따라 피와 생명을 바칩니다. 고통스러운 망각!"

 제물을 바쳐서 시전하는 희생 마법은 적중률이 매우 높았다.

 위드는 싸우면서도 몸 상태가 급격하게 나빠지고 있다는 것을 느꼈다.

 젊은 청년이었다가 노인의 몸이 된 것처럼, 움직임이 예전과 달라졌다. 야만 전사 특유의 생존 기술과 회복력도 현저하게 느려졌다.

 정말 무서운 것은, 더 이상 위드에게 걸릴 저주들이 없게 되자 사제들이 광신도와 괴물 들에게 축복을 걸어 주기 시작한 것이었다.

 잠재력과 수명을 건드려서 투사로 바꾸는 엠비뉴의 신성 마법.

 부작용은 10분도 지나지 않아서 죽음을 맞이하게 되는 것이지만, 엘리트 보스급 이상으로 강해진다.

광신도들이 암흑 기사들의 수준으로, 그리고 암흑 기사들은 극악의 기사들처럼 변했다.

원래부터 강한 괴물들은 상당한 수준을 갖춘 보스급 몬스터로 변신!

"얼마든지 덤벼 봐라. 몽땅 쓸어 주마!"

위드는 발을 구르고 말살의 검을 휘두르며 덤벼 오는 적들을 처리했다.

생명력과 체력이 깎여 나가고, 수십 개의 저주가 걸려 있다가 해소되고 다시 적용되기를 반복했다.

최악의 상황을 맞이하고 있었지만 용사답게 당당하게 서서 모든 적들을 상대했다.

아직도 말살의 검을 휘두르면 수십 미터의 불길이 일어나서 광신도들을 떼죽음으로 몰고 갔다. 그 탓에 사제들이 가까이 다가오지 못했으며, 극악의 기사단도 그저 지켜보고 있는 모습이었다.

방심이나 여유를 부리는 것이 아니라, 잉그리그와 모툴스가 따로 신성력을 극대화시키기 위한 어떤 의식을 펼치고 있는 것이 보였다.

의식이 완료될 때까지 그들을 지키면서 기다리고 있는 듯한 태도!

그러나 나머지 적들은 끊임없이 공격해 와서, 잠깐 사이에 없애고 짓밟은 적들이 수백에 달했다.

위드도 부상을 입지 않을 수가 없었다.

야만 전사의 덩치가 큰 만큼 힘과 공격력도 월등히 강해졌지만 작은 난쟁이들이 빠르게 달려오면서 독침을 쏘는 것은 이런 난전에서는 피하기가 거의 불가능했다.

전투를 위하여 태어난 야만 전사에게도 천적이 있었던 것이다.

-생명력이 51% 이하로 감소했습니다.

"엠비뉴가 고작 이 정도였느냐. 누구도 나를 막지 못한다!"

위드가 크게 고함을 질렀다.

"미개한 적이지만 제법 용감하구나!"

엠비뉴의 징벌의 사제들도 적진의 한복판에서 싸우는 용기만은 칭찬을 했다.

"유일하게 우리를 막을 수 있었던 자. 너의 죽음으로 인하여 이 세계는 파멸될 것이다."

"내가 지키고 있는 한 엠비뉴 교단 너희는 이 대륙을 넘보지 못한다. 이 대륙에 살아가는 인간, 엘프, 드워프, 오크, 모든 종족을 대신하여 어긋난 삶을 살아가는 너희를 막아 내리라."

사제들이 이런 말을 날리니 위드도 적절한 대사로 받아쳐 주었다.

소싯적에 그래도 텔레비전을 통해 블록버스터급 영화 몇

편은 보았던 것이다.

주인공들이 낯간지러운 말들을 할 때 재수 없다고 비웃으면서도 속으로 은근히 '꽤 멋진데.'라는 생각을 했다.

그런데 이렇게 써먹는 날이 오게 될 줄이야!

'방송을 통해 중계되면 뭇 유치원생들과 초등학생들이 나를 우상으로 여기게 되겠지.'

대한민국만이 아니라 전 세계에서 인기가 높은 로열 로드.

즉, 전 세계의 어린이들이 위드를 우상으로 여기게 되는 것이다.

자라나는 꿈나무들에게 유독 화학물질을 끼얹는 격!

이렇게 죽을 확률이 더 높은 위험한 전투에서는 두려워하거나 움츠러들 필요가 없다. 너무 계산적이 되어 버리면 아무것도 못하지 않는가.

야만 전사로 변신한 이유도 시원하게 싸워 주기 위해서였다.

힘겹게 버티고 있는 사이에 굵은 빗방울들이 내리기 시작했다.

"이제 왔구나!"

가뭄 끝에 내리는 단비를 맞이하듯, 위드는 하늘을 쳐다보았다.

소나기처럼 갑자기 땅을 적시던 빗방울들은 곧바로 앞을 알아보지 못할 정도로 세찬 폭우로 변했다.

거의 전투가 불가능할 정도의 비, 그리고 바람의 회오리가 불어오고, 땅도 미친 듯이 흔들리기 시작했다.

"제대로군."

위드는 회심의 미소를 지었다.

엠비뉴 교단의 전력이 대단하다면 이렇게 모아서 한꺼번에 죽여 놔야 하지 않겠는가.

명작을 바친 대재앙의 자연 조각술로 벌이는 대량 학살의 현장!

세찬 폭우로 인하여 괴물들도 당장은 덤벼들지 못하고 주춤했다.

"그래도 이걸로는 뭔가 모자라."

위드는 고장 난 보일러에서 나오는 온수를 맞을 때처럼 뭔가 뜨뜻미지근하다고 느꼈다.

"생명력이 높은 괴물들은 어지간한 재난에도 잘 버텨서 살아남을 것 같은데."

맷집과 생명력이 높다면 대재앙에 빠지더라도 아주 재수가 없지 않는 한 살아남을 가능성이 크다.

위드만 하더라도 레벨이 매우 높고 야만 전사가 된 지금의 상태에서는 대재앙으로 죽을 걱정을 하지 않았다.

"내가 산다면 엠비뉴의 고위급들도 대거 살아나겠지. 엘리트 괴물들 그리고 지옥의 마물들도 말이야."

지옥문을 닫기 전까지는 계속 쏟아져 나오는 마물들.

그놈들도 치리해야 하는 마당에 단지 대재앙의 자연 조각술만으로는 부족하리라.

"확실히 나도 죽을 수 있을 정도의 위험이어야 돼. 으음, 그렇지 않으면 시시하지."

위드는 품에서 종이쪽지를 하나 꺼냈다.

오래되고 볼품없이 구겨져 있는 종이지만, 대마법사의 무시무시한 궁극 마법이 새겨져 있는 스크롤.

유성 소환!

성 하나 정도는 파편만으로도 그냥 말아먹을 정도이며, 아주 큰 유성이 낙하하면 국가의 수도가 통째로 사라지기도 한다고 한다.

누구도 경험해 본 적은 없기 때문에 그 위력이 어디까지인지도 전혀 알 수가 없었다.

"이판사판이야."

위드는 유성 소환의 스크롤을 찢었다.

명동의 사채업자들!

그들은 자신이 왜 이런 상황에 처하게 된 것인지 알아내기 위하여 머리를 굴렸다.

"틀렸어. 원한을 가진 놈이 어디 한둘이어야지. 혹시 최사장이 내 뒤통수를 쳤을까? 아니면 배 이사님이 회사 내에서 영향력이 커진 나를 제거하려고?"

먹고 먹히는 뒷세계에서 의심 가는 인물은 쌓이고 쌓였다.

검찰과 국세청까지 모두 동원할 정도의 권력을 갖고 그들과 같은 조무래기들을 쳐 내는 것도 어딘가 이상하다. 그들은 약한 자에게 강하고 강한 자에게는 약한 생존의 철칙을 잘 지켜 왔던 것이다.

"이유를 모르겠군."

사채업자들 중에서 가만히 내버려 두면 누군가 구해 줄 거라 믿는 낙천적인 인물은 없었다.

언제 적대적인 자들이 나타나서 자신을 죽일지도 모른다는 두려움으로, 처음에는 악착같이 탈출구를 찾았다. 하지만 작은 방에 비밀 통로는 당연히 없었고, 천장과 벽을 아무리 두들겨 봐도 대꾸 따위는 들리지 않았다.

"지나가는 누구라도 좋다. 나를 구해만 준다면……."

그들이 갇혀 있는 장소는 지하 300미터. 조금만 더 파면 천연 암반수가 나오는 지역이다.

당연히 지나가는 행인이 있을 리가 만무했다.

탈출은 정말 꿈도 꿀 수 없는 장소였으니 결국 각자 체념하고 살아갈 수밖에 없었다.

3~4달이 지나고 나서는 감금 생활에 부득이하게 익숙해지면서 적응하게 되었다.

그들의 유일한 낙은 텔레비전을 보는 깃.

뉴스는 애당초 관심이 없었고, 스포츠와 드라마 정도를 즐겨 봤다.

사채업자들은 의외로 아침 드라마의 매력에도 빠지게 되었다.

인간 세상의 자극적인 소재들은 전부 모여 있는 데다 매회가 흥미진진하다. 죽기 살기로 싸우다가 화해하고 다시 싸우면서 원수가 되고 출생의 비밀까지 알아내는 과정이 한 편에 모두 담겨 있으니, 할리우드 영화들은 저리 가라 할 정도로 버라이어티했다.

그리고 로열 로드!

답답하고 좁은 공간에 갇혀 있는 사채업자들에게 탁 트인 로열 로드의 배경과 세계는 부러움을 잔뜩 안겨 줬다.

로열 로드만큼 사람들의 행복 지수를 끌어올려 주는 매체는 없었다. 사채업자들도 당연히 위드의 모험을 지켜보았고, 지금도 생중계를 보기 위해 텔레비전 앞에 앉아 있었다.

"위드가 지금 대재앙을 일으키고 있습니다. 전쟁의 신 위드의 트레이드마크와도 같은 대재앙이 엠비뉴의 군대 중심부에서 펼쳐집니다!"

"대재앙으로 적들을 모두 쓸어버리려는 생각인 것 같습니다."

"전투 실력뿐만 아니라 정말 과감하고 적극적인데요. 저러한 용기는 어디서 나오는 것일까요?"

CTS미디어의 방송에서는 해설자들이 침을 튀겨 가면서 열을 올렸다.

위드가 엠비뉴의 군대 한복판으로 들어간 순간부터 위기의 절정 과정에 있었다. 방송을 오래 하다 보면 시청률이 가장 높게 나오는 순간이 언제인지 직감적으로 알게 되기에, 그 순간에 약간은 더 오버하는 것도 자연스러웠다.

CTS미디어만이 아니라, 동시간대에 중계를 하는 다른 방송국들도 사정은 모두 마찬가지.

위드가 위기를 겪거나 혹은 대단한 장면을 만들어 낼수록 흥분한 해설자들의 목소리가 커졌다.

그리고 위드가 품에서 종이쪽지를 꺼냈다.

"저것은 마법 스크롤이네요."

"특이하게 생긴 붉은 종이인데. 상당한 고위 마법으로 보입니다."

"위드 정도 되는 유저라면 고위 마법 스크롤을 꺼내는 것도 당연하죠."

"사막에서 얻었을까요? 아니면 정복과 약탈을 하면서?"

"텔레포트로 도망치려는 게 아닐까 추측이 되는데요."

"엠비뉴의 마법사들이 허락을 하지 않을 텐데… 과연 성공할 수가 있을지 미지수입니다."

텔레비전 속의 해설자들은 빠르게 말을 이어 갔다.

추측밖에 나오지 않는 상황에서 정보들을 끼워 맞추고 결론을 내려야 한다. 설혹 틀린 말이라고 할지라도 시청자들의 흥미를 이끌어 내고 감정을 고조시킬 수 있다면 성공적.

"붉은 종이의 스크롤이라면 화염 계열 마법입니다."

"아, 위드와 잘 어울리는군요. 역시 대단한 공격 마법이 펼쳐질 것 같습니다."

"비가 쏟아지는 와중에 화염 마법이라니, 일반적인 상식에 비춰 보자면 위력이 많이 약화될 텐데… 이런 사정을 고려하지 않은 것일까요. 위드답진 않습니다."

"위력이 매우 강한 화염 마법이라면 쏟아지는 빗줄기 정도는 무시해도 될 것입니다. 폭발 계열의 화염 마법이라면 거의 상관이 없죠."

"아… 지금 확실한 소식통을 통해서 정보가 들어왔습니다. 저 마법 스크롤의 정체는 궁극의 공격 마법인 유성 소환입니다!"

"유성 소환이라고요!"

대재앙을 일으키더라도 어느 정도의 효과가 일어날지는 미지수였다. 엄청난 재앙이 휩쓸고 지나가겠지만 엠비뉴의 군대가 절반이나 혹은 그 이상 감소하기는 아무래도 무리이리라.

해설자들은 그래도 실컷 띄워 주면서 위드를 찬양해야 시청자들의 관심을 집중시킬 수 있다는 걸 잘 알고 있었다.

로열 로드 방송도 리액션이 굉장히 중요한 것.

그런 해설자들도 이번에만큼은 진심으로 놀라서 자리에서 펄쩍 뛰었다.

사촌이 로또에 당첨된 것만큼의 경악!

"터, 터무니없는 일이 벌어졌습니다. 궁극의 유성 소환 마법! 다른 명칭으로는 불타는 유성 소환이라고도 합니다만, 차이를 둘 필요는 없을 것입니다. 결과는 어차피 같을 테니까요."

"유성이 정말 소환이 될까요? 만약 마법 스크롤이 정상적으로 작동된다면 베르사 대륙 최초로 유성이 소환되는 광경을 볼 수 있겠습니다."

"그러한 광경을 보는 것만으로도 영광스러울 것입니다. 얼마나 화려한 장관이 연출될까요. 상상도 하기 어렵습니다."

엠비뉴의 군대와 전력을 다해서 싸울 줄만 알았지 설마 유성을 소환해 버릴 줄이야.

각 방송국들의 연출진에는 갑작스러운 비상이 걸렸다.

유성 소환의 영상을 제대로 현장감 넘치게 방송하기 위해 모든 기술진이 총동원됐다.

"이런 미친놈!"

텔레비전을 보고 있던 사채업자들도, 입에서 보리빵이 튀어나올 정도로 놀랐다.

―유성 소환의 마법이 봉인되어 있는 스크롤이 발동되었습니다.
유성이 낙하할 장소를 정해 주십시오.

위드는 스크롤을 가지고 다니면서도 긴가민가했다. 너무도 엄청난 마법 스크롤이기에 혹시나 불량품이 아닐까 하는 의심이 자꾸만 든 것이다.

대마법사 로드릭이 낙서를 해 놓고 나서 잊어버린 스크롤을 귀중하게 여기고 가지고 다니다가 발동시키고 나니 아무 반응이 없는 허무한 일이 벌어지지 말란 법도 없다.

"제대로 작동하는군. 역시 명품이었어. 글씨도 악필이고, 겉보기에는 딱 그냥 딱지나 접게 생겼는데 말이야."

유성 소환은 그 특성상 오차가 아주 크다고 했던 점이 떠올랐다.

"그렇다면 바로 여기로 결정해야지. 그래야 빗나갈 테니까. 후후후, 역시 난 똑똑하군."

위드는 자기의 발밑을 유성이 낙하할 장소로 결정했다.

―장소가 지정되었습니다.
잠시 후 유성이 낙하하게 될 것입니다.
지상에 충돌하면 그 피해는 넓은 지역에 미치게 되니 주의해야 합니다.

"이렇게 정하는 게 가장 좋은 방법이 맞겠지. 음, 그런데…

왠지 아주 불안한데."

온몸을 파고드는 불안한 한기.

그러나 기다려 보는 것 외에 달리 할 수 있는 것이 없었다.

굵은 빗줄기가 내리면서, 바람의 회오리들이 전장을 휩쓸고 다녔다. 광신도와 괴물 들이 그대로 공중으로 떠올라서 이리저리 날아다니며 울부짖는 비명 소리가 들린다.

땅이 움푹 꺼지고 갈라지면서 수많은 엠비뉴의 군대를 끝을 모를 무저갱으로 집어삼켰다.

"우히히히힛, 이제야 죽겠구나!"

"나는 저 아득한 밑바닥으로 떨어지고 있다. 아주 영광스럽습니다!"

광신도들은 일반 병사들과는 다르게 어떤 재앙에 의해서도 사기가 줄어들지는 않았다.

그러나 위드의 대재앙은 세상의 마지막을 보여 주는 것처럼 어마어마했다.

불어오는 회오리바람이 몸을 가눌 수가 없게 만들며 천지 사방으로 끌고 다닌다. 괴물들과 광신도들은 이리저리 밀려서 대지의 구멍으로 한꺼번에 쓸려 내려갔다.

땅은 흔들리고 무서운 소리를 내면서 두부처럼 으깨진다.

인간으로서 경험하기 어려운 대재앙의 무시무시한 현장.

지켜보는 것만으로도 평범한 사람들은 앞으로 착하게 살아야겠다는 다짐을 하게 만들고, 위드에게는 최소한의 양심

이 생기게 되는 그런 광경이었다.

 위드는 큰 덩치 때문에 바람의 저항도 많이 받았다. 야만 전사의 맷집도 저주로 인해서 약화되는 바람에 생명력이 제법 감소했다.

 "우에에에엑!"

 상체를 숙이고 버티고 있는데 괴물들이 굴러 와서 부딪쳤다. 피하려고 했지만 화살 같은 것도 아니고, 바람에 휩쓸려 온 수많은 괴물들을 어떻게 다 피할 수가 있겠는가.

 "아, 안 돼!"

 위드의 육중한 몸도 거짓말처럼 붕 떠서 날아가기 시작했다.

 바람에 휘말리면서 공중에서 광신도와 괴물과 부딪쳤다. 손을 허우적거려도 잡히는 것은 아무것도 없었고, 몸은 속절없이 빙글빙글 돌면서 하늘을 날아다녔다.

 어찌할 수가 없는 막막함!

 대재앙에 휘말려 버리고 만 것이다.

 불사조의 생명력 스킬은 3분간 어떠한 공격에서도 버텨내게 해 주지만, 지금은 맑은 하늘이 아니라서 쓸 수가 없다.

 회전이 너무 빨리 이루어져서 위드가 보는 시야는 땅과 하늘이 계속 뒤바뀌었다.

 괴물들이 무서운 속도로 날아다니면서 몸에 부딪쳤다.

 충돌로 인한 생명력의 저하야 당장 죽을 정도로 위험한 수준은 아니었지만 이 재앙이 끝나고 나서 연쇄 공격을 당할 것을 감안한다면 충분히 위태로운 상태!

"절대 방어, 눈 질끈 감기!"

방어 스킬을 총동원하고 버티기로 전환!

콰르르르르릉!

바로 근처에서 천둥이 쳤다.

회오리에 휘말려서 하늘 저 높은 곳까지 솟구쳤다. 구름을 뚫고 올라가는 대재앙의 위력!

갑자기 몸을 밀어 올리는 바람도 느껴지지 않았고, 환한 빛에 눈이 부셔 왔다.

"으으음!"

눈을 떠 보니 맑은 하늘, 그리고 태양도 보였다. 먹구름을 돌파하여 평온한 세상에 온 것이다.

그러나 그러한 여유도 불과 2~3초!

아래에 있는 회오리바람이 다시 그의 몸을 끌어당겼다.

"으아아아아아!"

이번에는 무시무시한 속도로 지상으로 낙하했다.

놀이공원에 있는 롤러코스터를 타 본 적은 한 번도 없지만, 그걸 탄 기분이 지금과 비슷하리라고 추측할 수는 있었다.

그러나 롤러코스터는 기껏해야 몇백 미터에서 안전하게 내려오는 것이고, 지금은 구름 위에서 어떤 안전장치도 없이 바람에 휘말려서 추락한다는 사소한 부분만이 달랐다.

"볼 것도 없다. 눈 질끈 감기!"

위드는 다시 방어 스킬을 사용했다.

회오리바람이 살갗을 베고 지나가고, 얼마나 많은 광신도와 괴물 들을 집어삼켰는지 알 수 없는 대재앙이 계속 부딪친다.

몸만 부딪친다면 다행이지만 날아다니는 창과 검에 찔리고 베이고 꽂혔다.

끄으으으응!

저 멀리에서 날아와서 위드의 다리를 물고 늘어지는 괴물도 있었다.

악어처럼 입이 아주 길고 날카로운 이빨을 가진 괴물은 어떻게든 살려고 주둥이를 열지 않았다.

퍼퍽!

그러나 결국 위드의 발길질을 맞고 아득하게 멀리 날아가는 신세가 되고 말았다.

'대재앙이 길기도 하구나.'

적들이 당할 때는 몰랐는데 자신이 휘말리게 되니 아주 길게 느껴졌다.

군대에 간 당사자는 그렇게도 시곗바늘이 안 움직이는데, 사회에 있는 친구들은 왜 이렇게 자주 휴가를 나오고 벌써 제대할 때가 되었느냐고 물어보는 것과 같은 이치!

'한참을 내려온 것 같은데. 지금쯤이면 이제 땅에 부딪칠

때가 되지 않았나?'

위드가 방어 스킬을 취소하면서 눈을 떠 보니 갈라진 땅이 보였다.

깊고 어두운 대지의 틈으로 정확히 떨어지고 있는 중이었다.

아찔하게 빠른 속도.

그리고 몸이 옆으로 계속 빙빙 돌았다.

"흐읍, 순간의 괴력!"

체력을 소모하더라도 막대한 힘을 발휘하는 스킬!

몸에 지독하게 걸려 있던 저주들은 그사이에 높은 저항력에 의해 5~6개를 남겨 놓고 모두 풀린 뒤였다.

'어디 한 놈만 걸려라.'

위드는 땅이 아니라 온 사방을 살피기 시작했다.

마침 길고 두꺼운 꼬리를 가진 괴물이 팔다리를 요동치면서 날아오고 있었다.

"통렬한 일격!"

쐐액!

바람에 휩쓸린 괴물은 생명력이 많이 떨어져 있었다. 그러다 거세게 얻어맞고 곧바로 사망했다.

위드는 그 반발력을 이용하여 추락하는 속도를 조금 줄였다.

'이 정도로는 안 돼. 몇 놈만 더.'

바람이 한 방향으로만 불어오는 것이 아니고 곡선으로 휘

어지기 때문에 모든 곳을 철저히 살폈다.

날아오는 괴물, 광신도, 마차, 돌덩어리 할 것 없이 연속 공격!

위드의 공격은 빗나갈 때도 있었지만 적중할 때가 훨씬 더 많았다. 그 덕에 간신히 추락하는 속도와 방향을 조금 바꾸기는 했지만, 여전히 대지의 틈을 향해서 떨어지고 있었다.

이대로는 정확하게 땅속으로 빨려 들어가서 모든 게 끝나 버릴 상황!

'대재앙에 대해서 너무 방심했어.'

뒤늦은 후회를 해 봤지만 소용이 없었다.

그렇게 땅 근처까지 내려왔을 때, 위드는 갑자기 등에 엄청난 충격을 받았다.

"커헉!"

청동 거인이 날아와서 부딪친 것이다.

하지만 그 덕에 까마득하게 깊은 곳으로 빨려 들어가지 않고 대지의 틈에 생성된 절벽에 충돌했다.

-충격으로 인해 생명력이 19,374 감소합니다.

생명력은 문제가 아니었고, 당장 다시 아래로 떨어질 판.

"살아야 돼!"

위드는 팔을 쭉 뻗어서 돌출된 바위들을 붙잡았다.

푸스스슥.

야만 전사의 몸무게를 감당하지 못한 바위들은 두부처럼 으스러졌다. 그렇게 수십 미터를 쭉 내려오다가 간신히 정지했다.

"사, 살았다."

위드는 겨우 한숨을 돌렸다.

지금까지 진행한 조각술 최후의 비기 퀘스트가 그대로 날아가 버릴 뻔한 순간이었다.

위쪽을 쳐다보니 대지의 벌어진 틈에서는 광신도와 괴물들이 계속 떨어지고 있었다.

바람이 얼마나 부는지 그 소리가 시끄럽게 울렸다.

"시원하게도 죽는군. 뭐, 나로서는 잘된 일이기는 하지만."

위드는 절벽을 기어서 올라갔다.

다시 바람에 휩쓸리고 싶지는 않으니 지상으로 올라가진 않을 속셈이었다.

10미터 정도 더 낮은 곳에서 휴식을 취하면 되지 않겠는가.

―대지의 여신 미네의 축복이 함께합니다.
땅이 전해 주는 기운으로 체력과 생명력을 회복합니다.

편안하게 벽에 손을 대고 있으니 체력과 생명력도 빨리 보충되었다.

적진의 한복판에서도 당당할 수 있었던 것은 맷집과 더불어 이러한 회복력을 믿었기 때문이다.

"몇만 명 정도는 피해를 입었겠지? 혼란스러운 와중에 마녀들과 사제들이 많이 죽어 주면 좋을 텐데."

대략 앞으로 있을 일을 머릿속으로 정리하면서 대재앙이 그치기만을 기다렸다.

그러다가 불현듯 드는 생각.

'유성 소환은 어떻게 되었지?'

이곳에서 벌어지는 일 중에서 대재앙이 예고편이라면, 유성 소환은 그야말로 메인이벤트.

만약 엉뚱한 장소로 낙하하는 것이 아니라 제대로 적중한다면 측정이 불가능할 정도로 강렬하기 짝이 없을 것이다.

그 위력이야말로 대대대대대대대재앙 수준!

'대재앙이 벌어지고 나서 겨우 살아남았다고 안도하는데 유성이 떨어진다면 정말 날벼락이겠지. 엠비뉴의 군대는 폭삭 망할 거야.'

하지만 위드도 회심의 미소만 짓고 있을 수는 없었다.

유성이 어디로 어떻게 떨어질지를 누가 알겠는가!

들모레 요새 위나 사막 군단의 머리 위로 떨어져서 그냥 다 전멸하지 말란 법도 없다.

하늘에서 떨어지는 빗방울이 조금씩 줄어들고, 바람도 약간이나마 진정이 되는가 싶었다.

그런데 하늘이 갑자기 붉게 타오르는 듯이 빛났다. 먹구름은 뜨거운 태양에 녹아 버리는 안개처럼 힘없이 흩어졌다.

"설마 이것이 유성 소환?"

위드는 고개가 꺾여져라 위를 올려다봤다.

갑자기 밝아진 하늘에 작은 돌멩이가 있었다.

"저게 유성이라면 좀 작은데. 마법 스크롤은 성공했지만 위력이야 뭐 거의 불량품 수준에 가까운 것인가?"

실망감이 가슴을 쳤다.

하지만 그 작던 돌멩이는 잠깐 사이에 무서운 속도로 커졌다. 처음 봤을 때는 고작해야 손가락 반 마디도 안 되었던 것이 금방 손바닥 수준으로 넓어진 것이다.

구체적으로 크기가 가늠이 되지 않는 것으로 보아서 아직도 어마어마한 거리가 남아 있는 것 같은데, 날아올수록 기하급수적으로 확대되고 있었다.

위드의 본능이 마구 경고를 발했다.

'이거 장난이 아냐. 저건 스치기만 해도 사망이 아니라, 흔적도 안 남고 죽겠다.'

온몸의 솜털까지 곤두설 정도의 위기감.

그럼에도 불구하고 섣불리 움직일 수는 없었다. 아직 대재앙이 끝난 것도 아니며 유성이 어디로 추락하게 될지도 알 수 없다는 점 때문이었다.

'딴 데로 가라. 가 버려라.'

위드의 간절한 바람을 무시한 채로 불과 몇 초 사이에 유성의 크기는 갈수록 늘어 갔다.

이럴 때일수록 냉정해져야 했다.

'다시 천천히 사실관계부터 확인해 보자. 저게 계속 커지고 있다는 점은 가까워지고 있다는 의미지. 유성이 땅으로 추락하는 건 당연한 거니까. 그리고 거의 정확히 내 머리 위에서 다른 방향으로 움직이지를 않는데, 그 의미는?'

길게 생각해 볼 것도 없이 바로 정확하게 이곳으로 떨어지고 있다는 뜻!

위드를 겨냥하고 있는 것은 아니겠지만 이 지역 전체가 범위에 들어 있다고 봐야 옳았다.

위드가 있는 장소는 엠비뉴의 군대의 중심부이니 유성 소환이 제대로 이루어졌다는 것을 기뻐하는 것도 잠시.

살지 못하면 그거야말로 최악의 경우가 아닌가.

행운은 항상 비껴가고 마는데 불행은 언제나 정확하게 다가왔다.

"어떻게든 피해야 되겠군."

위드는 주변을 살펴보았다.

대지의 깊은 틈새 안이라고 해도 전혀 안전할 것 같지 않다. 유성 소환의 파괴력이라면 이 부근 전체를 초토화시켜 버리기에 충분하지 않겠는가.

점점 빠르게 커져만 가는 유성은 차분히 생각할 시간적 여유도 주지 않는다.

"이판사판이야."

위드는 대지의 틈을 박차고 뛰어올라서 밖으로 나왔다.

비와 회오리는 여전하였고, 땅은 갈라져서 흔들리면서 춤을 추고 있었다. 그래도 이제 대재앙의 위력은 많이 약해지고 점점 사라져 가고 있는 중이다.

위드는 이미 머리 위가 뜨거워짐을 느낄 수 있었다.

하늘에서 불타오르는 거대한 운석이 직접적으로 느껴지기까지 하는 것이다.

다른 그 어떤 방법도 없는 상태.

"이판사판이야. 바람의 질주!"

위드는 앞을 향해서 무작정 달렸다.

야만 전사의 다리가 긴 편이고 힘이 워낙에 좋기에 빠른 속력을 낼 수가 있었다.

그보다도 더 다행인 점은, 엠비뉴 교단 측에서도 방해하지 않았다는 것이다. 유성을 본 모든 이들이 도망치려고 하였기 때문이다.

전일과 전이.

사막 군단을 지휘하는 조각 생명체들은 멀리 떨어진 언덕 위에서 전투를 지켜보고 있었다.

"과연 대제시로군."

위드에 대하여는, 어쨌든 감탄밖에는 나오지 않는 월등한 무력이다.

그가 들모레 요새로 들어갔다가 야만 전사로 변해서 나오는 것도 다 알아보았다. 위드가 불가사의한 조각술을 펼치면서 싸우는 것을 충분히 많이 겪어 봐서였다.

그리고 약속한 대로 대재앙이 일어났다.

사막 군단은 대재앙이 끝날 무렵에 돌격하기 위하여 대기 중이었다.

전투 노예들도 준비를 갖추고, 코끼리 부대와 뱀파이어 부대들까지 싸움을 개시하기 위하여 전열을 갖췄다.

사막 군단이 대륙을 휩쓸 정도라고는 해도 엠비뉴의 군대에 그냥 부딪쳐서는 승산이 낮다.

위드가 휘저어 주고, 들모레 요새로 일부를 끌어들인다. 대재앙까지 일으켜서 그들을 괴롭혀 놓은 후에 몰아치겠다는 계획!

"돌격 준비를 갖춰라. 기병들은 모두 말과 낙타에 타라."

그런데 저 하늘이 붉게 물든 이후로 출동은 보류하기로 했다.

"퇴각하라!"

오히려 전장에서 더욱 멀리 떨어졌다.

조각 생명체들이 보기에도 어마어마한 유성이 위드와 엠비뉴 교단이 있는 장소로 향하였던 것이다.

위드를 구하기 위하여 가는 것은 무의미했기에 전력을 보존하는 쪽을 택했다.

그리고 엠비뉴의 군대 진영에서 일어난 대폭발!

태양을 직접 보는 것처럼 눈이 먼저 부시고, 그 이후에는 돌과 나무, 모래가 밀어닥쳤다. 몸이 절로 뒤로 밀려날 정도로 바람도 강하게 불어왔다.

전투 노예들에게 다소의 피해가 있었지만 체력이 약한 몇백 명이 죽었을 뿐 심한 정도까지는 아니었다.

"대제께서는 생존하셨는가?"

"모릅니다. 보이지 않습니다."

위드의 생사에 대하여 확인하기도 전에 하늘이 다시 붉게 물들었다.

전삼이 손가락을 들어 하늘을 가리켰다.

"또 옵니다!"

하늘에서 쏟아지는 유성들.

놀랍게도 유성 소환의 마법은 단 하나만 불러오는 것이 아니라 수십 개의 유성을 낙하시키는 것이었다.

폭발로 인한 먼지구름이 일어난 곳으로, 불타오르는 유성들이 긴 꼬리를 이어 가면서 차례대로 내리꽂힌다.

대지가 놀라서 펄쩍펄쩍 뛰고 있었다.

땅이 아이스크림처럼 깊게 파이고 박살 나는 광경을 여실히 볼 수 있었다.

이윽고 전일이가 말했다.
"대제께서는 편안히 가셨을까?"
전이가 확신을 갖고 대답했다.
"고통은 없었을 것입니다."

위드의 최후

위드는 첫 번째 유성이 땅에 떨어지기 10여 초 전부터 등줄기가 오싹했다.

'이건 엄살이 아니라 정말 죽겠다.'

방어력을 높여 놓더라도 의미가 없을 정도의 위력.

유성 소환은 마법의 궁극 공격이라고 칭하기에 충분했다.

도무지 비교할 것을 찾을 수 없을 정도로, 너무나도 강한 공격 마법!

최소한 세 가지의 마법 분야에서 거의 마스터에 근접한 마법사만이 발휘할 수 있는 것이 유성 소환이다. 정말 아무나 쓸 수 없는 마법인 것이다.

더구나 개인을 상대로는 발동 시간이 오래 걸리고 정확도가 낮아서 의미가 없는 마법이고, 전투에서 사용하기에도 부담스러운 수준이었다. 다행히 적군에게 떨어지면 좋지만, 아군에게 떨어지지 말란 법이 어디 있겠는가.

위드는 대충 어떻게든 되리라는 생각에 막 스킬을 사용한 감이 있었다.

유성이 사막 군단으로 향하더라도 그들은 전투에 돌입해 있는 상태가 아니기에 말과 낙타를 타고 일찍부터 도망쳐서 피해를 줄일 것이다. 20만이 넘는 전투 노예들이야 죽거나 살거나 어차피 큰 영향을 미치지는 못할 터.

그래서 유성 소환을 대충 저질러 버렸는데 그것이 정확하게 자신이 있는 지역으로 떨어지게 될 건 또 뭐란 말인가.

"비켜라!"

위드는 그냥 마구 달리는 것 외에는 할 게 없었다.

괴물들과 마물들까지 놀라서 다 같이 달아났다.

"오오, 엠비뉴 신이시여! 드디어 이 땅을 파괴해 주시는 것이옵니까."

"저를 어서 죽여 주소서. 제 소원은 저의 죽음입니다!"

광신도들은, 피하는 자들도 있었지만 땅에 엎드려서 감사의 기도를 올리기도 했다.

"엠비뉴의 은총을 이렇게… 퍽!"

위드는 그들을 밟고 지나갔다.

유성이 어디에 있는지 볼 겨를도 없었지만 그리 먼 곳은

아니라는 느낌이 계속 들었다.

등 뒤가 너무나도 뜨겁게 느껴진다.

'앞으로 5~6초 정도.'

유성이 떨어지는 속도로 대충 예상해서 시간을 쟀다.

정확한 건 아니었고, 불과 0.1초 차이로도 삶과 죽음의 갈림길을 오가게 되리라.

불타오르는 유성이 지상으로 낙하하면서 비와 회오리바람은 모두 사라져 버리고 말았다.

위드는 대지의 틈을 빠져나와서 최소한 1킬로미터 정도는 그대로 달렸다. 어쩌다 도망치는 방향이 같은 엠비뉴의 사제들을 몇 명 보기도 했지만 그들을 죽일 시간도 없다.

너무나도 밝은 빛에 시야 전체가 환해지고 있었다.

그 의미는 충돌이 머지않았다는 뜻!

어쨌든 확실한 건, 앞쪽이 아니라 뒤쪽으로 떨어진다. 얼마나 먼 거리에서 유성이 떨어지게 될지, 그 파괴력이 어떻게 되는지는 겪어 보면 알 수 있으리라.

"아이고, 죽겠다. 이번에 살아나면 정말 남들 잘 도우면서 착하게 살아야지."

문득 근처에 또 다른 대지의 틈이 있는 것이 보였다. 그렇지만 너무 좁아서 지금의 몸으로는 도저히 들어갈 수가 없을 것 같았다.

"조각 변신술 해제!"

조각 변신술이 풀리며 야만 전사의 덩치가 원래대로 작아져 갔다.

대지의 틈을 향하여 몸을 날리고 뒹굴면서 갑옷과 방어구들까지 전부 착용.

"눈 질끈 감기, 절대 방어! 그리고 또 쓸 만한 게 뭐가 있나. 강철 피부!"

사막에서 성장하는 퀘스트의 초창기에 배워서 몇 번 쓰고 효과가 미미해서 사용하지 않던 방어 스킬까지 사용했다. 생존을 위한 본능이 얼마나 위대한 것인지를 보여 주는 광경이었다.

그리고 유성이 지면에 충돌했다.

맨 처음 위드가 빠져 있던 대지의 틈에서 그다지 떨어지지 않은 위치.

유성이 땅에 떨어지면서 거대한 지진이 일어났다. 파편들이 주변을 휩쓸었으며, 화염 폭풍도 커다랗게 일어났다.

그 직후에는 엄청난 충격파가 해일처럼 지상을 휩쓸고 지나갔다.

―영혼이 이탈할 정도의 거센 충격으로 인하여 생명력이 극심하게 감소합니다.
절대 방어가 굳건한 의지로 정신을 잃어버리는 것을 막습니다.
전체 생명력 중에서 48%를 한꺼번에 잃어버렸습니다.
육체에 큰 부상을 입어 전투 스킬들의 효과가 현저히 낮아집니다.
다리에 치명적인 손상을 입었습니다. 고통으로 인해 절뚝거리게 됩니다.

평소에는 보려고 기를 써도 보기 어려운 메시지 창이 나왔다.

초보자들이 겁도 없이 고레벨 몬스터에 덤벼들었을 때에나 나오는 메시지.

위드의 생명력도 354,000이 한꺼번에 줄어 버렸다.

그동안 전투와 대재앙에 휩쓸렸던 탓에 마지막 남은 생명력은 38,000 정도.

대지의 여신 미네의 축복으로 생명력을 보충하지 않았더라면 정말 위험할 뻔했다.

위드는 대지의 틈 속에서 한숨을 돌렸다.

"겨우 살아난 것 같군. 이건 다 내가 운이 없었던 탓이야. 더 열심히 다른 사람들을 착취하면서 살아가야지. 아르펜 왕국에 무사히 돌아가기만 해 봐라."

충격파가 휩쓸고 지나가고 난 이후에는 뜨거운 열풍이 불었다.

엄청난 화염이 대지를 덮고 있었다.

-불의 기운을 통해 생명력을 보충합니다.

-대지의 여신 미네의 축복이 함께합니다.
 땅이 전해 주는 기운으로 체력과 생명력을 회복합니다.
 생명력이 20% 이하로 감소한 상태이기에 회복 속도가 4배로 높아집니다.

위드는 대지의 여신 미네의 축복에 넘실거리는 화염 각인 스킬도 다시 발휘하면서 체력과 생명력을 다시 채웠다.

지금 적들에게 발각된다면 정말 목숨이 위태로울 수 있는 상황!

'유성 소환으로 놈들도 많이 죽어서 반격은 꿈도 못 꾸겠지. 의외로 정말 엄청난 공격이었어. 대충 적들의 외곽이라도 무너뜨려 주면 좋다고 생각했는데, 확실하게 쓸어버렸겠군.'

위드조차도 즉사할 뻔했으니 기대했던 것의 10배 이상의 수확이라고 봐야 하리라.

'아, 아쉽다. 그런 마법 스크롤을 아껴 놨다가 헤르메스 길드 놈들에게 썼어야 하는데.'

좋아한 것도 잠시이고, 마법 스크롤을 소모한 것이 아까워졌다. 아껴 놓으면 다 재산인데 너무 쉽게 사용해 버린 것 아닌가.

'그래도 퀘스트를 마치는 것도 중요하니까.'

생명력이 최대치의 6%까지 회복되고 난 후 위드는 대지의 틈 위로 고개만 내밀었다. 아직 몸 상태가 정상은 아니지만 적들을 살짝 살피기만 하려는 생각에서였다.

"엠비뉴의 우월한 보호는 모든 파괴에서 우리를 구해 준다."

"파괴! 파괴! 파괴!"

유성 낙하의 충격에 의해 인근의 엠비뉴의 군대가 싹 쓸려갔을 것이라는 예상은 빗나갔다.

징벌의 사제를 비롯하여 고위 사제들은 특수한 보호 마법을 펼쳤다.

-파괴신의 신성한 믿음.

보호막 안에 있는 광신도들과 괴물들은 일시적으로나마 모든 공격으로부터 안전하게 보호받을 수 있었다.

여러 말이 필요 없이 사기적인 스킬!

주문을 외우는 시간이 길다는 단점이 있었지만, 징벌의 사제들은 스스로를 지키기 위한 보호 마법을 완성시켰다.

그 결과 사제들은 꽤 많이 살아남았지만, 유성 낙하로 인하여 엠비뉴의 군대가 입은 전체적인 피해는 참혹한 수준이었다.

유성이 군대의 중심부를 정확히 강타하면서 많은 고급 전력이 폭발과 충격에 의해 즉시 먼지로 변하여 사라졌다. 유성 낙하의 힘이 너무나도 큰 나머지, 지형 자체가 부서질 정도의 충격에 의하여 괴물들과 극악의 기사들 중에서 많은 부대가 전멸했다. 설혹 살아남았더라도 많은 이들이 전투 불능에 빠지고 말았다.

위드가 그러했듯 대재앙에 휘말리고 난 직후에 일어난 유성 낙하라서 더욱 피하지 못하고 휩쓸려 나갔다.

사제들의 보호 마법이 없었더라면 엠비뉴의 군대의 핵심 전력도 몰살을 면치 못했으리라.

특히 지옥의 문을 통과해서 나왔던 마물들은 삼분의 일도 남지 못하고 깔끔하게 숫자가 감소했다.

문이 열려 있는 만큼 마물들이 계속 나올 수야 있겠지만 유성 소환에 의하여 멀쩡한 놈들이 몇 없을 테니 당장은 정리가 된 것이다.

위드와 스무 걸음 정도로 제법 가까운 곳에도 보호막이 펼쳐져 있었다.

극악의 기사들 그리고 괴물들과 눈이 마주쳤다.

"제물! 그곳에 숨어 있었구나!"

"아, 안녕?"

위드는 두더지처럼 대지의 틈으로 다시 들어가려고 했다. 생명력이 없으니 바로 전투를 재개하기에는 부담감이 있었다.

그런데 아주 짧은 순간이지만 극악의 기사들이나 괴물들이 움직이지 않는 것에 이상함이 느껴졌다.

'저놈들이 왜 그러지?'

눈치를 보아하니 보호 마법의 특성상 밖으로 나오지 못하는 것 같았다.

'공격도 끝났으니 신성 마법을 해제하면 될 텐데. 의문이 드는군.'

대재앙도 그 이상의 파괴를 가져온 유성 낙하에 의해서 사라졌다.

여전히 곳곳이 불바다이고 땅이 녹아서 용암처럼 흘러내

리고 있긴 하다. 그렇더라도 신성 마법을 풀고 조심해서 돌아다니면 될 텐데 가만히 있는 것이 이상할 따름.

위드의 감각이나 본능은 칼날처럼 날이 서 있었다.

'이놈들이 단체로 미쳤을 리가 없어.'

엠비뉴의 사제들이 집단적으로 멍청한 행동을 할 이유도 없으리라.

'설마……'

혹시나 해서 하늘을 쳐다보니 어느새 또 붉어져 있었다.

그리고 빼곡하게 들어찬 수많은 작은 돌멩이의 형상들!

그것들이 무지막지하게 빠른 속도로 다가오면서 커지고 있었다.

"1개가 끝이 아니었구나!"

같은 유성 소환 마법을 사용하더라도 효력은 그때그때 다르다.

1개의 중형 유성이 떨어지는 경우도 있었으며, 어쩔 때는 2개가 떨어진다.

소환하는 데에는 마법사의 마력도 중요하지만 운에 좌우되는 면이 큰 것이다.

지금은 마법이 최고조의 위력을 발휘하면서 아예 유성우가 되어서 떨어지고 있는 것.

가장 큰 것이 먼저 일차로 떨어졌지만 수십 개의 유성들이 그 뒤를 따랐다.

위드의 머릿속은 막 윈도우를 설치한 컴퓨터처럼 빨리 돌아갔다. 그리고 계산 완료!

상황 암울.

견적 안 나옴.

유성 소환 마법 스크롤은 어쩌면 자신을 죽이기 위한 미끼였을지도.

이건 다 대마법사 로드릭 탓.

결론은 역시 남 탓이 최고!

"정말 살아남기가 어렵겠구나."

그렇다고 포기할 수는 없는 노릇이었다.

위드는 대지의 틈에서 기어 나와서 떨어지는 유성으로부터 최대한 멀어지기 위하여 사막 군단이 대기하기로 한 방향을 향하여 다리를 바닥에 끌면서 걸었다.

생명력이 지금은 6% 남짓밖에 남아 있지 않아서 아까와 비슷한 충격이면 제대로 사망이다.

'조금 전처럼 근처에 떨어지면 무조건 죽음이다.'

신성 마법을 펼치고 있는 엠비뉴의 군대는 위드를 막으려고 하지 않았다. 그저 멀뚱멀뚱 쳐다보고 있을 뿐이었다.

온 사방에 사제들의 보호를 받지 못한 괴물들이 쓰레기 매립장에서 보던 것처럼 널브러져 있었다.

엠비뉴의 대군을 직격해 버린 유성의 충돌. 그 피해를 환산하는 것도 불가능에 가까울 것이다.

'많이도 죽었군. 살아 있는 놈들도 툭 건드리기만 해도 가 버릴 텐데.'

위드는 초등학교 때 친구 우유 뺏어 먹던 힘까지 다해서 걸었다.

가능하면 유성의 낙하로 인해서 화염이 일어나고 있는 지역을 택해서 일부러 그 위를 절뚝거리면서 불편하게 걸었다.

사막의 대제, 세계를 구하는 용사로서 불의 기운이 있을수록 생명력의 회복은 더 빠르기 때문이다.

물론 사막의 대제로서 지켜 왔던 명예나 위엄, 겉모습에 대해서는 포기를 해야 했다.

"모두 기뻐하라. 엠비뉴 신께서 직접 저자를 척살할 것이다."

"하늘에서 엠비뉴의 힘이 내려오고 있도다."

엠비뉴의 추종자들은 기뻐하고 있었다.

당장 위험한 건 하늘에서 떨어지는 유성이고, 그것을 불러온 것도 자기 자신이었기에 위드가 누구를 원망할 처지는 아니었다. 그럼에도 환호하는 엠비뉴의 하수인들이 괜히 얄밉기 짝이 없었다.

하늘을 보니 이차로 3개의 유성이 한꺼번에 낙하 중!

막상 지상에 떨어지는 방향은 상당히 갈라져서 제각각이었다.

위드가 있는 위치를 기준으로 1개는 한참 뒤쪽에, 하나는 신성한 은이 흐르는 강이 있는 위치로, 다른 하나는 꽤 가까운 오른쪽이었다.

엠비뉴의 대군은 들모레 요새를 공격하기 위해서도 많이 분산되어 있었다. 신성한 은이 흐르는 강으로 떨어지는 유성은 엠비뉴의 군대를 다시 한 번 정확하게 타격하리라.

"어디로 피해야 하지?"

불타는 유성이 이미 눈에 선명하게 보일 정도였기에 머뭇거릴 시간조차 없었다.

"에라, 모르겠다."

위드는 대지의 틈 속으로 몸을 던졌다. 그리고 한참을 낙하하다가 절벽에 달라붙었다.

잠시 후 대지가 울리는 엄청난 충격이 몸으로 전달되었다.

"커헉!"

―거센 충격을 연속으로 받았습니다.
생명력이 48,973 감소합니다.
절대 방어가 여진으로 인한 피해를 막아 냅니다.
현재 걸려 있는 '잔혹함에 울부짖게 하는 고통' 저주가 생명력의 최대치를 낮추고 맷집을 약화시킵니다.
전체 생명력의 1.6%가 남아 있습니다.
내구도의 감소로 갑옷의 방어력이 줄어들었습니다.
다리 부상이 심해집니다.
출혈의 피해가 있습니다. 1초마다 974의 생명력이 빠져나갑니다.

"사, 살았다. 말도 안 돼."

절뚝거리면서라도 걸으면서 불의 기운을 흡수하지 않았다면 확실히 사망을 하고 말았을 일.

위드는 가파른 절벽을 붙잡고 고개를 올려서 하늘을 쳐다봤다.

하늘에 6개의 유성들이 보이고 있다.

유성 소환은 최고의 궁극 마법이었지만 벌써부터 지긋지긋해지는 느낌이었다.

이번에 다행인 점은, 4개는 완전히 멀리 떨어진 다른 방향으로 갔다. 하늘을 가로질러서 베이너 왕국의 수도가 있는 위치로 향하고 있었다.

그리고 2개는 위드가 있는 방향으로 정면에서 다가왔다.

정확하게 어디로 낙하할지는 끝까지 지켜보지 않는 한 알 수 없지만 워낙 넓은 지역에 영향을 미치기에 그 피해는 고스란히 입게 되리라.

"가자."

위드는 대지의 틈을 올라와서 다시 걸었다.

이번에는 첫 번째로 유성이 떨어졌던 장소를 향했다.

죽더라도 조금 더 걸어야 하지 않겠는가.

어마어마한 폭발이 일어나고 있는 위치로 가야만 당장 불의 기운을 흡수해서 살 수가 있다.

엠비뉴의 군대가 겪은 피해 역시 어마어마할 테니 어떻게든 살아남기만 한다면 전쟁에 승리할 가능성이 훨씬 높아진다. 단지 자기 자신의 생존 가능성이 별로 없다는 점이 제일 큰 문제였지만.

> -생명력이 계속 감소하고 있습니다.
> 저주 '살벌한 유산'이 생명력의 감소 속도를 19.7% 늘립니다.
> 저주 '흑색 피부병'이 맷집을 계속 약화시키고 있습니다.
> 마법 저항에 대한 내성이 약해져서 저주 '어두운 환각'이 시야를 조금씩 흩트립니다.

위드의 부상은 너무 심각하여 빨리 낫지도 않았다.

몇 가지 끈질기게 걸려 있는 저주들은 사라지지 않고 계속 육체를 좀먹었다.

튼튼한 몸과 체력을 가지고 있었기에 그나마 죽지 않고 걸을 수가 있었다.

엠비뉴의 광신도는 '고통스러운 죽음을 기다리라.'는 내용의 노래를 부르며 축하해 주었다.

지금은 암흑 기사나 괴물 들이 보호막에서 나와서 덤벼들더라도 다리 부상으로 움직이기가 어려워서 싸우기가 힘들다.

그리고 위드에게 진정한 절망이 찾아왔다.

"더 이상 갈 수가 없겠어."

대재앙과 유성이 땅에 떨어진 충격으로 지형이 많이 바뀌어 있었다. 지층이 흔들리면서 대지의 틈은 막히기도 하고, 오히려 더욱 크게 벌어지기도 했다.

위드가 유성을 피하고 생명력을 보충할 수 있는 화염 지대

로 가기 위해서는 폭이 20미터는 족히 되는 대지의 틈을 건너가야 했다.

끝없는 바닥으로 내려가서 맞은편으로 건너가기는 불가능하고, 멀리 돌아가기에는 도저히 시간이 되지 않는다.

"이제 끝이야."

출혈의 피해는 계속되고 있었다.

곧 땅에 떨어질 유성의 충격으로부터 최대한 멀리 도망쳐야 하고, 생명력도 보충이 필요했다.

위드는 하늘을 쳐다보고 암울한 눈빛을 했다.

거대해진 불타는 유성이 눈에 선명하게 보였다.

"퀘스트 실패까지, 그리고 내 목숨이 사라지기까지 30초도 남지 않았겠군."

사람들은 최후의 순간에 닥치면 자신이 경험한 일들이 주마등처럼 스쳐 지나간다고 한다.

위드도 어느 정도는 그랬다.

노들레와 힐데른의 퀘스트를 진행하고 바다와 사막에서 서윤과 함께했던 일들. 노가다로 성장을 하고 사막 군단을 키워서 대륙을 휩쓸어 갔던 시간들이 이제는 추억으로만 남게 되리라.

"이 정도면 내 죽음을 맞이하기에도 괜찮은 무대로군. 쓸쓸하지는 않겠어."

위드는 담담하게 죽음을 받아들이기로 했다.

얼마 남지도 않은 생명력으로는 유성의 충격에서 살아남지 못한다.

설혹 그 위험으로부터 무사하더라도, 눈을 번뜩이며 자신이 죽기만을 기다리는 엠비뉴의 군대가 가득한 중심부에 있다.

"가장 기억에 남는 죽음이 되겠군."

위드는 땅에 드러누워서 하늘을 보았다.

기왕 죽는 것, 유성의 낙하를 지켜보면서 멋지게 죽고 싶었다.

하늘은 온통 붉게 물들고, 크고 작은 수십 개의 유성들이 긴 꼬리를 드러내며 지상을 향하여 떨어지고 있다.

이런 장관은 어디서도 구경하기 힘들 것이다.

위드의 머리 위에 축축하고 벌름거리는 무언가의 콧구멍이 닿았다.

"푸흥!"

조금은 참기 힘든 퀴퀴한 냄새.

"쌍봉아, 저리 가."

"푸흐흐흥!"

"쌍봉아, 냄새 난다니까. 넌 어째서 그렇게 씻겨도 계속 냄새가······. 쌍봉이가 왜 여기 있지?"

위드가 벌떡 몸을 일으켜 보니 정말로 거짓말처럼 쌍봉낙타가 주둥이를 오물거리면서 서 있는 것이 아닌가.

절망으로 가득하던 눈이 다시 희망으로 불타올랐다.

쌍봉낙타는 위드의 명령에 따라 들모레 요새에서 조각 은 신술을 펼치고 있었다.

'음, 열심히들 싸우는군.'

요새의 공방전을 지켜보는 것도 재미가 있었지만, 애틋함을 품은 그의 시선은 저 멀리에 있는 위드에게로 향해 있었다.

그는 사막에서부터 전투를 따라다니면서 한몫 거들었다.

전일, 전이와 같은 조각 생명체들이 각자 전투를 수행한다면 쌍봉낙타는 위드와 한 몸이 되어 움직였다.

몬스터들과 함께 싸우고, 피하고, 뒷발로 걷어찬다.

드넓은 사막에서 물의 냄새와 별을 살펴서 헤매는 일이 없이 길을 찾아 주었다.

"더 빨리! 더 빠르게!"

시간을 아끼려고 항상 목적지까지 최단시간에 도착하기를 원하는 위드를 위해서 경주를 하듯이 쉬지 않고 달렸다.

"아주 잘했어."

쌍봉낙타는 칭찬을 들을 때가 참 좋았다.

그래 봐야 당근 2~3개를 더 먹을 수 있을 뿐이고, 감정 표현이 쉽지 않은 얼굴은 항상 심드렁하니 무언가를 질겅거리는 듯 보일 뿐이지만.

 그러나 위드가 사막의 대제로 성장하는 것을 지켜보면서 그를 자신의 목숨보다 더 중요하게 생각했다.

 '저건 뭐지?'

 어두웠던 하늘이 붉게 밝아질 때부터 쌍봉낙타는 특유의 기감으로 위험을 감지했다.

 '주인님이 위험하다.'

 유성이 떨어지는 것을 알면서도 조각 은신술을 해제하고 위드가 있는 방향으로 날쌔게 뛰었다.

 쌍봉낙타는 괴물들과 암흑 기사의 표적이 되었다.

 "엠비뉴께서 특별한 자비를 베풀고 계시다. 낙타들은 모두 구워 먹으라는 말씀이 있었다."

 "낙타를 붙잡아서 피를 빨아먹자!"

 쌍봉낙타는 껑충껑충 뛰면서 엠비뉴의 군대를 돌파했다.

 사방에 깔려 있는 적들을 급하게 지나치면서 어쩔 수 없는 상처도 입고, 몇 가지 저주도 걸렸다. 하지만 대재앙과 유성 낙하의 충격으로 초토화가 되어 버린 땅을 무사히 지나, 주인을 찾기 위하여 돌아다녔다.

 그리고 마침내 위드를 발견하고, 몸은 만신창이가 되었지만 아무렇지도 않은 척 코를 비벼 댄 것이다.

"음, 내가 싸움 구경하면서 기다리라고 했더니 심심해서 여기까지 온 모양이구나."

"푸흥!"

"아무튼 잘됐다."

위드는 쌍봉낙타의 등에 몸을 실었다.

"최대한 빨리 가자!"

쌍봉낙타는 두세 걸음 뒤로 물러나더니 20여 미터나 되는 대지의 틈을 단번에 뛰어넘었다.

쌍봉낙타를 타고 있으니 그렇게도 멀어 보이던 장애물도 하찮게 여겨졌다.

"더 빨리! 우리가 지나왔던 사막의 모래처럼 달려!"

쌍봉낙타도 유성이 떨어지는 것을 알고 있었다. 불과 10여 초도 남지 않았으리라.

위드를 태운 낙타는 바람을 추월하는 무서운 속도로 앞을 향하여 내달렸다.

대지의 틈, 솟아나온 바위, 엠비뉴의 군대를 뛰어넘고, 뚫고 지나갔다. 뜨거운 화염이 일어나고 있는 장소를 통과하면서는 위드를 찾느라 지친 쌍봉낙타의 체력이 보충되기도 했다.

위드도 생명력을 채우는 것은 마찬가지!

위드는 계속 달려 나가다가 낙타 위에서 몸을 돌려서 뒤를 보았다.

긴 꼬리를 달고 내려온 유성이 엠비뉴의 군대를 향하여 막 떨어지고 있었다.

"저기로 들어가!"

"푸흐훙!"

위드를 태운 낙타는 화염 지대를 지나 첫 유성이 떨어졌던 흔적에 도착했다.

유성은 대지를 파헤치며 어마어마한 흔적을 남겨 놓았다. 사방 400미터 정도에 걸쳐서 깊은 구덩이가 형성되어 있었다.

그리고 무엇보다도 주변은 온통 불바다!

위드와 낙타가 막 유성의 흔적으로 들어가자마자 대지가 흔들리며 충격이 몸을 뒤흔들었다.

그다음 유성들이 땅에 떨어지고 있는 것이었다.

-회복하기 어려운 충격을 받았습니다.
대지의 요동으로 인해 생명력이 극심하게 감소합니다.
쌍봉낙타가 피해의 일부를 흡수해 줍니다.
15,838의 생명력을 잃어버렸습니다.
절대 방어가 눈부신 투지로 추가적인 피해를 막아 냅니다.
온몸에 걸쳐 위급한 부상을 입었습니다.
출혈 피해가 더욱 심해집니다.
걸을 수 없습니다.
최대 생명력이 앞으로 이틀간 14% 줄어들게 될 것입니다.

살아도 산 게 아닌 상태!

위드는 거의 시체라고 불리더라도 어쩔 수 없는 상태였지만 생명은 부지하고 있었다.

마찬가지로 쌍봉낙타도 피로 누적과 절절한 부상으로 인해서 힘없이 옆으로 쓰러졌다.

그럼에도 만족스러워하는 얼굴 표정은, 위드의 목숨을 구했기 때문.

쌍봉낙타는 임무를 다했다는 생각에 죽음을 기다리기 위해 눈을 감았다. 생명력은 13% 정도가 남았지만 오른쪽 앞발과 왼쪽 뒷다리를 다쳐서 걸을 수가 없게 된 것이다.

낙타에게 더 이상 걷지 못하게 된다는 것은 죽음을 의미했다.

그나마 한 번이라도 위드의 목숨을 구했으니 여한이 없었다.

"이대로 끝낼 수는 없어."

위드는 아까까지만 해도 삶을 포기했었다. 솔직히 도저히 살아날 기미가 보이지 않았기 때문이다.

"한 번도 살아났는데 두 번 살지 못하란 법도 없지. 인생은 그냥 얻어지는 게 없었던 거야."

불의 기운을 흡수하고, 대지의 여신 미네의 축복으로 생명력을 보충하기 위한 시도를 했다.

―온몸의 뼈가 서른한 군데 부서졌습니다.
 움직일 때마다 고통을 느낄 것이며 정상적인 행동이 불가능합니다.
 생명력의 회복을 더디게 만듭니다.

"식물인간 신세로군."

위드는 자리에서 일어나지도 못했다.

생명력을 회복하는 속도는 평상시에는 아주 뛰어났지만, 지금은 심각한 부상으로 죽지 않고 버티는 수준에 불과했다.

불행 중 다행으로, 엠비뉴의 군대도 유성의 낙하로 인해서 잠깐 동안은 움직이지 못한다.

"유성이 다 떨어지고 나면 날 죽이러 오겠지."

불과 몇 분 정도로, 시간 여유는 그저 아주 잠깐이었다.

그럼에도 왠지 살아날 것만 같은 기분.

위드가 실행한 막다른 쥐 계획에서 가장 중요한 것은 어떤 환경에서도 살아남는 자신의 능력이었다.

대재앙과 유성 소환은 그 한계를 넘어서 위기를 초래했다.

엠비뉴의 군대가 강했던 이유 탓도 있지만, 약간의 자만심이 만들어 낸 결과이리라.

하지만 정작 스스로에 대한 의문도 들었다.

'내가 최선을 다했던 것일까.'

어떤 퀘스트도 발버둥을 치지 않았던 적이 없다. 무엇이든 뚝딱뚝딱 해치웠다기보다는, 적들을 파악하고 그에 맞춰서 주변에서 이용할 수 있는 모든 것들을 총동원해서 대응을 해

왔다.

 오합지졸인 오크들과 다크 엘프들을 이끌고 불사의 군단을 물리치고, 빙설의 폭풍 속에서 북부를 탐험하여 본 드래곤을 해치우던 카리스마는 대체 어디로 갔단 말인가.

 사막의 대제로서 크게 성장하고 나서 적들에게 당당히 맞섰다. 물론 마폰 왕국과 베이너 왕국의 입장에서는 반발의 여지가 상당히 크겠지만, 최소한 위드의 관점에서는 야비하지 않고 정직하고 용감하게 싸웠다고 생각했다.

 그런 정직함은 위드의 방식이 아니었다.

 "내가 잘못해 왔군."

 위드의 머리가 냉철하게 다시 돌아가기 시작했다.

 상황들을 분석하면서 빠뜨린 것들이 없는지를 찾았다. 어떤 유리한 기회라도 있다면 무조건 이용하여 살아남으리라.

 그때 뒤통수를 치는 듯한 깨달음!

 "이걸 남겨 두고 있었지."

 위드가 품에서 먹을 것을 꺼냈다.

 불도마뱀 왕의 마나 심장.

 불도마뱀 왕의 심장은 마치 살아 있는 것처럼 쿵쿵 뛰고 있었다.

 제대로 요리를 해서 먹으면 효과가 더 좋다기에 요리사들을 알아봤다. 하지만 어설프게 요리를 한다면 역효과가 일어날 수도 있기에 깨끗하게 포기!

지금까지 가지고만 있던 음식이다. 그렇지만 이런 위험한 때에는 보약이 될 수도 있으리라.

그렇지만 꼭 몸 상태가 좋아지란 법도 없으며, 오히려 더 악화될 수도 있다.

"뭐, 죽으면 없어질 텐데. 엄마가 예전에 먹고 죽은 귀신이 때깔도 좋다고 말씀하셨어."

심장에는 소금만 간단히 뿌렸다.

아직 살아 있는 느낌의 심장이라서 비위가 약간 거슬렸지만 충분히 참아 낼 수 있는 정도였다. 몸에만 좋다면 뱀이나 개구리, 곤충, 파리와 모기도 기꺼이 먹을 수 있었다.

"음, 왠지 곱창 맛과 조금 비슷한 것 같군. 고소하고 감칠맛이 나고. 살짝 구워서 고추장을 찍어 먹어도 맛있겠는데."

입안에 넣었더니 얼마 씹지도 않았는데 말 그대로 사르르 녹았다.

-불도마뱀 왕의 마나 심장을 먹었습니다.
마나의 최대치가 영구적으로 증가합니다.
화염을 다루는 능력이 3% 높아집니다.
화염 압축 기술이 강화됩니다. 특정 스킬들의 파괴력과 사정거리에 영향을 주게 될 것입니다.
화염에 대한 면역력이 생깁니다. 뜨거운 곳에 있더라도 피해를 거의 입지 않을 것입니다.
스킬 불의 세계가 사용 가능해졌습니다.
체력이 대부분 회복되었습니다.
불의 기운을 흡수하여 생명력이 일부 회복됩니다.

> **스킬 불의 세계** : 불노마뱀 왕의 마나 심장에는 고도로 농축된 화염의 마나가 잠들어 있습니다. 완전히 풀어지지 않은 이 마나를 매개체로 삼아서 정령계에 있는 불의 상급 정령들을 대거 불러와서 날뛰게 합니다.
> 불의 세계가 펼쳐지면 살아남을 수 있는 것은 극히 드물 것입니다.
> 심장에 깃들어 있는 마나로 불의 세계를 3회 사용할 수 있습니다. 그러나 일주일 이내에 연속으로 사용한다면 2회를 쓰고 화염의 마나는 사라질 것입니다.
> 6개월간 불의 세계를 한 번도 불러오지 않으면 마나의 최대치가 45,300까지 늘어나게 될 것입니다.
> 불의 세계를 사용할수록 훗날 얻을 수 있는 마나의 최대치가 감소합니다.

"불의 세계라!"

위드의 주변으로 갑자기 화염의 기운들이 미친 듯이 퍼졌다.

불의 신이 이 땅에 강림한 것처럼 화염이 넘쳐흐르며 발산되었다.

"과연 좋은 걸 먹으니 다르긴 해. 나이가 들수록 몸보신에 예민해질 수밖에 없는 이유지."

> -대지의 여신 미네의 축복이 함께합니다.
> 땅이 전해 주는 기운으로 체력과 생명력을 회복합니다.
> 생명력이 20% 이하로 감소한 상태이기에 회복 속도가 4배로 높아집니다.

생명력도 다시 정상적으로 회복이 되기 시작했다.

위드의 현재 생명력은 5%.

마나 심장을 먹고 나서 보충된 것이 대략 30,000을 조금 넘는 정도였다. 하지만 아직 여러 부위에 부상이 있어서 전투는 어려운 상태.

-출혈이 멎었습니다.
거친 모래바람을 뚫고 살아온 강인한 신체는 다시 한 번 목숨의 위기를 극복해 냈습니다.

생명력의 회복 속도는 더욱 빨라졌다.

불의 기운으로부터도 생명력을 얻기에 몸이 더 활발하게 회복되고 있었다.

과거 사막에서 성장할 때 노들레의 퀘스트 막바지에, 위험 부담은 아주 높았지만 말살의 불도마뱀 왕을 사냥하지 않았더라면 이러한 회복 수단도 얻지 못하였으리라.

역시 몬스터와 광신도 들은 때려잡아야 제맛!

"놈들이 오기 전에 가야겠어."

위드는 유성으로 깊게 파여 있는 구덩이에서 일어났다. 다리가 정상이 아니었지만 엠비뉴에서 추적자들이 오기 전에 멀리 떨어져야 하리라.

지옥의 마물들도 어찌 되었을지 궁금하기도 했다.

지금의 상태가 알려진다면 마물들도 실컷 덤비게 될 테니.

쌍봉낙타는 불길 속에서 따스함을 느끼며 조용히 옆으로 드러누워 있었다.

"어이, 쌍봉아!"

"푸흐흐흥!"

쌍봉낙타는 툴툴대면서 입술을 실룩였다.

아마도 큰 부상을 입은 자신은 내버려 두고 혼자 가라는 듯.

주인의 마지막 모습을 볼 수 없기에 애처롭게 눈도 뜨지 못했다.

"야, 자냐?"

"푸흥!"

"개념 없이 낮잠 자지 말고 어서 가자."

위드는 쌍봉낙타를 어깨에 들쳐 멨다.

더 부려 먹을 수 있는 조각 생명체를 그냥 놔두고 갈 수야 없지 않은가.

몸에 잔부상은 많고 생명력도 바닥 수준이지만 체력만큼은 건재하다. 위드는 쌍봉낙타를 짊어지고 사막 군단이 있는 장소를 향해서 걷기 시작했다.

엠비뉴의 권능

대재앙에 휘말리고 유성우에 의해서 박살이 난 엠비뉴의 군대!

대지 자체가 유성의 낙하에 의하여 박살이 나 버린 만큼 그들의 피해도 무시무시했다.

자랑스러운 엠비뉴의 대군 중 핵심 전력이 붕괴되고, 수많은 광신도들과 괴물들이 사망했다.

모툴스와 잉그리그와 같은 사제들은 일찍 보호 마법을 펼쳐서 무사했지만, 그들이 몰고 온 괴물에 대한 지휘와 통제는 무너졌다.

캬웅!

괴물들이 광신도들을 서슴없이 공격하여 잡아먹었다.

그사이 인간들이 있는 들모레 요새에서는 괴물들끼리의 싸움이 벌어졌다.

"마폰 왕국을 위하여 모두 검을 들라!"

"기사단은 괴물들을 베도록 하라. 국왕 폐하께서는 오직 승리만을 원하고 계시다!"

들모레 요새의 인간들은 도저히 어쩔 수 없는 강대한 힘 앞에 공포에 사로잡히며 굴복하고 있었다.

절망만이 가득하던 곳에서 괴물들끼리의 전투가 벌어지면서 내성으로 도주한 국왕을 지키기 위한 전투가 팽팽하게 펼쳐졌다.

"신이여, 우리 마폰 왕국을 구하소서!"

로하드람이 기사단을 이끌고 괴물들을 무찔렀다.

그러나 신성한 은의 강에 유성이 낙하하면서, 화염과 함께 땅이 뒤흔들렸다. 계속 진격해 오던 광신도와 괴물 들이 상당수 전멸한 것은 다행이라고 할 수 있었지만, 요새의 방어 시설들까지 병사들과 함께 한꺼번에 무너지고 말았다.

"으으, 아니야. 우린 잘못하고 있어."

"한슨, 왜 그러는가? 적들이 지금 다가오고 있네. 어서 화살을 쏴야 돼!"

"아냐. 국왕이 우리에게 해 준 것이 뭐가 있지? 엠비뉴 교단을 따르자!"

"기사단이여, 엠비뉴 교단을 위하여 검을 들라!"

종교재판관과 암흑 사제 들의 영향력에 의해 병사들은 광신도가 되었다.

제대로 폭삭 망하고 있는 상황!

들모레 요새로서는 강력한 저주와 생명력을 가진 엠비뉴 교단을 도저히 막아 내지를 못했다.

징벌의 사제 몇 명은 요새 내에 악독한 저주를 몇 가지 심어서 병사들이 광기에 휩싸이게 했다.

그러나 하늘이 무너지고 세상이 온통 파멸할 것만 같던 유성우가 마침내 끝나고, 모툴스와 잉그리그가 엠비뉴의 군대에 대한 지배력을 회복했다.

-오라. 엠비뉴를 거스르는 자가 여기에 있다. 신의 뜻을 받들라. 모두가 나서서 이자를 죽여야 하리라.

"잉그리그 님이 부르신다."

"엠비뉴께서 내리신 신성한 명령을 이행해야 할 때가 왔다."

광신도들과 괴물들은 정신을 차렸다.

그리고 들모레 요새 밖에 있던 모든 병력이 잉그리그의 명령에 의해서 목표를 바꾸었다.

엠비뉴의 뜻을 이루기 위해서는 상대적으로 하찮은 들모레 요새의 병력보다는 위드를 죽이는 것이 훨씬 중요하다.

유성우로 전투 불능이나 죽음의 피해를 본 괴물들과 광신도들은 거의 12만에 달하였다. 분노로 날뛸 만한 상황이기도 해서, 들모레 요새 안에 있는 병력을 제외하고는 다시 지금은 일그러진 평원으로 이름을 바꾸어야 될 것 같은 대평원으로 나왔다.

물론 요새에 남아 있는 병력만 하더라도 인간들에게는 그리 호락호락한 상대가 아니었다.

신성한 은의 강은 완전히 메말랐고, 요새의 수비를 위한 마법 탑은 12개가 모두 부서졌다. 마법 보호 장막이 더 이상 작동되지 않자 유성우에서 살아남은 지옥의 마물들이 활개를 치면서 인간 사냥에 나섰다.

불행인지 다행인지 1,000마리가 넘어가던 지옥의 마물들은 십분의 일 이하로 줄었다. 마물의 절반 정도는 육체 자체가 소멸하여 죽었으며, 나머지는 유성우에 겁을 내고 아예 전쟁터를 이탈하여 멀리 도망쳐 버렸다.

"위드라는 자를 처참하게 죽이는 자에게는 엠비뉴의 특별한 힘이 주어질 것이다."

"놓치지 마라. 뒤를 쫓아라. 놈의 발자국이 이곳에 있다."

14만에 달하는 병력이 대평원을 수색하며 위드를 찾았다.

극악의 기사단은 식인마를 타고 내달리기 시작했다.

"우리를 쓰러뜨린 자가 누구인가."

땅에 넘어졌던 청동 거인들도 일어났다.

1,000명의 청동 거인들 중에서 무사한 것은 700여 명!

청동 거인들은 엠비뉴에 복속이 되면서 특별한 권능을 얻었다. 머리가 부서지지 않는 한 몸은 아무리 다쳐도 복원되

는 것이다. 물론 그 속도야 느릿느릿하기 짝이 없었지만, 그래도 죽지 않는다는 게 어디인가.

청동 거인들이 거대한 몸으로 땅을 쿵쿵 울리면서 평원을 포위했다.

유성이 떨어진 곳 가까이에 있던 청동 거인들은 온몸이 부서지는 걸 피하지 못하였다. 들모레 요새를 공격하다가 신성한 은의 강 주변에서 유성의 피해를 받은 놈들도 있었다.

그에 대한 복수를 하기 위하여 용암이 흘러내리는 돌덩어리를 집어 들고 포효했다.

'사방이 내 적이군. 이놈의 인생은 매번 그렇지.'

위드는 쌍봉낙타까지 어깨에 메고 있어서 이동속도가 느렸다. 그런 이유로 아직까지는 유성이 낙하한 곳을 크게 벗어나지 못했다.

화염과 연기가 심하게 일어나고 있기에 적들에게 발견되지는 않았지만, 바람이 불면서 연기도 옅어져 갔다.

"푸흥!"

쌍봉낙타가 내려 달라는 듯이 울었다.

"조용히 해. 적들에게 발각되니까."

"푸르릉!"

"맨날 네가 나를 태워 줬는데 한번 업어 주는 게 뭐가 그렇게 힘들다고 그러냐."

쌍봉낙타의 게슴츠레한 눈에 맑은 눈물이 맺혔다.

막 생명을 부여받은 직후, 사막의 모래판을 더 빨리 달리지 못한다고 그렇게도 무시하고 갈구더니 사실은 이렇게나 따뜻한 가슴을 가지고 있었단 말인가.

맨날 나쁘던 놈이 갑자기 착한 짓을 하니 감동이 몇 배로 크게 다가온다.

진작 주인에게 더 잘하지 못하고 약간씩이나마 체력을 비축한다고 농땡이를 피웠던 스스로가 한심스러워졌다.

만약 이곳에서 살아날 수 있다면 주인을 등에 태우고 정말 기꺼운 마음으로 어디든지 가리라.

"너 때문에 내가 위험해진다고 착각하면서 마음의 부담을 갖지 않아도 돼."

"푸흥?"

"적들이 나타나면 미끼로 내던지고 갈 거니까. 화살 막이로도 쓸 거고 말이야. 뭐, 이 바닥이 다 그런 거 아니겠어."

쌍봉낙타는 그렇게 죽고 싶지는 않다는 듯이 바동거렸다.

농담으로 넘기기에는, 실제로 그럴 가능성이 충분하다는 걸 겪어 봐서 알기 때문!

위드는 쌍봉낙타를 잘 붙잡고 연기가 깊은 곳들을 위주로 걸었다.

유성우가 내리면서 대지가 일그러지고 깊게 파였다. 매캐한 연기와 화염이 피어오르면서 숨을 곳도 제법 있었지만, 그 시간은 잠깐 동안밖에는 지속되지 않는다.

'생명력이 8%를 넘어갔군. 그럭저럭 광신도들은 신경 쓰지 않아도 되겠지만…….'

위드는 적당히 장소를 옮겨 다니면서 생명력을 높이고 탈출하려는 계산을 세웠다.

콰아아아아앙!

그 한가로운 생각을 날려 버리려는 듯이 돌덩어리가 근처에 깊숙하게 꽂혔다.

청동 거인들이 날뛰며 화염이 치솟는 장소에 마구 돌덩어리를 던져 댔다.

"저곳 어딘가에 놈이 숨어 있다."

"모조리 박살 내라!"

화가 난 엠비뉴의 사제들은 차가운 얼음 확산의 마법을 써서 불을 진화했다. 돌기둥을 솟구치게 하고 광역 저주를 뿌리고 시체들을 폭파시켰다.

"쉴 틈을 안 주는군. 하기야 계속 덤벼들겠지."

위드는 불평을 하면서 앞에 펼쳐져 있던 화염 지대를 벗어났다. 그대로 있다가는 숨도 못 쉬고 죽을 판!

연기를 벗어나자마자 주위를 에워싸고 있던 괴물들에게 들켰다.

우우우우우우!

괴물들이 크게 울었다.

그러자 그 울음소리를 받아서 가까이 있는 다른 괴물들도 차례차례 울기 시작했다.

그리고 평원을 수색하던 엠비뉴의 모든 움직임이 위드가 있는 장소로 향했다.

키가 큰 청동 거인들이 위드를 발견했다.

"우리 형제들을 죽인 자가 저기에 있다."

"산 채로 찢어라!"

청동 거인들은 차분함이나 이성과는 거리가 멀었다.

위드를 향하여 바로 집채만 한 바위들을 던졌다.

"푸르릉."

바위가 날아오는 짧은 순간, 쌍봉낙타는 죽음을 직감했다.

얌전히 평온한 죽음을 기다리고 있었는데 저 비정한 주인이 괜히 자신을 끌고 나와서 돌에 깔려 죽게 생기지 않았는가.

낙타가 한 많고 짧은 생을 마감하기 직전!

위드는 바위들을 보면서 스킬을 사용했다.

"넘실거리는 화염 각인!"

유성 낙하도 경험했는데 이 정도쯤이야 무엇이 문제이겠는가.

콰콰광!

바윗덩어리들은 위드의 주변으로만 떨어졌다. 직접 그를 노린 것들은 화염의 힘에 의해서 녹아 버린 것.

청동 거인들이 포효했다.

"저놈들은 우리의 것이다. 우리의 손으로 찢어 죽일 것

이다!"

마물들과 괴물들에게 내리는 경고!

입맛을 다시며 위드에게 날아오던 지옥의 마물들은 넘실거리는 화염 각인에 타 버리거나 청동 거인이 던지는 돌덩어리에 맞아서 멀리 날아갔다.

화염 지대를 벗어나서 모습을 드러낸 짧은 사이에 괴물들 수백 마리, 청동 거인 10명 이상이 포위망을 구성했다.

"어리석은 인간아, 네가 도망칠 곳은 없다."

대재앙과 유성 낙하로 화가 머리끝까지 솟구친 마녀 페쳇이 공중에 둥둥 떠서 나타났다.

그녀는 무사하였지만 마녀들은 상당히 많은 숫자가 유성 낙하의 충격을 버텨 내지 못하고 목숨을 잃었다.

위드는 화염 지대를 벗어나자 급속도로 늘어만 가는 주변의 적들을 살펴본 후 길게 한숨을 내쉬었다.

"이놈의 인기란……."

몬스터와 엠비뉴 교도들에게 위드의 인기는 한류 스타를 수백 배 능가할 정도!

어찌나 원한을 품고 이를 갈아 대는지, 이곳에 치과 의사 직업이 있다면 광신도들의 이빨을 고쳐 주기만 하더라도 한 밑천 단단히 잡을 수 있을 것임에 틀림없었다.

물론 헤르메스 길드나 일반 유저들 중에도 그를 증오하거나 미워하는 자들이 아주 많았다.

"뭐, 죽일 테면 죽여라."
위드는 쌍봉낙타를 짊어지고 계속 앞으로 걸어갔다.
"당연히 죽일 것이다."
"놈은 우리의 몫! 누구에게도 내줄 수 없다."
"마녀들의 목숨 값을 너에게 받아 내고 말 것이야."
청동 거인들과 마녀 페쳇이 경쟁하듯이 가까이 다가왔다.
유감스럽게도 청동 거인들이 갖고 있는 원거리 공격 방법이라 봐야 무식하게 돌이나 특별히 제조된 큰 창을 던지는 것밖에는 없다.
공성전에서는 정말 탁월한 공격 방식이지만, 자신보다 훨씬 작은 인간을 상대로 쓰기에는 그다지 좋지 않다.
대신 발로 밟거나 창을 휘둘러서 후려 팰 수 있으리라!
마녀 페쳇은 특수한 붉은 기운이 감도는 양손을 내밀고 둥둥 떠서 날아왔다.
그녀의 능력은 상대방의 힘 흡수!
약해진 위드를 다른 이들에게 빼앗기지 않기 위해서 제일 먼저 날아왔다.
"어림없다, 마녀여!"
위드는 쌍봉낙타를 내려 두고 말살의 검을 휘둘렀다. 하지만 유령처럼 모든 것을 통과시키는 그녀는 공격을 무시한 채로 손톱을 휘둘러서 그를 베었다.

-적의 몸을 베었습니다.
아무 피해를 입히지 못했습니다.

-마비 효과에 의해 움직임이 3% 감소합니다.
마녀 페쳇이 옆구리를 할퀴어서 생명력이 4,382 떨어졌습니다.

위드의 무지막지한 공격력에도 불구하고 페쳇의 진짜 몸에 대한 피해를 입힐 수는 없는 상태!

포위망이 펼쳐져 있다 보니 도망을 치지도 못하고, 몸에 깃든 저주들도 수십 가지에 달했다.

반지하 월세방에 살면서 그날 먹을 라면도 떨어진 것 같은 최악의 상황!

하지만 그러한 점은 차치하더라도 제자리에서 움직이지 않고 있으니 페쳇을 상대하는 공격은 둔하고 뻔하기 그지없었다.

위드가 항상 자랑하는 공격 스킬의 연계나, 상대방의 후속 동작을 예측한 움직임조차 전혀 이루어지지 않았다.

육체를 갖지 않은 적에게 공격은 무용지물이라서 그렇다고 쳐도, 페쳇의 손톱 공격은 공격 거리가 짧아서 피하려고만 한다면 간단히 막거나 물리칠 수도 있었다.

하지만 어딘가 다소 어색함이 느껴질 정도로 고지식하게 쌍봉낙타의 앞에서 한 발자국도 움직이지 않고 싸웠다.

마치 쌍봉낙타를 지켜 주기 위해서 떠날 수가 없는 것처럼!

'역시 아까는 본마음이 아니었어. 내가 주인을 제대로 모셨구나.'

움직이지도 못하는 쌍봉낙타가 다시 굵은 눈물을 뚝뚝 흘리면서 감동했다.

"쌍봉이를 구하기 위해서라면 무엇이든 할 것이다. 종말의 날!"

그리고 큰 스킬을 준비하다가 페쳇에게 붙잡혔다.

"오호호, 잡혔구나!"

-육체가 마비되었습니다. 스킬이 강제 취소됩니다.

-생기 흡수!
생명력과 마나, 체력을 매초마다 1,390씩 강제로 빼앗깁니다.
강제 제압 스킬에 의하여 현재 발휘할 수 있는 힘이 79%로 감소합니다.
10초마다 훈련이나 모험의 성공으로 획득한 스탯을 영구적으로 조금씩 빼앗기게 됩니다.
미라처럼 완전히 말라붙어서 죽음을 경험하게 되면 생명력과 마나의 최대치가 최소 사흘에서 1달간 낮아지는 부작용을 경험하게 될 것입니다.

대마녀 페쳇은 상대방의 기운을 그대로 빨아들인다.

위드는 이미 알고 있었고, 또 이를 노리고 있었다.

그렇다고 시체 폭발과 같은 숭고한 마법을 쓸 생각을 한 건 물론 아니었다. 네크로맨서 마법은 현재 쓰지도 못할뿐더러, 그렇게 자신을 희생해서 세상을 올바르게 만들면 뭐하겠

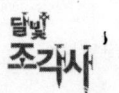

는가.

'이게 다 먹고살자고 하는 짓인데!'

생기를 흡수하면서 대마녀 페쳇의 몸이 미세하지만 조금 더 선명해졌다. 긴 머리카락은 곤두섰고, 몸 전체에서 검붉은 기운이 발산되었다.

다른 차원에 있던 육체가 이 세계로 넘어오고 있는 것이리라.

―생명력이 43,746 남았습니다.
 힘이 영구적으로 4 감소합니다.
 명예가 영구적으로 4 감소합니다.

위드는 차분히 노리고 있었다.

기회가 두 번 있는 것이 아니기에 조금 더 확실하게 될 순간을 기다렸다.

생명력이 30,000까지 떨어지고, 스탯을 17개나 잃어버렸을 때.

위드는 간신히 고개를 돌려 쌍봉낙타에게 눈을 깜박였다.

'아, 주인이 최후를 맞이하기 전에 나에게 인사를 하는 것이구나.'

끔벅끔벅.

쌍봉낙타도 큰 눈을 감았다 뜨면서 알아들었다는 표시를 했다.

'잘 가라, 주인. 곧 따라가마.'

위드의 인상은 더욱 찌푸려지고 구겨졌다.

마치 저런 걸 내가 생명 부여하고 나서 보리 빵을 먹었지 하며 후회하는 표정!

쌍봉낙타는 감동에는 약해도, 눈치는 대단히 빠른 편이었다. 칭찬보다는 욕과 잔소리만 듣고 살아오다 보니 표정 변화에 있어서만큼은 아주 빨리 이해했다.

'저건 내가 답답하고, 멍청하고, 게으른 짓을 할 때나 짓는 표정인데.'

그사이에도 위드는 죽음에 가까워져 가고 있다.

그러던 어느 순간, 위드가 갑자기 가장 행복한 순간처럼 활짝 웃으면서 입을 질겅질겅 우물거렸다.

맛있고 신선한 당근이라도 먹는 것처럼!

필사적으로 얼굴로 의사를 전달하고 있는 것이었다.

쌍봉낙타는 과거의 기억을 떠올려서 자신이 해야 할 일을 이해했다.

위드가 사막에서 성장을 할 때, 초반에는 레벨이 낮아서 쌍봉낙타가 가까이 따라다니면서 보살펴 주던 시절이 있었다.

매번 무리하고 힘든 사냥만 하느라 위험이 끊이지 않았다.

그때 몬스터들의 공격으로 위드가 위험에 빠진 순간 뒷발차기를 해서 물리쳤더니, 상으로 당근을 준 적이 있다.

위드의 부축을 받으면서 여기까지 오다 보니 쌍봉낙타는 제대로 걸을 수도 없었지만 약간 움직일 수는 있었다.

앞발을 비틀거리면서 간신히 몸을 일으켜서 페쳇을 향해 엉덩이를 뒤로하고 돌았다.

그리고 강렬한 오른쪽 뒷발차기!

"꺄악!"

위드에게 붙어 있던 페쳇이 비명을 지르면서 쓰러졌다.

-마비가 풀렸습니다.

원래 계획대로라면 종말의 날을 썼겠지만 지금은 다르다.

"불의 세계!"

-말살의 불도마뱀 왕의 심장에 담겨 있던 마나가 세상에 내보내집니다.
 상급 불의 정령들에게는 더할 나위 없는 영양분.
 고귀한 정령들이 이를 먹어 치우기 위하여 강림할 것입니다.

스킬을 사용하자마자 공기가 뜨거워지기 시작했다.

유성우가 떨어지고 난 이후로 온도는 부쩍 올라 있었다. 하지만 갑자기 달아오르는 기온은 마치 불구덩이 속을 방불케 했다.

그리고 갑자기 사방에서 나타난 온갖 불의 정령들!

— 여기에는 순수한 불의 기운이 넘치는구나. 소환자여, 그대가 원하는 것은?

위드는 단호하게 명령했다.

"다 태워라. 모든 것을 깨끗하게!"

― 원하는 대로 이루어지리라.

지상에 강림한 적이 드문 상급 불의 정령들의 힘에 의하여 세상이 화염에 뒤덮였다.

화염은 광신도와 괴물, 기사, 사제, 청동 거인을 가리지 않고 집어삼켰다.

"캬하악!"

마녀 페쳇은 도망치기 위해서 땅을 구르면서 멀리 떨어지려고 했다.

위드는 그녀가 생기를 흡수하기 위해서 다가올 때는 이렇다 할 강한 저항을 하지 않고 붙잡혀 줬다. 공격을 하더라도 자신의 힘만 빼는 것이지 다른 차원에 육체가 있는 그녀에게 타격을 줄 수는 없기 때문이다.

하지만 지금은 화장실을 갔다 나온 것처럼 달라진 상황.

"다른 하나의 검 소환."

위드의 근처에서 빛으로 된 검이 소환되더니 즉시 마녀 페쳇의 몸을 베었다.

"카아악!"

마녀는 마법사와 비슷하면서 저주와 주술에 매우 탁월한 능력을 가진다. 그렇기 때문에 생명력이 낮은 것이 보통이었지만, 페쳇은 이 정도로는 죽지 않았다.

위드는 다리가 불편했지만 땅을 박차고 페쳇을 향해서 몸을 날렸다.

이번에 마녀를 놓쳐 버린다면 다시는 기회를 얻지 못하리라.

그사이에 육체를 다시 다른 차원으로 돌려보내려고 하는 것인지, 마녀 페쳇의 몸이 조금씩 투명하게 일렁거렸다.

"흑기사의 일격, 달빛 조각 검술!"

불과 빛으로 이루어진 조각 검술이 마녀 페쳇의 몸을 연속으로 갈랐다.

-치명적인 일격이 터졌습니다!

-치명적인 일격이 터졌습니다!

-치명적인 일격이 터졌습니다!
적이 외우고 있는 마법 주문을 무력화시킵니다.

-흑기사의 일격!
돌이킬 수 없는 공격이 주변의 적들에게 발동합니다.

주변에 수많은 적들이 있지만 지금 위드는 그들에 대해서는 일절 신경을 쓰지 않았다.

모든 공격이 마녀 페쳇에게 집중되었다.

"꺄아악!"

페쳇은 비명을 토해 내면서도 끈질기게 죽지 않았다.

"틀을 벗어나지 못한 인간 주제에 제법이구나. 하지만 죽음은 너의 곁에 가까이 있을 것이다. 알라노프의 관이여, 여기 안장되어야 마땅한 시체가 있으니…….”

마녀는 공격을 당하면서도 주문을 외웠다.

위드의 생명력도 간당간당한 상태였으니 무슨 공격이든 당하기만 하면 무조건 죽을 판!

-공격이 스쳐 지나갔습니다.

-공격이 무력하게 통과했습니다.

-적을 베었습니다.

페쳇의 몸을 분명히 베었는데도 헛수고로 돌아가는 경우도 절반이 넘게 되었다.

마법이 완성되느냐 혹은 위드가 죽느냐의 짧은 순간의 승부!

위드는 아직 사라지지 않은 심장이 있는 부위를 연속으로 찔렀다.

-치명적인 일격이 터졌습니다.
 96%의 피해를 추가합니다.

-치명적인 일격이 터졌습니다.
 283%의 피해를 추가합니다.

-치명적인 일격이 터졌습니다.
 485%의 피해를 추가합니다.

-치명적인 일격이 터졌습니다.
721%의 피해를 추가합니다.

다시 제대로 터져 나온 일점 공격술!

조각 파괴술을 써서 모든 예술 스탯을 힘으로 몰아넣은 상태이기도 하였기에 공격력만큼은 어마어마했다.

드디어 페쳇의 몸이 거울이 깨지듯이 흩어지더니 회색빛으로 변했다. 그리고 퍼져 나오는 수백 가지의 영롱한 마나들.

-레벨이 오르셨습니다.

-나룻 계곡의 지배자이며 악독한 연금술사, 대마녀 페쳇이 영원한 안식에 들어갔습니다.

-위대한 업적으로 인하여 명성이 19,238 올랐습니다.

-전투에 대한 특별한 보상으로 모든 스탯이 6 상승하셨습니다.

위드가 원래의 세상으로 돌아가게 되면 레벨과 스킬 숙련도 등은 다시 줄어들게 된다. 하지만 모험이나 전투 공적을 쌓으면서 얻은 추가 스탯들은 온전히 자신의 것.

대마녀 페쳇이 죽으면서 떨어뜨린 아이템도 대단했다.

드래곤의 뼈 피리, 공간의 망토, 지옥의 반지, 영원의 팔가리개.

위드는 나머지 아이템들은 수거했지만 지옥의 반지는 줍거나 정보를 확인하지도 않고 말살의 검을 휘둘렀다.

1마리의 마물이라도 덜 내려오도록 해야 하기 때문에.

-지옥의 반지가 깨졌습니다.
엠비뉴 신이 남긴 성물 중의 하나, 지옥과의 연결 통로를 만들 수 있는 반지는 완전히 부서졌습니다.
지옥과 연결된 통로가 닫히게 될 것입니다.

-지옥의 문이 열림으로써 줄어들었던 병사들의 사기가 원래대로 회복됩니다.
희망을 얻어 일시적으로 사기의 최대치가 140%가 됩니다.

-신앙의 효과가 정상적으로 작동합니다.

-흑마법은 더 이상 강하게 발현되지 않습니다.

"하나는 해결됐군."

위드는 바로 땅에 쓰러져 나뒹굴었다.

생명력, 체력, 마나. 그 어느 것도 넉넉하지가 않았다. 대마녀 페쳇에게 그대로 흡수당해서 죽어 버리기 직전이었던 것이다.

-불의 기운을 통해 생명력을 보충합니다.

불의 세계가 펼쳐져서, 떨어져 있던 위드의 생명력이 빠르

게 회복되었다.

그러는 사이 괴물들과 청동 거인들은 아우성을 쳐 대면서 무수히 많이 죽어 가고 있었다.

그러나 불의 세계가 유지되는 시간도 잠깐.

엠비뉴의 군대에 포위되어 있다는 사실은 변하지 않는다.

위드는 생명력도 보충할 겸 불의 세계 속에서 잠깐 쉬기로 했다.

"그래도 희망이 보여. 페쳇도 처치했고, 엠비뉴의 군대도 턱없이 많이 줄어들었을 테니까."

싸우느라 정신이 없었지만 대재앙에 유성우, 불의 세계까지 덮쳤다.

엠비뉴의 군대는 위드를 죽이기 위하여 빼곡하게 모여 있었던 만큼 피해가 더 크지 않겠는가.

그때 대사제 모툴스와 잉그리그가 시선을 마주쳤다.

"이교도 주제에 제법 능력을 가지고 있군."

"그러나 파멸을 관장하는 엠비뉴 신의 뜻을 거스르진 못하리라."

"물론이다."

그리고 잉그리그는 주문을 외웠다.

-약속된 믿음의 종들아, 너희의 육신은 영원히 썩지 않을 것이며 영혼조차도 지옥으로 가지 못한다. 자유와 안식, 평온은 우리의 신성한 약속에 의해 허락되지 않았다. 엠비뉴의 뜻

에 따라 불멸의 존재가 되어 살육과 파괴의 축제를 벌여라!

잉그리그의 신성 마법이 들모레 대평원 전체로 퍼져 나갔다.

그러자 완전히 깨끗하게 죽어 버렸던 광신도와 괴물 들의 육체가 생성되더니 다시 일어나서 움직이기 시작했다.

대재앙으로 깊숙한 땅속에 묻혀 버렸던 자들도 순차적으로 다시 올라왔다.

유성우에 의하여 흔적조차 남지 않고 박살이 나 버린 자들까지도 되돌아왔다.

청동 거인들의 몸조차도, 느리지만 다시 생성이 되어 갔다.

대사제 잉그리그의 광신 군대!
파괴를 추구하는 광신도들은 엠비뉴 신에 의하여 불멸의 약속을 부여받았습니다. 영혼과 육체는 신에게 완전하게 종속되어서 사라지지 않습니다.
대사제 잉그리그가 불멸의 약속을 증언하는 한, 어떠한 상태에도 완전한 부활을 하며 세상을 파괴로 이끌어 갈 것입니다.
불멸의 약속을 막으려면 잉그리그가 영원한 안식에 들어가게 해야 합니다.

대마녀 페쳇과 그 휘하의 마녀들은 소속이 달라서 해당이 되지 않지만 광신도와 괴물, 징벌의 사제, 극악의 기사 들은 끝없이 되살아난다.

시체가 다시 일어나는 언데드 소환과는 아예 다르게, 완벽하게 멀쩡한 원래의 상태로 되돌아온다.

전투의 초창기에 해치워 버렸던 거북이 군단도 추락했던 땅에서 다시 날아올랐다.

거북이의 넓은 등에 배치된 궁수들까지도 원래대로 나타났고, 그들은 잉그리그의 명령에 따라 대평원을 향하여 날아왔다.

한꺼번에 모든 군대가 되살아나는 것은 아니었지만 광신도와 괴물 들은 제법 무서운 속도로 복구가 되었다.

위드는 그러한 광경을 보면서 경악을 금치 못했다.

"어째 일이 그래도 할 만하다고 느껴지기는 했는데."

산 너머 산 정도가, 보통 아득하고 힘들지만 열심히 노력도 하고 성취감을 가질 수 있는 난이도가 아닌가.

이건 산 너머 낭떠러지, 산성 호수, 심해, 해저 동굴, 해저 협곡, 용암이 분출되는 분화구 수준의 퀘스트였다는 사실을 이 순간 위드는 비로소 깨달았다.

종착점

위드의 눈빛은 아직 죽지 않고 살아 있었다.

잡초처럼, 밟힐수록 악착같이 자라나는 근성!

"어디 갈 데까지 가 보자. 뭐, 죽기밖에 더하겠어? 저들에게 처참하게 죽고 나서 퀘스트를 망치면 되는 거지. 어차피 인생이란 게 다 그런 거였잖아."

이판사판!

이번 퀘스트에 대해서 더 이상 승산을 깊게 따지지 않았다.

지옥의 문에 이어 불멸의 광신도 군대까지 나타났다.

그에 맞서 대재앙에, 유성 낙하까지도 시켰으니 이쯤 되면 나올 것은 다 나온 셈.

어려운 의뢰일수록 성공 가능성을 예측한다는 것이 불가

능하다.

 적당히 할 만하다고 느껴졌을 무렵 뒤통수를 거세게 얻어맞는 것이 처음도 아니고, 인생에서는 부지기수로 벌어지는 일 아니던가.

 단지 실낱같은 희망이 있다면, 잉그리그의 마법에 의해 엠비뉴의 대군이 한꺼번에 바로 다 되살아나는 건 아니라는 부분.

 순차적으로 몇백 명 정도씩 부활을 하기 때문에 시간을 주지 않으면 된다.

 "빨리 해치워 버리면 되겠군."

 위드는 말과는 달리 다리를 절며 쌍봉낙타에게로 걸어갔다.

 불의 세계를 펼쳐서 생명력을 흡수하고는 있었지만 마녀 페쳇과의 전투로 인하여 몸 상태가 좋지 않다. 걸려 있는 저주도 수십 가지에 달했으므로 말과는 달리 어서 빨리 도망쳐야 할 때!

 쌍봉낙타가 길게 울었다.

 "푸흐흐흥!"

 머리까지 흔드는 것이, '쓸 만큼 써먹었으면 이젠 제발 날 놔두고 그냥 너 혼자 가라!' 라는 의미가 분명했다.

 "걱정 마라. 아무렴 널 놔두고 혼자 가겠냐?"

 "푸흐흐흐흥!"

 "무서워하지 마. 내가 있잖냐."

위드는 쌍봉낙타를 등에 짊어지고 다시 걸었다.

불의 정령들이 그들이 가는 길 앞에 있는 적들을 불태우면서 길을 열어 주었다.

그렇게 200~300미터쯤을 전진했을 무렵, 주위를 호위하고 있던 불의 정령들의 세력이 점점 약해졌다. 상급 불의 정령들이 불러온 자잘한 정령들은 마나 공급이 끊어져서 역소환되었다.

"시간이 없군."

위드는 도망치기 위해 걸음을 재촉했다.

불의 세계가 엠비뉴의 군대에 수천, 혹은 1만이 넘는 피해를 입혔다고 하더라도 다시 전부 부활할 것임을 알고 있었다.

거북이 군단도 하늘 높이 날아서 다가오고 있었는데, 그들의 목표는 따져 볼 필요도 없이 위드에 대한 복수일 것이다.

다리를 다쳐서 불편한 위드의 걸음은 거칠었다.

대재앙과 유성 낙하로 인하여 일그러진 땅은 벗어났지만 속도는 쌍봉낙타를 타고 달릴 때처럼 빠르게 낼 수가 없었다.

유성 충돌의 피해를 받은 쌍봉낙타의 부상은 심각한 정도로, 치료 마법을 펼쳐 주지 않는 이상 자연적으로는 잘 낫지 않는다. 위드가 불의 기운을 전달해 줄 수도 있지만 그럴 여력까지는 없는 형편이었다.

─ 소환자여, 신선한 마나를 듬뿍 받아들여서 기뻤다. 다시 부를 날을 기다리겠다.

상급 불의 정령들도 역소환!

화염이 넓게 펼쳐져 있었지만 엠비뉴의 사제들에 의해서 곧 진화되었다.

"저기 놈이 있다."

"제물로 바칠 가치도 없다. 죽여 버려라!"

기세등등하게 달려오는 극악의 기사단.

괴물들도 뒤를 따라서 질주를 해 오지만, 극악의 기사단만큼 쾌속한 질주를 해 오지는 못했다.

지옥에서 내려온 마물들도 공격 준비를 하고 다가왔다.

그러나 마물들에 대해서는 오히려 조금 안심을 해도 되는 것이, 엠비뉴의 징벌의 사제들 때문이었다. 자신들의 손으로 위드를 죽이기 위하여, 마물들이 접근하지 못하도록 신성력으로 견제를 했다.

위드는 다시 쌍봉낙타를 내려놓고 말살의 검을 쥐었다.

"여기가 내 무덤이 될 장소가 되겠군."

기사단만 보이는 것이 아니라, 하늘에서는 거북이 군단이 날아오고 있다. 청동 거인들도 저마다 던질 것을 들고 있으니 무수히 많은 공격에 난타를 당하지 않겠는가.

"최후라면 최후답게 죽어 주지."

위드는 쌍봉낙타를 뒤에 두고 검을 휘두르면서 극악의 기사단의 돌격을 제자리에서 맞받아쳤다.

가공할 힘에 의하여 그대로 튕겨 나가고 거꾸러지는 극악

의 기사들!

진정한 검술이 무엇인지를 보여 주었다.

야만 전사였을 때만큼은 아니더라도 정면에서 기사단을 쓰러뜨렸다. 하지만 적들의 공격을 세심하게 막지 않았다면 극심한 부상으로 인해 이미 죽었을 것이다.

"우으으으으."

"이교도여, 과연 엠비뉴 신의 뜻을 거스를 만하구나!"

극악의 기사들 150명을 해치우고 나자 기사단장인 하렘우드가 말했다.

놈도 레벨이 600대 초반에 이르는, 엠비뉴의 중간 보스 중의 하나였다.

―생명력이 5.8% 남았습니다.
불안정한 몸 상태로 전투를 치르면서 체력의 저하 속도가 증가합니다.

"얼마든지 덤벼라!"

위드는 호기롭게 외쳤다.

생명력이 보충되기 무섭게 다시 바닥을 기었지만, 이제 와서 친하게 지내자고 화해할 수도 없는 상황!

극악의 기사들은 계속 덤볐고, 몸에는 저주들이 차곡차곡 쌓였다. 정정당당한 승부가 아니라 전형적으로 여럿에게 몰매를 맞는 처지에 놓여 있었다.

설상가상, 잉그리그와 모툴스가 다가오면서, 금방 쓰러졌던 극악의 기사들도 멀쩡한 몸이 되어서 다시 일어났다.

끝이 없는 싸움!

위드는 지치지 않고 달려오는 극악의 기사들의 공격을 최소한의 움직임으로 피하면서 검으로 반격을 가했다. 적을 베고 있는 말살의 검이 점점 무거워짐을 느껴졌다.

'이래서 용사는 안 돼. 역시 나쁜 놈들의 편에 섰어야 하는데…….'

정의로움의 씨가 마른 세상!

그때 힘들어하는 위드의 입가에, 희미하지만 야비한 썩은 미소가 순간적으로 스쳐 지나갔다.

'그래도 이 정도 했으면 시청자들은 내가 최선을 다한 거라고 믿어 주겠지. 이렇게 쓰러져서 죽더라도 잘 싸웠다고 칭송을 해 줄 거야.'

영웅의 완성은 멋지게 죽는 것으로 끝난다.

슬픈 결말이야말로 시청자들의 심금을 오랫동안 울려 주리라.

'상황이 상당히 괜찮아. 마지막까지 싸우다가 죽는 거지.'

위드가 죽고 나면 엠비뉴 교단은 중앙 대륙을 확실히 파괴하지 않겠는가.

가장 가까운 마폰 왕국과 베이너 왕국의 운명도 정해져 있는 것.

직접 도시들을 파괴한 것에 이어서 엠비뉴 교단을 통해서

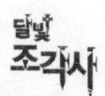

완벽하게 쓸어버리는 것이다.

이것은 위드의 방식은 아니었지만, 아쉬움과 허전함을 그런 식으로나마 조금은 달랬다.

"집단 살육의 검!"

극악의 기사들은 불을 향하는 날파리처럼 사방에서 덤벼들고 연속으로 쇄도했다.

끊임없이 적들을 상대하며 계속 조금씩 공격을 허용하다 보면 최후를 맞이하게 될 수밖에 없으리라.

상황이 변한 것은 그때였다.

"푸히히히힝!"

누워서 죽은 척하던 쌍봉낙타가 벌떡 일어나더니 옆에 다가와 위드를 등에 태웠다.

–모래 폭풍의 질주.

힘이 다할 때까지 달리는 기술.

쌍봉낙타의 몸은 여전히 정상이 아니지만, 그래도 절뚝이면서라도 달릴 수 있는 수준은 되었다.

앞다리 둘과 뒷다리 하나!

휘청거리면서도 살기 위하여 마지막 사력을 다한 질주를 선택한 것이다.

포위망을 구성한 괴물들 사이를, 쌍봉낙타 특유의 펄쩍 뛰는 걸음으로 지나쳤다.

"쫓아라, 기사들이여!"

극악의 기사단이 곧바로 뒤를 추격해 왔다.

"그래 봐야 안되겠군."

위드는 별로 나아진 것은 없다고 느꼈다. 쌍봉낙타의 몸이 정상이 아니다 보니 일직선으로 달리지도 못하고 비틀거린다. 방해하지 않더라도 평원을 벗어나지도 못할 것이다.

극악의 기사단도 금방 따라잡고 있었다.

"그래도 하나라도 더 죽일 수 있겠지."

등에 메고 있던 전설의 프로스트 보우 요르푸시카를 무장!

뒤쫓아 오는 극악의 기사들을 향하여 얼음 화살들이 퍼부어졌다.

그들의 진격을 조금 늦출 수는 있었지만, 모든 부분을 감당하기에는 적들이 너무나도 많다.

그리고 잉그리그의 명령에 의해 괴물들이 달려오고 있었다. 게다가 청동 거인들은 그런 괴물들까지 그대로 짓밟으며 다가왔다.

적들의 대공세를 보자면 도저히 삶에 대한 애착을 바랄 수가 없는 상태!

이변이 일어난 것은 그때였다.

"엠비뉴의 버러지들아, 이곳을 지나가진 못한다."

온몸이 뼈로 이루어진 기사단.

암흑 군대의 총사령관 반 호크 그리고 그의 친위대인 둠

나이트들이 나타난 것이다.

어디 그것뿐이던가.

어두운 그늘과 땅속에 숨어 있던 뱀파이어들!

조용히 잠복해 있던 그들이 추격해 오는 적진의 중심부에서 솟구치듯이 일어나서 괴물을 타고 추격해 오던 징벌의 사제들의 목덜미에 날카로운 송곳니를 꽂았다.

"캬아악!"

반 호크와 토리도.

그들은 유성 낙하에 의하여 큰 충격을 받았다.

10만의 언데드 군단은 태반이 박살이 났으며, 뱀파이어들의 세력도 위축되었다.

어비스 나이트인 반 호크는 조용히 언데드들의 세력을 추스르는 한편 둠 나이트들을 이끌고 위드를 구하러 왔다.

토리도는 뱀파이어 로드였음에도 이곳에서는 그리 강함을 자랑할 수 없는 처지였다. 정면공격으로는 엠비뉴의 군대에 승산이 없으니 매복을 했다.

그들의 목표는 처음부터 맛있는 사제들.

뱀파이어들에게는 치명적일 수 있는 사제들의 피가 역설적으로 가장 맛있다.

엠비뉴를 따르는 사제들은 암흑의 권능을 가지고 있기에 뱀파이어들에게는 그야말로 보약 그 자체였다.

부하들의 갑작스러운 등장에, 이번만은 위드도 적지 않게 감동했다.

 사업에 실패하고 빛 한 줄기 없는 캄캄한 세상에 기꺼이 보증을 서 주는 친구의 존재가 이렇지 않겠는가.

 반가움의 외침이 저절로 튀어나왔다.

"이런 무능하고 재수 없는 놈들!"

생각과는 달리 입버릇처럼 나오는 비난!

 반 호크는 심연의 힘을 몸에 두르고 극악의 기사단을 막았다.

"나 암흑 군대의 총사령관 반 호크, 진정한 암흑의 율법을 가르쳐 주겠다."

"엠비뉴를 따르지 않는 언데드로군! 이 세상의 죽음과 악을 엠비뉴 신께서 주관하고 있다는 것을 알고 있는가!"

 날고뛰는 극악의 기사단이었지만 위드에 이어서 반 호크까지, 상대하는 이들마다 워낙에 강하다 보니 제 실력을 발휘하지 못하고 죽어 나갔다.

 토리도와 뱀파이어 부대의 경우에는 지금 시점에서 평균 전투력이 아주 뛰어난 편은 아니다. 하지만 징벌의 사제들 가까이에 달라붙어서 괴롭히면서 저주와 공격의 신성 마법을 사용하지 못하도록 막아 냈다.

"쌍봉아, 가자."

"푸르르릉!"

 쌍봉낙타는 기진맥진한 상태로도 계속 앞으로 나아갔다.

반 호크와 둠 나이트 부대는 전투의 전문가들로, 청동 거인들에게도 용감하게 덤벼들었다. 청동 거인의 주먹을 맞고 뼈마디가 일부 바스러지더라도 금방 몸을 재구성했다.

언데드들은 불사의 생명력을 자랑한다.

엠비뉴의 사제들이 정화 마법을 펼쳐서 그들을 죽음으로 돌려보낼 수 있지만, 뱀파이어들이 설쳐 대는 바람에 그조차 여의치 않았다.

잉그리그의 신성 마법에 의해서 광신도와 괴물 등이 되살아났는데도 반 호크의 근처에 있는 시체들은 언데드가 먼저 되었다.

급하게 죽음의 속성으로 만들어진 언데드들이라 좀비와 구울 같은 하급들도 꽤 있었지만 지금은 그렇게 예뻐 보일 수가 없었다.

불량 해골이라고 해도 잠깐이라도 버텨 주는 게 어디인가.

"훌륭해!"

삶에 대한 애착을 버렸었지만, 위드는 다시 불꽃처럼 일어났다.

주식 투자에 실패해서 한강에 갔는데 그 순간 로또에 당첨되었다는 걸 알게 되었다면 삶에 대한 열정이야 얼마나 활활 타오르겠는가.

잉그리그가 호위대를 이끌고 다가오며 외쳤다.

"엠비뉴의 적을 없애라!"

반 호크와 토리도가 적들을 많이 저지하였지만 그 옆으로 빠져나온 괴물들이 계속 뒤쫓아 왔다. 하늘을 날아오는 거북이 군단, 지옥의 마물들도 추격을 해 왔다.

 잉그리그와 모툴스가 이끄는 엠비뉴의 본진도 밀려오고 있기에, 반 호크가 오랫동안 막아 주진 못할 것이다.

 위드는 근접하는 적들에게 얼음 화살을 마구 쏘았다.

 쌍봉낙타를 거꾸로 타고 괴물들을 막느라 다른 곳을 살필 겨를도 없을 정도였다.

 얼음 덩어리의 벽이 세워져서 괴물들의 돌진을 잠깐이나마 붙잡아 두었지만, 금방 위로 타고 넘어왔다.

"지긋지긋하도록 정말 끝이 없군."

 괴물들은 제대로 맞은 얼음 화살 한두 번에 목숨을 잃었다.

 위드가 워낙에 강하고, 조각 파괴술까지 써서 힘을 늘려 놓은 덕분!

 그러나 이성이 없고 오로지 잉그리그에게만 복종하는 괴물들은 동료들의 죽음에도 아랑곳하지 않고 계속 쫓아왔다. 그 부근까지 한꺼번에 결빙시켜 버리는 얼음 화살이 아니었더라면 진작 사로잡혀 버렸을 것이다.

"푸르릉!"

"알고 있어!"

 얼음 화살로 지상으로 다가오는 지옥의 마물들까지도 견제해야 하다 보니 공격이 분산되어 적들과의 거리는 줄어들

기만 했다.

설상가상으로 쌍봉낙타는 갈수록 느려지더니 걷는 것도 제대로 못 했다.

위드가 화살을 시위에 걸며 애처롭게 말했다.

"쌍봉아, 더 달려 봐. 평생 당근은 원 없이 먹여 줄게."

"푸히이이잉."

하늘을 향해 쏜 얼음 화살이 마물들을 관통하여 일곱을 한꺼번에 떨어뜨렸다.

하지만 그러면 뭐하겠는가.

불과 몇 초면 잡히고 말 것인데.

적들과의 거리가 이제 수십 미터밖에는 떨어져 있지 않았다.

"조금이라도 더 달려. 어떻게 해서든 이 위기만 벗어난다면 내가 가지고 있는 그 어떤 보물이라도 아깝지가……."

위드가 말을 채 다 잇지도 못했을 무렵이었다.

이제 10미터도 되지 않을 정도로 가까워진 마물 중 1마리의 주둥이가 벌어지나 싶더니 혓바닥이 채찍처럼 날아왔다.

시위에 다른 화살을 걸려는 동작을 취하고 있는데 벌어진 공격이라서 위드도 대처하지를 못했다.

쌍봉낙타의 등 위이니 어디로 피할 수도 없는 노릇!

쿠엑!

그런데 위드를 건드리기 직전, 마물이 갑자기 땅으로 추락하더니 목숨을 잃었다.

위드의 뒤쪽에서 수만 발의 화살이 날아와서 하늘에 떠 있는 마물들과 엠비뉴의 괴물들을 단숨에 휩쓸었다.

"뭐야?"

위드가 뒤를 돌아보니 흙먼지를 날리며 질주해 오는 익숙한 낙타병들과 기병들이 있었다.

"대제님을 위협하는 자들을 모두 죽여라!"

"사막의 붉은 칼 부대여, 적들을 무찌르라."

궁술에 특화된 전오가 이끄는 낙타병들이 달리면서 공중으로 활시위를 당기고 있다.

사막 전사들의 화살은 정밀도에서는 많이 떨어지지만 군단 전술에 능숙하다. 한 지역을 집중적으로 타격하여 적들을 섬멸하는 방식에서는 살아남는 이들이 거의 없다.

화살을 쏴서 방어진을 무력화시키고 이동하는 방식은 적 군대의 혼을 쏙 빼 놓는다.

기동력에서 탁월한 전삼이 이끄는 낙타병들은 위드를 스치며 그대로 앞으로 지나갔다.

그들이 주로 내세울 수 있는 장기는 바로 무지막지한 힘! 가까이 따라온 괴물들을 파죽지세로 돌파하면서 제압했다.

전군 총사령관의 직책을 임시로 맡고 있는 전일이 위드에게로 다가왔다.

"대제님, 약속대로 저희가 왔습니다."

원래 계획대로라면 위드가 조금 더 멀쩡한 상태에서 적들과 싸우다가 사막 군단이 돌격하기 좋은 지형으로 유인을 했어야 한다.

하지만 살기 위해 허겁지겁 도망을 치다 보니 상황이 여의치가 않았고, 사막 군단도 그들에게로 향한 1개의 유성 때문에 골치를 앓았다.

정면으로 타격한 것은 아니지만 이동 경로에 깊게 파인 고랑이 생겨나서, 통과해 오느라 약간의 시간이 지연되었다.

그렇지만 어쨌든 절묘한 순간에 도착하여 쫓아오는 적들을 물리친 것이다.

물론 엠비뉴의 중앙군도 다가오고 있었다.

위드가 잠시 살펴보니 청동 거인들을 상대로 전삼과 전오의 부대가 전투를 치렀다. 화살과 투창, 불의 기운을 통한 공격을 맹렬하게 퍼붓는다.

청동 거인들 역시 괴력을 발휘하여 땅을 뒤집어 버리거나 돌덩어리들을 던져 낙타를 타고 지나가는 사막 전사들을 쓰러뜨렸다.

박빙의 전투!

남자라면 저곳에 끼어들고 싶을 것이다. 물론 살아남을 자신이 있는 자들만.

위드는 쌍봉낙타에서 굴러떨어지듯이 내려왔다.

"이런 무능한 놈들! 왜 이제야 온 것이냐!"

"……."

"아무튼 수고했다. 반 호크와 토리도와 함께 전선을 구축하고 방어에 치중하도록."

"예, 알겠습니다."

전일이 떠나자마자 주변이 안전한 것을 확인하고 바로 땅에 손을 댔다.

> -대지의 여신 미네의 축복이 함께합니다.
> 땅이 전해 주는 기운으로 체력과 생명력을 회복합니다.
> 생명력이 20% 이하로 감소한 상태이기에 회복 속도가 4배로 높아집니다.

"으음."

간당간당한 생명력이 다시 빠르게 차오르는 기분은 무엇과도 비교할 수 없으리라. 또한 위드는 생명력을 채우고 난 이후 다시 전장으로 향해야 할 것이기에 더욱 간절해졌다.

할 일을 다 마친 쌍봉낙타는 힘없이 땅바닥에 쪼그려 앉았다.

"푸흐흐흐흥!"

다리 부상도 심하고 더는 걸을 수도 없을 정도로 지쳤기에 아주 충분한 휴식이 필요했다.

그런데도 쌍봉낙타는 눈을 끔뻑이면서 위드를 보고 있었다.

위드가 조금 전에 하다가 그친 말.

이 위기만 벗어난다면 가지고 있는 어떤 보물도 아깝지가 않다는 부분까지 들었다. 그 뒤에 이어질 말들이 상당히 궁금했던 것이다.

 위드도 쌍봉낙타의 그런 음침한 눈초리를 느꼈다.

 사막의 대제로서 지금 보유한 보물들의 목록만 하더라도 어마어마했다.

 한 국가라도 충분히 살 수 있지 않겠는가.

 "흐흠, 그럭저럭 누구나 할 수 있는 일을 해 놓고 자랑스러워할 필요는 없다."

 바로 말 바꾸기!

 "별 의미는 없는 일이었지만 아무튼 공적을 아주 약간 세웠으니 포상으로 20골드를 내리겠노라. 이 돈이면 사막 한복판에 멋진 마구간도 지을 수 있을 것이다."

 물도 풀도 없는 모래 한복판에 마구간을 건설 가능한 금액!

 쌍봉낙타는 기분 좋다는 듯이 입술을 실룩거리면서 웃었다.

 지능이 이 수준이기에 위드와 아웅다웅하면서도 절대적인 충성을 다 바치고 있는 것이리라.

 사막 군단에 뒤이어 전투 노예들과 항복한 귀족들의 군대가 도착하면서 사제들도 대거 몰려왔다.

 "악독한 기운이 몸을 잠식했군요. 프레야 여신의 축복이 그대에게 있을 것입니다."

-골격 쇠약의 저주가 해소되었습니다.
뼛속 깊숙한 곳까지 파고드는 약화의 주문이 사라집니다.
생명력 회복 속도 +27%.

-파괴 추의 거울 저주가 해소되었습니다.
적을 공격하였을 때 일정한 확률로 입던 역피해가 사라집니다.

"리커버리!"
"라운드 힐!"

-아트록의 신성 마법에 의해 생명력을 3,872 회복합니다.

-티르의 신성 마법에 의해 생명력을 4,199 회복합니다.

 위드에게로 저주 해소와 축복, 치료 마법의 집중이 이루어졌다.
 몸 상태가 급속도로 정상을 되찾아 갔다.

 엠비뉴의 군대와 맞붙은 사막 군단!
 사막 전사들이 대열을 이루고 돌격하고 지나간 장소에는 광신도와 괴물의 시체가 산더미처럼 쌓였다.
 "계속 움직여라. 적들을 사막의 율법에 따라 처리하라."

"먼저 돌파할 적들의 우선순위를 정하라. 몰려 있는 사제들이 첫 번째이며, 그다음은 모조리 죽이는 것이다!"

극악의 기사들도 사막 전사들에게는 상대가 안 되었다.

그들은 엠비뉴의 신성 마법에 의해 공격력과 방어력을 크게 강화시키고 돌격할 뿐이지만, 사막 전사들은 훨씬 고급화된 집단 전술을 사용한다.

일차로 적들을 화살로 타격하고, 가까워지면서 창과 손도끼를 던진다. 그리고 두꺼운 시미터로 적을 강하게 밀어 쳐서 말에서 떨어뜨렸다.

그 후 후속 부대의 돌격을 통해 낙타로 짓밟아 버리는 전술!

사막 전사들의 강함은 그들 자체에만 있는 것이 아니라 그들이 키우고 있는 낙타에도 있었다.

중장갑을 입은 기사들의 경우에는 말이 전투 능력을 좌우하는 것처럼, 사막 전사들에게는 사막과 평원을 횡단할 수 있는 낙타가 필수적이다.

물을 구하거나, 적들을 추적하여 단숨에 끝장을 보기 위해서는 기동력이 필요하다.

위드에 의해 사막 부족들은 몬스터 사냥 시 낙타를 활용한 전투를 자주 치르며 이러한 연쇄 공격 방식에도 단련이 되어 있었다.

서윤이 키운 사막 용병들 또한 집단전에 능숙했다.

거친 사막에서 의뢰를 맡아서 해결하는 용병들은 기본적

으로 여러 무기를 다룰 줄 알고, 싸움이 벌어지면 적극적으로 맡은 역할을 할 줄 안다.

병력의 대다수를 이루는 전투 노예들과 투항한 귀족의 포로 군대들은 상황이 달랐다.

"아, 안 돼. 저기로 가면 우리는 죽을 거야."

"왜 싸워야 하지? 무엇을 위해서 싸워야 하는 걸까. 고향으로 가고 싶다."

훈련도와 사기 자체가 낮다 보니 우물쭈물하면서 전투를 주저하고 있었다.

그때 위드의 고함 소리, 아트록의 함성이 들려왔다.

"싸워라! 엠비뉴를 물리친다면 고향으로 돌아갈 수 있을 것이다. 놈들이 이긴다면 이 세상은 파멸하고 말 것이다. 집에 있는 가족들을 위해서라도 적들을 물리치고 살아남아라!"

어느 정도 회복을 하자마자 사막 군단을 위하여 전투 병력을 더 보낼 필요성을 느끼고 시전한 것이었다.

겁에 질려 있던 전투 노예들의 표정이 확 바뀌었다.

"저놈들만 해치우면 되는군."

"저렇게 큰 괴물들은 처음 봐. 생김새도 자세히 보니 귀엽게 생겼는걸. 토막을 내 주마!"

아트록의 함성이 일으킨 변화!

고작해야 광신도에게도 휩쓸려 버릴 약한 병력이었지만 전력을 다해서 덤벼들었다.

그들의 임무는 터무니없이 강한 적인 엠비뉴의 군대를 제압하는 것이 아니다.

싸우는 방식의 훈련도 전혀 되어 있지 않았다.

목적은 가까이 다가가서 방패를 겹겹이 쌓고 창으로 견제를 하며 버텨 내는 것!

사막 군단이 활약할 수 있도록 미끼도 되어 주고, 시간을 끌어 주어야 하는 임무를 부여받았다.

뱀파이어들의 방해를 받지 않은 사제들이 바로 세뇌의 수법을 사용했다.

"너희가 진정 믿고 따라야 할 분은 엠비뉴뿐이다. 과연 이 세상이 너를 위해 무엇을 해 주었지? 엠비뉴를 믿으면 힘과 권력을 얻을 것이다. 고통을 다른 이들에게 전해 줄 수 있을 것이야."

"아냐, 대제왕 위드 님에게 복종해야 한다. 그분이 우리의 편이 되어 준다면 얼마든지 적들을 물리칠 수 있을 거야. 그분과 싸워서 이길 수 있는 인간은 없어."

아트록의 함성은 세뇌와 포교 활동에 대한 병사들의 저항력도 키워 주었다.

"엠비뉴를 따르면 모든 고통과 괴로움으로부터 해방되리라."

"오오, 과연, 엠비뉴 신이여!"

"쟤 뭐야, 갑자기 엠비뉴를 외치고, 조금 이상한데."

"죽여 버려!"

"모두 힘을 내서 엠비뉴를 받들어… 켁!"

"엠비뉴를 말하는 놈들은 볼 것도 없다. 아군이고 뭐고 몽땅 죽여라!"

배신자들이 속출하더라도 옆에 있는 다른 병사들에 의하여 즉각 처형!

워낙 약한 자들을 모아 놨기에 엠비뉴의 사제들이 쓰는 신성 마법이 오히려 아깝게 느껴질 지경이었다.

사막 전사들은 당연히 엠비뉴의 유혹에도 넘어가지 않았다.

본인들의 의지도 단호했지만, 대륙을 약탈하면서 신성력이 부여된 물건이나 각종 보물들을 하나씩 가지고 있었기 때문!

대재앙과 유성 소환은 엠비뉴의 군대에 치명적인 피해를 입혔다. 더구나 죽었던 병력은 순차적으로 멀쩡히 돌아오더라도, 살아남긴 했으나 체력과 마나, 생명력의 손실이 심하고 부상까지 입은 괴물들도 부지기수!

엠비뉴의 군대는 겉보기만큼 강하지는 않은 상태였다.

"지금이 기회다. 이 잠깐 외에는 다시는 놈들을 이길 기회가 없을 거야."

위드는 생명력을 68%까지 채우고 나서 전장으로 다시 나섰다.

엠비뉴의 군대도 엄청난 전력이었으나 궁극적으로는 모툴스와 잉그리그를 죽이지 않고서는 해결이 될 리가 없지

않은가.

위드는 다시 조각 변신술을 펼쳐서 야만 전사 투르거가 되었다.

조금 전처럼 모든 것을 혼자 해치우려고 하진 않는다. 그가 선봉에서 길을 뚫어 내면 이후에는 사막 전사들과 협공하는 것까지도 고려한 모습이었다.

단지 불만인 점!

"내가 대륙의 평화를 지키고 정의의 사도 역할을 해야 하다니. 도무지 동기부여가 안 된단 말이야."

수많은 역경을 뚫고 나쁜 짓을 저지르고 만인의 지탄을 받는 악인이 되어 주리라는 굳건한 다짐.

장기적인 관점에서 보면 엠비뉴 교단도 밥그릇의 경쟁자였다.

"전이."

"옛."

조각 생명체 전이는 아직 출격을 하지 않았다.

그의 임무는 사막 전사 1,000명과 함께 위드의 호위대를 구성하는 것!

호위대에 속해 있는 200명의 사막 전사들은 노들레의 퀘스트를 하면서 함께 성장한 직속 부하들이다.

소규모 단일 집단으로는 대륙 최고의 전력을 자랑했다.

위드도 그들을 보니 혼자서 다 해야 했던 아까와는 달리 훨씬 든든했다. 최악의 경우가 닥치더라도 같이 싸워 줄 든든한 부하들이 잔뜩 있었으니까.

"가자. 사제들을 철저히 막아라."

"옛!"

사막 전사들로 하여금 징벌의 사제들을 담당하게 하였다. 사제들을 목표로 화살을 쏘는 것만으로도 훌륭한 견제가 되었다.

사막에서 전사들이 싸우는 방식은 자유분방한 편이다.

직속부대들은 위드에 의하여 특정한 전술을 수행하기도 하지만, 전사 특유의 용맹함으로 개별적으로 적진을 파고든다.

약하면 무모하기 짝이 없는 행동일 뿐이지만 강함과 생존력이 있으면 모든 것이 허용되는 전쟁터!

사실 마법사나 주술사, 사제 등을 상대할 때에는 기사단처럼 집단을 이루고 단일 행동을 하는 것이 더 무식한 방법이다. 마법이나 저주의 표적이 되어서 약화되고 결국 깡그리 몰살당하는 일이 비일비재다.

사막 전사들은 기동력을 이용한 돌파 전술에도 능숙하지만, 그들의 진정한 장점은 흩어져서 벌이는 난전에 있었다.

"지금이라도 늦지 않았다. 썩은 시체가 되어서 전장을 헤매고 다닐 것이냐. 엠비뉴를 따른다면 고향으로 다시 돌아가게 해 줄 것이다."

"닥쳐라. 어디서 더러운 수작질이냐. 아내는 진작 바람났고 자식들은 옆집 아저씨를 더 따르고 있다!"

"고향? 전쟁터만 돌아다니다 보니 아무것도 남지 않았어. 너희를 죽이는 것밖에는 할 게 없는 신세다."

사막 전사들은 적진을 파고들어서 흩어져 있는 징벌의 사제들을 목표로 전진했다.

위드는 거대한 덩치를 가진 야만 전사가 되어서 중앙을 돌파했다. 괴물들을 그냥 발로 걷어차 버리고 두 팔로 후려쳐서 길을 만든다.

반 호크와 토리도는 거의 쓰러지기 직전의 상태에서 한 발 두 발 물러서면서도 힘겹게 버티고 있었다.

뱀파이어 군단의 경우에는 특히 피해가 심해서 그리 길지 않은 시간이었음에도 불구하고 삼분의 일도 살아남지 못했다.

그들이 다시 회복이 된 위드를 보며 반가워했다.

"주인!"

"무사하셨군요."

목숨을 구한 부하로서 그저 칭찬 몇 마디를 듣고 싶었을 뿐이다.

위드는 그들을 향해 덤벼드는 극악의 기사들을 길게 연결한 말살의 검으로 가볍게 해치우고 나서 말했다.

"쯧쯧, 이거 하나 똑바로 정리를 못해 가지고 비실대고 있냐."

"……."

"반 호크 넌 명색이 암흑 군대의 총사령관이 되어 가지고 말이야."

"……."

"토리도, 지금까지 네가 마신 피가 한두 방울이냐. 아무튼 부족한 너희 때문에 나 혼자 고생을 한다니까."

달면 삼키고 쓰면 뱉는 용병술!

사회생활을 하며 직위가 올라갈수록 자연스럽게 터득하는 필수과목이었다.

그러나 잠깐의 여유를 부릴 새도 없이 엠비뉴의 군대가 밀집했고 제대로 전투력을 발휘하였다.

잉그리그가 이끄는 본진에서는 사제단과 기사단이 진형을 짜서 대응에 나섰다.

사제들은 저주와 자신들에 대한 축복, 신성력의 장벽으로 방어의 역할을 맡았고, 승리에 대한 믿음으로 사기가 드높은 극악의 기사단은 거침없이 돌격했다.

설혹 사막 전사들의 능력이 탁월해서 어느 정도 그들을 물리친다고 해도 잉그리그가 무한하게 부활을 시키는 한 결국은 차츰 소모되어 줄어들게 될 것이다.

모툴스의 특수 능력도 어마어마했다.

"이곳은 엠비뉴 신께서 다스리는 땅이다. 그 어떠한 이교도들도 이 영역을 넘어오지 못한다. 신성불가침의 영토 선언!"

> **신성불가침의 영토가 선언되었습니다.**
> 엠비뉴의 파괴적인 권능이 이 지대에 퍼지게 됩니다.
> 엠비뉴를 따르는 모든 이들의 전투와 관련된 스탯이 70% 오릅니다.
> 스킬의 파괴력이 120% 증가하며 피해를 적게 입습니다.
> 엠비뉴를 믿지 않는 이들이 이 영토에 들어오게 되면 5초마다 3,892의 생명력을 흡수당합니다.
> 흡수된 생명력은 대사제 모툴스의 마나로 변환될 것입니다.
> 주의!
> 신성불가침의 영토에서는 마의 장벽이 솟아납니다.
> 단단한 장벽을 돌파하여 대사제 모툴스를 죽이기 위해서는 진정한 영웅심이 필요할 것입니다.

잉그리그와 모툴스!

엠비뉴의 대사제로, 레벨이 700을 넘다 보니 특수 능력들도 이만저만이 아니다.

전사의 레벨이 700을 넘으면 약한 적들에게는 아득함을 느끼게 할 정도로 강하다. 생명력도 높아서, 여간해서는 잘 죽지 않는다. 마법사나 사제는 특수 능력을 가지게 되어서, 부하들까지 지휘한다면 상상 이상의 위력을 발휘했다.

신성불가침의 영토 안에서는 극악의 기사들이 사막 전사들과 호각으로 싸울 뿐만 아니라, 생명력 흡수로 인하여 이쪽의 병력은 후퇴에 급급했다.

"뼈다귀 파괴, 천벌의 대참화, 깊고 어두운 독 안개!"

모툴스가 흡수한 마나로 마법을 마구 난사했다.

 대사제로서 상당한 고위 마법까지 자유자재로 사용을 하는데 마나가 무한정 공급된다. 사제와 마법사를 그래도 상대할 수 있는 건 마나에 한계가 있기 때문인데 이 얼마나 무서운 특수 능력이란 말인가.

 "놈들을 해치우려면 최대한 서둘러야 해."

 위드는 적이 강할수록 재미가 있었다.

 잉그리그와 모툴스.

 두 대사제가 모두 특수 능력을 발휘하고 대군을 지휘하는 지금이 기회다.

 시간은 오히려 적들에게 훨씬 유리할 것이라는 점을 확실히 파악하고 있었다.

 위드의 눈이 주변으로 향하며 전장을 빠르게 훑었다. 밑상인 헤스티거와, 노예로 확실히 자리매김을 한 자하브를 찾는 것이다.

 유성우로 황폐화된 땅, 불길이 이글거리면서 도처에서 타올랐다.

 "돌파하라. 우리의 용맹은 적들이 막지 못한다."

 "우와아앗! 헤스티거 님의 뒤를 따르자!"

 헤스티거는 자신의 부대를 이끌고 괴물들을 마구 도륙하고 있었다.

 건장하고 큰 키에 잘생긴 외모, 배려심이 깊고 부하들을

아끼는 성격. 검술 실력도 나무랄 데가 없고, 전장에서는 항상 훌륭한 공적을 세운다.

낙타를 몰고 돌격하며 싸우는 모습에서는 나름의 호탕한 멋까지 느껴졌다.

검술 마스터 자하브는 엄청난 괴물들을 가볍게 두 동강을 내 버리는 중이다. 그 역시 조각사이기도 했기 때문에 조각 파괴술을 써서 모든 스탯을 힘으로 몰아넣었다.

긴 세월을 살아오면서 위드를 능가하는 무지막지한 예술 스탯을 쌓았고, 검술과 공격 스킬의 완숙미 역시 절정에 달했기에 그의 주변에는 남아나는 괴물이 없었다.

사제들이 불덩어리를 쏘아도 가볍게 검을 휘둘러서 조각 검술로 튕겨 내 버렸다.

로자임 왕국의 전설, 달빛 아래에서 춤추던 자하브의 현란하고 아름다운 검무가 그대로 재현되고 있었다.

"좋아, 써먹을 만한 동료로는 충분하군. 혼자 나설 수는 없지."

위드는 크게 고함을 질렀다.

"헤스티거!"

"예!"

"휘하의 부대를 데리고 나와 함께 싸운다."

"영광입니다."

헤스티거는 항상 위드에게 깍듯하게 예의를 갖췄다. 겸손

하면서도 왠지 모르게 기품이 흐른다.

"자하브 님."

"알고 있네."

자하브는 이미 대사제들을 목표로 삼고 있었다.

그는 검술의 마스터답게 가장 강한 자들을 해치우려고 했다.

"전이, 너희는 우리가 싸우는 동안 엠비뉴의 다른 병력이 개입하지 못하도록 막아라."

"목숨을 바치겠습니다."

위드는 엠비뉴의 대사제들 중에서 우선 죽여야 할 대상을 잉그리그로 결정했다.

양쪽 다 어느 하나 오래 내버려 둬서 좋을 것이 없는 상대들이었다. 잉그리그는 엠비뉴의 군대를 계속 다시 일으키고, 모툴스는 막강한 마법으로 사막 군단들에 대규모 피해를 입힌다.

잉그리그가 선택된 것은 그저 가깝기 때문이었다.

"갑시다."

위드는 자하브와 헤스티거와 함께 잉그리그를 향하여 달렸다.

어지간한 괴물들은 말살의 검을 휘둘러서 내치고 그 사이로 돌격!

잉그리그의 주변에는 극악의 기사단에서 최상위를 차지하는 강자들과 외모부터 무조건 강할 수밖에 없게 생긴 괴물들이 있었다. 호위대에는 청동 거인들까지 있었으니 그야말로 철벽 수비진!

적어도 수천의 적들을 물리쳐야 잉그리그를 없앨 수 있었다.

위드는 땅을 강하게 밟았다.

"대지의 흔들림!"

단단한 땅이 1미터 이상 위아래로 흔들리니 괴물들을 비롯하여 청동 거인들까지도 제자리에 서 있지 못했다.

청동 거인들이 뒤나 옆으로 쓰러지면서 깔리는 괴물들도 속출했다.

막 저주의 주문을 외우던 사제들은 볼품없이 땅바닥에 나뒹굴었다.

전방 병력의 초토화!

위드는 기회라고 생각했지만 위험도가 높은 선제공격은 기꺼이 양보했다.

"지금이다, 헤스티거!"

"붉은사자단! 출동이다!"

헤스티거가 이끄는 병력이 질풍처럼 내달렸다.

그러자 즉각 주변에서 화살과 마법 공격이 날아들었다. 엠비뉴의 대군이 잉그리그를 지키기 위하여 집중 공격에 나선 것이다.

대지의 흔들림의 범위 밖에 있던 징벌의 사제들 또한 자신들의 수장인 잉그리그를 노리는 적들을 향하여 저주 공격을 날렸다.

헤스티거와 붉은사자단은 굶주린 사자 떼처럼 가로막는 적들을 해치우면서 돌파했다.

사막 군단의 위용은 각자 싸울 때에도 뛰어나지만 이렇게 무작정 돌파를 할 때에 더욱 빛을 발한다.

개개인이 훌륭한 전사이면서 지휘 능력을 갖추었다. 그렇기에 쓸데없는 움직임이라고는 일절 보이지 않으며 적진을 돌파했다.

숱한 공격에 의하여 낙마하는 이들도 속출했지만 최소한의 피해를 감수하며 거침없는 용맹을 드러냈다.

"자하브 님, 가시죠!"

위드는 자하브와 함께 그 뒤를 따라서 달렸다.

극악의 기사들은 일대일이나 일 대 십이나, 그들을 막지 못한다.

자하브는 적들을 조각 검술로 가볍게 베었고, 위드의 경우에는 그냥 힘으로 압도해 버렸다.

"전부 비켜라!"

말살의 검을 옆면으로 세워서 후려치는 기술!

검이나 방패로 막거나 말거나, 일단 부딪치기만 하면 100미터가 넘게 날아가 버린다.

야구나 골프를 연상시킬 정도의 호쾌함.

위드에게 닿는 손맛도 일품이었지만, 옆에서 지켜보기에는 이보다 더 압도적인 광경이 없을 정도였다.

기사단 전체를 후려치며 몇 번 휘저으니 기사들이 쓰러지며 방어벽이 허무하게 뚫리고 말았다.

"잉그리그, 너의 최후의 날이다!"

위드의 눈에 불과 70미터도 떨어지지 않은 곳에 넘어져 있는 잉그리그가 보였다.

야만 전사에게는 정말 지척과도 같은 거리다.

들모레 대평원이 아니라, 좁은 고시원에서 같이 북적거리는 정도의 거리감!

"폐혈의 저주!"

잉그리그가 검붉은 마나를 모아서 수인을 맺었다. 그에 따라 저주의 기운이 발출되었지만, 위드는 극악의 기사를 내던져서 막아 냈다.

"캬아아아악!"

저주가 적중된 극악의 기사는 온몸에서 피를 쏟아 내면서 목숨을 잃었다.

'정확히 10여 초밖에는 기회가 없을 것이다.'

위드는 냉정하게 상황을 읽었다.

땅에 쓰러진 호위대가 일어나면 바로 잉그리그를 대피시킬 것이다. 그리고 엠비뉴의 군대 중심부라서 그들을 목표로 사제들이 저주의 마법을 외우고 있다.

야만 전사로서 최고의 전투력을 발휘하고 있지만, 다시금 온갖 저주에 걸려들게 되면 불과 절반의 능력도 발휘하지 못한다.

 사막 군단이 쓸모 있게 싸우는 시기를 놓치면 역으로 엠비뉴의 군대에 쫓기다가 전멸하리라.

 위드 혼자서는 결국 끝없이 부활하는 엠비뉴의 군대에 안 된다는 것이 조금 전에 증명이 된 셈이기도 했다.

 "자하브 님, 기회입니다."

 "알겠네!"

 위드는 자하브를 붙잡아서 땅에 앉아 있는 잉그리그를 향하여 강하게 던졌다.

 인간 화살처럼 일직선으로 날아간 자하브!

 "광휘의 검술!"

 자하브의 검에서 셀 수도 없을 정도로 많은 빛의 새들이 나타나서 잉그리그를 경호하는 극악의 기사들에게 작렬했다. 그리고 자하브는 몸을 뒤집으면서 착지하여 바로 잉그리그를 향해 덤벼들었다.

 "이베인의 원수!"

 뭐, 좋게 보면 순정을 가진 남자이고, 나쁘게 본다면 이미 시집간 여자를 잊지 못하고 불륜을 꿈꾸며 살아온 인생!

 "너는 누구냐!"

 땅에 주저앉아 있던 잉그리그는 지팡이를 들어서 공격을

막았다.

"제법이구나, 인간."

"널 죽일 것이다."

"인간이 감히 신의 뜻을 대변하는 나를 죽일 수 있을까?"

검과 지팡이가 부딪칠 때마다 신성력과 마나의 충돌로 인한 전류가 흐른다.

대사제로서 상당한 수준의 근접 전투력까지도 갖춘 모습이었다.

눈알이 박혀 있는 해골 지팡이는 적의 기운을 흡수하는 능력도 가지고 있다.

"강한 자여, 너 정도의 실력이라면 엠비뉴 교단에 들어올 자격이 충분하다!"

"닥쳐라. 이베인의 목숨 값을 받아 내고 말 것이다."

물론 이베인 왕비가 태어나고 죽는 것은 지금으로부터 한참 훗날의 이야기가 될 테니 엠비뉴 교단으로서는 억울하기도 하리라.

나이가 들었다고는 해도 전혀 노화를 짐작할 수 없는 자하브의 현란한 몸놀림.

위드는 어쨌든 제대로 상대를 붙여 준 셈이었다.

"조각 검술!"

잉그리그를 자하브가 맡은 잠깐 동안, 위드도 맡은 일거리가 있었다.

대지의 흔들림의 여파로 청동 거인들이나 괴물들이 일어나지 못하는 동안 가까운 징벌의 사제들부터 쓸어버렸다.

 나머지는 전이가 지휘하는 부대가 공격을 가하면서 위드에게 방해가 되지 않도록 막아 주었다.

 "엠비뉴의 뜻을 실행하는 사제님들을!"

 청동 거인들이 날뛰었으나 원거리 공격에나 뛰어나지 근접전에는 약점이 많다는 걸 알아차린 위드에게는 관심사 밖!

 어떻게든 저주들에만 휩싸이지 않는다면 괴물들이나 청동 거인들 정도는 무시해 버리면 된다.

 위드도 자하브와 같이 잉그리그를 공격하는 데에 합류를 했다.

 야만 전사의 덩치로 사제를 협공하려니 모양새가 약한 자를 괴롭히는 것 같지만 실상은 그렇지 않다.

 잉그리그는 지팡이에 담긴 어둠의 힘을 찰나에 날리면서 공격했다.

 또한 잉그리그의 위기를 본 모툴스가 휘하의 병력을 데리고 다가오고 있는 중.

 자하브의 공격이 지팡이에 막힌 사이, 노리고 있던 위드의 기다란 검이 잉그리그의 몸을 베고 지나갔다.

> -잉그리그를 베었습니다.
> 악신의 보살핌에 의해 말살의 검에 담겨 있는 불의 기운이 16%의 피해만 입힙니다.
> 저주받은 생명력의 로브가 87%의 확률로 피해를 복구시킵니다.

> -치명적인 일격!
> 악신의 보살핌에 의해 혼란 상태에 대한 면역이 적용되었습니다.
> 어린 원혼의 울부짖음으로 치명적인 일격이 연속으로 작렬하는 것을
> 방지합니다.

잉그리그는 자하브와 위드를 동시에 상대하느라 허점을 자주 노출시켰다.

위드의 공격력은 엄청났지만, 온갖 희귀한 축복들을 몸에 두르고 있는 잉그리그!

사제는 근접전에는 취약하다는 것이 일반적인 평이었지만 엠비뉴를 이끌어 가는 대사제 중의 일인답게 간단히 죽어 주지는 않았다.

시간과의 싸움이었다.

청동 거인들과 괴물들은 벌 떼처럼 모여들었지만 그들을 무시하거나 가볍게 제쳐 두고 잉그리그만을 공격했다.

모튤스와 휘하의 병력도 전이의 호위대가 막고 있었다.

잉그리그를 지금 처리하지 못한다면, 그의 특수 능력에 의하여 방금 죽은 징벌의 사제들도 되살아나게 될 것이다.

"반 호크, 토리도!"

"기다리고 있었습니다, 주인."

"악에 물든 피의 맛은 어떨지 무척 궁금하군!"

반 호크와 토리도 역시 재빨리 전투에 가세했다.

여럿이서 팰 때의 손맛은 더한 법!

역사의 흔적

잉그리그도 사제로서의 한계답게 순수 생명력은 그렇게 높지 않았다.

"적 상태 확인!"

미쳐 버린 잉그리그
악신을 추종하는 엠비뉴 교단의 대사제.
과거 평범한 농부였지만 엠비뉴가 이 땅에 남겨 놓은 기록의 석판을 발견하고 나서 광신도가 되었다.
불멸의 약속에 의하여 군대를 통솔한다.
생명력 : 51%
마 나 : 79%

잉그리그의 생명력은 대략 43만!

튼튼한 맷집 대신에 악신의 보살핌이라는 마법과 특수한 자들만 입을 수 있는 희귀 로브를 통하여 방어 능력을 높였다. 그러나 위드와 자하브의 공격이나 반 호크, 토리도가 덤벼드는 것에는 감당할 수가 없었다.

사제의 주특기는 다른 동료들이나 부하들을 축복하고 적에게 저주를 퍼붓는 일이다. 이렇게 벌어진 근접 전투 자체가 그에게는 가장 취약한 전투 방식인 셈.

-구하라. 믿음의 종들을 거느리고 보살피는 나 잉그리그가 위기에 빠져 있다. 모든 엠비뉴의 종들은 이곳으로 오라!

궁지에 몰려서도 군대에 대한 지휘 능력을 발휘!

전장의 모든 괴물들과 광신도들이 갑자기 이곳을 주시하고 달려오고 있었다.

사막 군단과 팽팽하게 맞서 싸우던 녀석들조차도 진형을 무시한 채로 무조건 등을 내보이고 잉그리그에게로 달려오려고 했다. 그 탓에 갑자기 괴물들이 죽어 나가야 했다.

위드는 잉그리그가 청동 거인들의 뒤로 숨으려고 할 때마다 강력한 스킬을 터트렸다.

"작렬의 강타!"

청동 거인들을 죽이지는 않는다.

매우 뛰어난 맷집과 생명력을 가진 그들을 해치우기 위해서는 대단위 파괴 마법을 퍼붓거나, 위드라고 하더라도 정확

한 공격을 여러 번 성공시켜야 했다. 위드는 그저 지금의 자신에 비해서도 큰 키를 가지고 있는 청동 거인들의 다리를 공격하거나 빠른 공방 중에 힘의 균형을 빼앗아서 넘어뜨리는 방식을 취했다.

쓰러진 청동 거인들은 괴물들의 진입을 가로막는 훌륭한 장애물 역할도 되었다.

잉그리그는 수비에 전념한 채로 이리저리 도망을 다니느라 바빴으며, 생명력이 계속 떨어져 나갔다.

그는 대륙의 평화를 파괴하려는 엠비뉴 교단의 대사제!

세계를 구하는 용사인 위드의 파티의 면면도 대단했다.

어비스 나이트가 되고도 개무시를 당한 반 호크, 눈이 충혈된 채로 피를 빨아 먹으려고 악착같이 덤비는 토리도.

여자 친구 때문에 위드의 노예가 되어 인생을 망친 자하브!

평탄한 노후 생활을 누려 보지도 못한 채로 전쟁의 시대로 와서 궂은일은 다 하고 있다.

그야말로 엠비뉴의 대사제를 상대하기에는 최고의 조합이지 않은가.

'놈의 마지막은 내가 챙겨야 돼!'

위드는 본능적으로 잉그리그의 최후가 머지않았음을 느꼈다.

그가 쓰는 저주의 스킬들이 자하브의 공격으로 연속으로 취소되면서, 지팡이에서 암흑의 기운이 퍼지려다가 사라졌다.

땅을 구르면서 도망치면서도 다시금 무언가 주문을 외우려고 하는데 그 느낌이 심상치 않았다.

"거룩한 분이시여, 믿음의 종들을 데리고 불멸의 약속을 이행하는 저 잉그리그가……."

위드는 알지 못했지만, 잉그리그는 원래 생명력이 20% 이하로 떨어지게 되면 스스로에게 불멸의 육체라는 신성 마법을 걸 수가 있다. 그 신성 마법이 성공하면 어떠한 공격에도 생명력이 하락하지 않는 무적 상태가 된다.

단, 엠비뉴의 군대에 걸려 있는 불멸의 약속은 해제!

그 후부터는 광신도와 괴물 들이 되살아나지 못하게 되지만, 잉그리그는 무려 이틀간이나 생명력이 감소하지 않는 존재로 변하고 만다.

위드는 본능적으로 위협을 심각하게 감지했다.

마치 친하지도 않던 친구가 몇 년 만에 전화를 해 왔을 때와 비슷한 긴장감!

"반 호크, 덤벼들어라. 넌 죽어도 돼! 괜찮아!"

"알겠다!"

반 호크는 잉그리그에게 달라붙어서 암흑 투기를 내뿜으며 검을 휘둘렀다.

좀 전과는 달리 공격을 당하더라도 잉그리그의 주문은 취소가 되지 않았다.

"이 땅의 모든 살아 있는 생명들을 제물로 바치려고 하오

니 쓰라린 고통을 적들에게 느낄 수 있게 하시고……."

주문이 계속 이어졌다.

위드도 청동 거인들을 견제하기보다는 잉그리그를 공격했다.

머리, 가슴, 배를 가리지 않고 집중 연타!

일점 공격술이 기본으로 터지면서 경이로울 정도의 데미지의 공격들이 연속으로 들어갔다.

잉그리그는 몸 여기저기를 맞고 나가떨어졌지만, 그럼에도 주문은 계속되었다.

자하브는 빛의 검을 휘둘렀고, 반 호크는 심연의 창을 소환하여 찌른다.

현재 베르사 대륙에서 최고의 공격력을 지닌 자들이 이 자리에 모여 있었다.

그리고…….

-쿠와아아아아아아아!

잉그리그가 비명을 지르면서 두 팔을 크게 벌렸다.

쿠르르르르릉!

하늘에서 벼락이 땅에 내리꽂혔다.

수십 갈래의 번개 줄기들은 잉그리그의 몸을 깨끗하게 태워 버렸다.

- 엠비뉴 교단의 대사제 미쳐 버린 잉그리그가 영원한 안식에 들어갔습니다.
  치러야 할 죗값이 막대하기에 그의 영혼은 결코 휴식처로 가지 못할 테지만, 악신에 사로잡힌 이후 처음으로 자유로움을 느낄 것입니다.

- 엠비뉴 제6지파의 괴물과 광신도 들이 일정 기간 혼란에 빠집니다.

- 위대한 업적으로 인하여 명성이 32,392 올랐습니다.

- 전투에 대한 특별한 보상으로 신앙심이 120 상승하셨습니다.

- 1명의 신의 축복이 강력하게 깃듭니다.
  주방의 신 헤스티아!
  그녀의 축복은 일주일 동안 불의 공격력을 135% 늘려 줍니다.

"이제 한 놈 남았군."

위드의 입가에 맺히기 시작한 썩은 미소!

"안 돼!"

모툴스가 안타까운 비명을 터트렸다.

물론 대사제 모툴스도 상당히 인정해 줄 수 있는 적이다. 죽음 한 번으로 퀘스트는 물론이고 모든 걸 잃어버릴 수 있는 입장에서는 방심해서는 안 된다.

하지만 페쳇과 잉그리그를 다 해치우고 모툴스만 남았으니 마음의 짐이 한결 가벼워졌다.

사막 군단이 쓸고 지나간 광신도와 괴물 들이 다시 살아나

지 않는 것만 하더라도 얼마나 큰 축복인가.

아울러 반 호크로 인하여 죽은 시체들은 신성력에 의한 저항이 풀리면서 한꺼번에 언데드로 일어나고 있었다.

도처에 일어나는 스켈레톤, 듀라한, 데스 나이트 등의 하급 언데드들. 그들은 부서져도 계속 일어나면서 광신도들의 이동을 가로막았다.

위드는 이제 체계화된 계획을 세웠다.

지금까지만 하더라도 전황에 맞춰서 급박하게 임기응변식으로 대응을 한 면이 많았다.

"토리도."

"왜 부르는가."

"저기 너 먼저 가 봐."

"……."

모툴스가 있는 지역은 신성불가침의 영역!

침입자들은 생명력을 잃어버리고, 모툴스를 지키는 보호병들은 매우 강해진다.

그런 곳에는 당연히 토리도부터 던져 봐야 하는 법!

전투력에 있어서는 막내이지만 뱀파이어 로드의 특성에 의해서 생명력은 가장 많았다.

"싫다."

"왜?"

"위험해 보인다. 꼭 내가 가야 하는 것인가?"

"선택권을 존중해 주지. 나한테 맞아 죽을래, 저기 가서 죽을래?"

"으음, 저기 가서 죽는 게 더 나을 것 같다."

토리도가 신성불가침의 영역으로 들어가서 극악의 기사들과 결투를 벌였다.

엠비뉴의 신성력이 강하게 영향을 미치는 땅에서 몇 명의 극악의 기사들에 의해 협공을 당한 끝에 박쥐로 변해서 간신히 도망을 나왔다.

"다소 까다롭기는 하겠군. 그렇다면 다른 놈들부터 해치워야지."

위드는 새로운 전투 계획에 따라 우선 그 자리를 벗어났다.

작전명은 공무원의 강철 도시락!

불멸의 약속이 깨진 엠비뉴의 광신도와 괴물, 청동 거인 등을 사막 군단과 합류하여 차례대로 제거하기로 한 것.

엠비뉴의 군대가 가진 전투력은 당연히 비할 바 없이 어마어마하다. 패배를 모르던 사막 군단 2만여의 병력도 어느덧 삼분의 일가량이 줄어 있었다.

그러나 징벌의 사제들이 상당히 많이 사망한 뒤다. 난전에서 사막 전사들이 적진을 돌파하여 사제들을 집중적으로 노렸기 때문이다.

유성우에 의해 입은 피해, 들모레 요새로 향한 병력 등, 엠비뉴 교단의 현재 전력은 8만도 되지 못했다.

"언데드들을 더 많이 활용하고, 이제 곧 밤이 될 테니 뱀파이어들도 적극적으로 써먹어야지. 보급도 충분하고… 사막 전사들은 하루 종일 싸우더라도 지치지 않으니까 상관없지."

청동 거인들은 모툴스와 멀리 떨어져 있는 것부터 화살 공격을 집중해서 잡았다.

놈들이 던지는 돌덩어리들은 가뿐히 산개해서 피하고, 일제히 불화살을 쏘며 반격한다.

조각 생명체 부하들도 저마다 활약을 하면서 외곽에서부터 적의 무리를 무너뜨렸다.

엠비뉴의 군대가 결집하여 질주를 해 오면 물러나서 우회하여 측면을 친다. 거대한 괴물들이 가로막으면 1,000명의 전사들이 대를 이루어 적당한 간격을 유지한 채 돌격과 후퇴를 하며 화살을 쏘아 제압!

20여 개의 대가 나비처럼 나뉘고 벌 떼처럼 모여들면서 적을 격파한다.

사막을 질타하던 방식 그대로, 적진을 타격하여 꿰뚫고 일부분씩 궤멸시킨다.

다소 둔한 엠비뉴의 군대를 상대로 제대로 된 집단 전술의 궁극을 보여 주는 사막 군단!

이런 집단 전술을 보이기 위해서는 숱한 전투 경험이 필요했지만, 그보다는 위드의 잔소리가 제 역할을 톡톡히도 해냈다.

피해를 본 엠비뉴의 군대 측에서는 보복이라도 하듯이 저주와 공격 마법을 날려 왔지만 사막 군단은 재빨리 사방으로 흩어져서 피해 버렸다. 설혹 적중이 되더라도 강인한 생명력 탓에 바로 죽지만 않으면 지원을 나온 각 교단의 사제들이 치료를 해 준다.

엠비뉴의 대군은 전력 자체로만 놓고 보면 분명히 월등히 강하였지만 그건 정직하고 우직하게 싸울 때의 이야기.

방진을 이루고 중앙군끼리 정면으로 부딪치는 것이 아니라 부근을 돌면서 깎아먹고 분리시키는 수법에는 단순하고 육중한 괴물들이 따라오지 못했다.

기동력을 바탕으로 한 원거리 타격, 섬멸전, 중심 돌파!

전술에 있어서는 사막 전사들이 압도적이다.

전투에서 온갖 꼼수들을 부리는 위드의 자식과도 같은 존재들이었다.

그렇게 전투가 흘러가자 신성불가침의 영토 내에 있는 자들은 싸울 기회가 없었다.

사막 군단과 싸우려고 뛰어오다 보면 모룰스의 지배력이 미치는 범위 밖으로 나오게 된다.

그럴 때마다 일제히 화살 공격으로 섬멸!

단순한 전투력이 아니라 진형과 기동력, 원거리 타격을 바탕으로 한 전투 체계의 압승.

물론 위드가 온갖 위험을 무릅쓰고 혼자서 엠비뉴 군대의

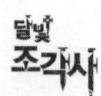

힘을 상당히 힘을 빼 놓았던 덕분도 있었다. 지금 사막 군단이 상대하는 엠비뉴의 군대는 처음 나타났을 때에 비해 30% 정도의 규모도 되지 않았으니까.

그리고 드디어 마지막 목표인 모툴스를 처리해야 할 때가 되었다.

엠비뉴의 군단이 남아 있긴 하지만 사제들과 기사들, 특히 괴물들이 상당히 많이 처치된 상태인 것이다.

"전이."

"넷!"

위드의 사막 전사 호위대는 잉그리그와의 전투 중에 주변을 소탕하느라 200여 명이 죽었다.

쉽게 키우기 힘든 병력 200여 명은 엄청난 손실.

이들이 살아남아야 위드의 제국이 오래 버틸 수 있을 텐데 하는 아쉬움이 잠깐 스치고 지나갔다.

"가장 큰 놈을 사냥할 시간이다. 활로 지원해라."

"옛!"

"전일!"

"말씀하십시오."

"넌 누구도 들어오지 못하게 막아라."

"따르겠습니다."

전일은 사막 전사들을 데리고 주변의 괴물들과 광신도들을 계속 해치우고 있었다.

전투 중에 방해를 최소화한다면, 결국 신성불가침의 영토 내에 있는 적들만 몽땅 없애면 된다.
 그들이 강해졌다고는 해도 여전히 위드보단 훨씬 약했다.
 "자하브 님! 헤스티거!"
 "알겠네."
 "명령을 기다리고 있었습니다."
 자하브와 헤스티거를 앞세워서 신성불가침의 영토 내로 진격!
 극악의 기사들이 덤벼들었지만 호위대의 화살 공격에 자유롭지 못한 신세였다. 신성불가침의 영토 바로 밖에서 사막 전사들이 번개처럼 화살 공격을 계속 가했던 것이다.
 "통렬한 일격!"
 그럼에도 덤벼드는 녀석들은 위드의 강렬한 일격을 맞고 신성 마법의 영역 밖으로 멀리 떨어져 나가서 뒹굴었다.

> -엠비뉴의 신성력이 미치는 영토로 들어왔습니다.
> 생명력이 감소합니다.
> 높은 저항력으로 방어합니다.
> 생명력이 5초마다 2,138씩 흡수됩니다.

 신성불가침의 영토가 까다로운 것은 모툴스에게 마나를 최소한으로 넘겨주어야 하기 때문이다. 대군으로 몰아붙인다면 모툴스는 무한정 공급되는 마나로 계속 최고의 마법들을 사용할 수 있으리라.

시체를 산처럼 쌓는 방식으로 이기는 거야 가능하겠지만 그건 위드의 방식이 아니었다.

"짧고 빠르게 끝내야 됩니다."

"알겠네!"

위드는 이미 써먹었던 방법대로 자하브를 모툴스에게로 집어 던졌다.

효과 측면에서만 보면 확실하지만 안전도에 대해서는 전혀 검증되지 않은 방법.

그러나 검술과 조각술 마스터라는 천재 중의 천재 자하브이기에 날아가는 동안 적들을 베고 날렵하게 모툴스의 근처에 알아서 착지까지 끝냈다.

"헤스티거, 너도 와라."

"영광입니다, 대제왕!"

자하브 때와는 달리 헤스티거를 향하는 위드의 손길에는 사심이 듬뿍 담겨 있었다.

뭘 해도 잘하고, 겸손하고, 미남이고, 부하들에게 인기도 많다. 죽으라고 힘든 일을 맡겨도 엄청난 공적을 세우고 멋지게 돌아오는 얄미운 놈!

붕붕부웅!

위드는 헤스티거를 붙잡은 채로 크게 서너 번 돌리다가 정확히 모툴스를 향해 힘껏 던졌다.

'잘되면 대박이고, 죽어도 뭐 아쉬울 건 없지.'

혼자서도 충분한데 눈치도 없이 계속 끼어들던 헤스티거만 없었더라도 노들레의 퀘스트를 하면서 레벨을 3~4개는 더 올렸으리라.

축적된 원한과 함께 빛살처럼 빠르게 날려 간 헤스티거는 극악의 기사들을 거침없이 베었다. 그리고 모툴스의 옆구리까지 베고 공중제비를 넘으면서 가볍게 착지!

극악의 기사 둘이 양쪽에서 협공을 가했지만 미리 알고 있기라도 한 듯이 점프를 해서 검을 크게 휘둘러 둘을 한꺼번에 베었다.

물론 그렇다고 해서 적들이 죽지는 않지만 잠깐 동안은 쓰러트렸다.

"과연 질풍의 헤스티거다!"

"역시 붉은사자단을 이끄는 헤스티거야."

위드의 귓가에 헤스티거에 대한 칭찬들이 따갑게 들려왔다. 하지만 한가롭게 질투나 하고 있을 때가 아니다 보니 위드도 모툴스에게 곧장 뛰어갔다.

쿠르르르르릉!

그런데 갑자기 대지가 벽처럼 솟구쳐 오른다.

마의 장벽!

모툴스를 지키는 장벽이었다.

위드는 야만 전사답게 옆으로 돌아가지 않고 넘쳐 나는 힘을 바탕으로 몸으로 뚫고 통과했다.

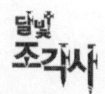

극악의 기사들과 강화된 괴물들은 쉽게 제압할 수 없기에 통렬한 일격으로 멀리 날려 버리는 것을 선택.

굳이 죽이지 않더라도 신성불가침의 영역만 벗어나면 사막 전사들이 알아서 해치울 것이기 때문이다.

"엠비뉴의 뜻을 거스르는 이 모든 일의 원흉, 너의 죽음으로 이 땅의 파괴는 이루어질 것이다!"

평범한 사제라면 가까이 다가가는 것만으로도 승패는 가볍게 결정지어진다.

잉그리그만 하더라도 까다로웠지만 포위 연속 공격에는 버텨 내지 못했다.

하지만 모툴스는 일반적인 사제가 아니라 몽크!

맨주먹으로 검을 쳐 내면서 동시에 신성 마법까지 외울 수 있었다.

"속죄의 피 주먹!"

위드는 야만 전사로서 공격은 피하지 않고 맞아 주는 편이었다. 일일이 피하려고 애쓰기보다는 그냥 맞아 주는 쪽이 편하다.

'이건 조금 위험해 보이는데.'

그래도 혹시나 싶어서 막지 않고 피했더니, 주먹에서 튀어나온 스킬은 일직선으로 쭉 날아가서 한참 뒤에 있던 극악의 기사에게 적중했다.

"캬아악!"

극악의 기사의 몸에서 피바람이 일어나더니 주변에 있던 동료들 4명까지 한꺼번에 사망.

신성불가침의 영토 때문이겠지만, 공격력에서만 놓고 보면 위드에게도 달리지 않는 수준이었다.

몽크의 특성에 의해 방어력과 생명력도 잉그리그보단 훨씬 뛰어났다. 설상가상으로 스스로에게 미리 보호 마법을 걸어서 물리력이나 마법 저항도 높았다. 그냥 싸우더라도 헤스티거와 자하브를 능가할 정도였다.

게다가 그 옆에 버티고 선, 무식할 정도의 스탯을 가진 극악의 기사들도 껄끄러운 수준!

"참회의 종속 추!"

모툴스의 스킬은 넓은 범위 내에 있는 적과 아군을 가리지 않고 다리에 무거운 추를 매달게 했다.

> -저주에 걸렸습니다.
> 이동속도가 24% 느려집니다.
> 고통을 받습니다.
> 10초마다 일정 확률로 피해를 입습니다.
> 공격을 당하면 저주와 증오의 추가적인 피해를 입게 될 것입니다.

신성 마법으로 떼어 내지 않는 한 해소되지 않는 종속 추!

"저주에는 신경 쓰지 말고 놈들과 싸워! 동료들이 바깥에서 도와줄 것이다."

"알겠습니다."

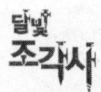

위드는 생명력이 많아서 조금 더 오래 버틸 수 있었지만, 헤스티거와 자하브는 잠시 지나자 생명력이 15% 이하가 되었다.

괴물들과 극악의 기사들 또한 혼신을 다해서 모툴스를 지키려고 하였기 때문이다.

한정된 공간에서 그들의 공격을 감당하면서 버텨 내는 것 또한 상당히 힘겨운 일.

"저희가 맡겠습니다."

조각 생명체들인 전오부터 전십까지가 뛰어들었다.

자하브와 헤스티거는 초주검이 되어서 밖으로 나가고 사제들의 집중 치료의 대상이 되었다.

"대사제님이 위험하다."

"안 돼! 엠비뉴의 뜻을 퍼트리는 대사제님이 돌아가시면 우린 영원토록 지옥의 불구덩이에 빠져 버리고 말 거야."

전일이 통솔하는 사막 군단은 넓게 퍼져서 지원군을 철저히 차단!

청동 거인들의 돌덩어리는 가끔씩 날아왔지만, 지상으로의 접근은 완벽하게 막아 냈다.

위드는 극악의 기사들을 신성불가침의 영토에서 쫓아내는 데 집중했다.

발로 걷어차고, 말살의 검으로 상대방의 방어를 무시한 채 날려 버리는 위용!

-생명력이 감소하고 있습니다.
 현재 남아 있는 생명력 17.8%.
 일곱 가지의 저주에 걸려 있습니다.

"한번에 죽이기 위해 무리할 필요는 없겠지."

조각 생명체들에게 전투를 맡기고 위드도 신성불가침의 영토에서 빠져나왔다.

여사제들이 그를 치료하는 사이에, 모툴스도 약 20여 명 남은 극악의 기사들의 보호를 받으며 신성 마법을 외웠다.

"완전한 회복!"

모툴스의 몸에 빛의 기둥이 생겼다.

시간을 조금 주니 대사제답게 넘치는 마나로 자기 자신의 생명력을 가득 채운 것.

그를 호위하던 부상을 입은 극악의 기사들 또한 한꺼번에 치유가 되었다.

"말도 안 돼. 사기잖아!"

위드는 어처구니가 없었다.

신성불가침의 영토로 접근한 자들의 마나는 쏙쏙 빼먹고, 자신의 몸이 축나면 스스로 치료를 하기도 한다.

대사제이면서 근접 전투력도 무시 못 할 수준이다.

조각 생명체들도 저주에 빠져서 전투력이 약해지고 금방 수비에 급급하게 되었다.

"그래도 놈을 지켜 주는 병력이 불과 스물에서 서른 정도

밖에는 되지 않아. 전일이 철저히 막아 주기만 한다면, 잠시 후면 잡을 수 있겠지."

그때 모툴스가 또 다른 마법 주문을 외웠다.

"맹약의 수호!"

다시 빛의 기둥이 어리더니 신성불가침의 영토 내에 청동 거인 4명이 등장!

극악의 기사도 100여 명이 소환되었다.

"원점에서 시작이로군."

위드는 더 이상 모툴스가 마법을 쓰지 못하도록, 생명력이 67%가 되자마자 다시 전투에 뛰어들었다.

극악의 기사들을 가볍게 날려 버리고 돌출되는 마의 장벽을 관통!

이 정도의 저항이야 예상하지 못했던 바도 아니었다.

엠비뉴의 대군에 의해 사막 전사들이 피해를 입고 있지만 수비 진형은 튼튼하고 안정적이다. 오로지 모툴스만을 노리고 집중할 수 있었다.

"엠비뉴의 뜻을 받드는 한 나는 꺾이지 않는다."

"순진하기 짝이 없군. 세상에 원래 믿을 놈 하나 없는 거야."

"나의 손을 잡아라. 올바른 신앙의 길로 인도해 주겠다. 절대 경험하지 못한 미증유의 힘과 권력을 넘겨주지."

"인생, 돈이 최고야!"

모툴스와 말싸움도 하면서 전투 재개!

자하브, 헤스티거에 반 호크, 토리도까지 제대로 가세했다.

그러다가 그들의 생명력이 낮아지면 조각 생명체 부하들과 교체.

위드와 함께 모툴스는 생명력이 점점 떨어졌다.

극악의 기사들은 사막 군단의 화살 공격과 조각 생명체들의 돌격에 의해서 삼분의 일 이하로 줄어들어서 제 몫도 하지 못할 정도였다.

"크후후, 괴롭고 아프지 않으냐. 엠비뉴를 믿으면 그분의 무한한 힘에 의해 너의 고민은 전부 해결될 것이다."

모툴스의 주먹질은 상당히 위협적이었다. 맞게 되면 피해를 입는 것은 둘째로 치고 기괴한 저주에 걸린다.

넓은 지역을 특성으로 하는 모툴스의 공격이 이어지면서, 위드는 최소한의 회피 동작을 하며 기다란 말살의 검을 휘둘렀다.

양측 모두 치열한 교전을 벌인 끝에 모툴스의 생명력이 50% 이하가 되었지만 위드는 16% 이하로 감소했다.

위드가 먼저 죽을 판이었다.

그 사실을 알아차렸는지, 모툴스도 도망을 다니거나 신성 마법을 쓰지 않고 공격에 집중했다. 마치 자신이야 어떻게 되든 위드만 죽인다면 상관없다는 듯이.

"저놈을 죽여라. 엠비뉴의 뜻이다."

"옛!"

극악의 기사들 또한 위드를 공격하는 데 치중했다.

"너희도 나는 상관하지 말고 저놈을 죽여!"

위드도 모든 부하들을 모툴스에게로 내보냈다.

서로가 누가 먼저 죽느냐의 싸움!

위드는 큰 덩치로 10명이 넘는 극악의 기사들의 공격을 받아치고, 모툴스의 공격을 몸으로 때웠다.

생명력이 급격하게 감소하면서 위기에 빠졌다.

남은 생명력 3.4%.

이대로라면 그간의 모든 노력이 허무하게 사라지게 될 순간.

모툴스의 생명력은 여전히 35%가 넘게 남아서, 활기차게 공격하고 있다.

극악의 기사들마저 공격에 집중하면서 위드가 신성불가침의 영역 밖으로 도망치지 못하도록 막았다.

그때 위드가 큰 함성을 터트렸다.

"환희의 회복!"

—야만 전사의 고유 능력, 환희의 회복을 사용하셨습니다.
용맹의 신 바트거가 야만 전사의 몸 상태를 정상으로 되돌려줍니다.
강한 적과의 싸움에서 한 걸음 물러나는 것은 야만 전사에게는 치욕입니다.
야만 전사의 고고한 자존심은 적을 용납하지 않습니다. 마땅히 적을 부스러뜨려야 합니다!

—생명력이 완전하게 회복되었습니다.
몸에 걸려 있는 저주들이 완벽하게 해소되었습니다.
저주와 마법에 대한 저항력이 370%까지 상승합니다.

위드의 몸은 정상이 되었다. 그리고 저주가 해소되면서 움직임조차도 갑자기 빨라졌다.

'단 한 번의 기회!'

극악의 기사들을 뛰어넘어 단숨에 모툴스를 향해 검을 휘둘렀다.

"크억!"

말살의 검은 모툴스의 몸을 그대로 갈랐다. 그럼에도 보호 마법 탓에 부상은 적은 편.

위드는 상관하지 않았다.

일대일의 승부에서는 자신이 훨씬 더 강하다.

짧은 시간이었지만 노들레의 퀘스트를 진행하면서 공격과 수비에 골고루 균형 있는 성장을 이루어 냈다. 레벨도 높고, 전투와 연관된 마스터 스킬까지 여러 개를 가지고 있기에 여기에서 죽는다면 자신이 못 싸웠다는 소리밖에 안 된다.

정신만 바짝 차리고 있으면 호랑이에게 물려 가도 가죽을 갖고 돌아온다고 하지 않았던가!

"감히 엠비뉴를 거역할 셈이냐!"

"엠비뉴가 나한테 해 준 게 뭐가 있는데? 뭐, 사실 없진 않지만, 그건 다 내가 잘난 탓이야!"

위드는 말살의 검으로 연속 검술을 펼쳤다. 모툴스가 물러나는 만큼 따라가면서 쉬지 않고 검을 휘둘렀다.

공격이 연속으로 성공하면서, 탄생의 힘에 흑기사의 일격

까지 간간이 작렬했다.

극악의 기사들이 비명을 지르며 보호하려고 하였지만 그런 것들은 아예 무시!

모툴스가 신성 마법을 사용하지 못하도록 공격하면서 힘으로 계속 뒤로 밀쳐 냈다.

"이 세상이 올바르다고 생각하나? 엠비뉴를 믿으면 진정한 광명을 깨닫게 되리라."

"국민연금도 못 믿는 세상에 무슨."

"무서운 엠비뉴 신의 분노가……."

"집주인의 공포도 이겨 낸 나야!"

위드에게는 모툴스의 어떠한 말에도 흔들리지 않는 굳건한 믿음이 있었다.

현대사회를 살면서 자연스럽게 터득하게 되는 현금우선주의!

모툴스의 생명력이 10% 미만으로 급격하게 감소했다.

"완전한 회……."

"기다리고 있었다. 가라!"

―치명적인 일격이 터졌습니다.
 68%의 피해를 추가합니다.

―치명적인 일격이 터졌습니다.
 149%의 피해를 추가합니다.

-치명적인 일격이 터졌습니다.
261%의 피해를 추가합니다.

-치명적인 일격이 터졌습니다.
442%의 피해를 추가합니다.

일점 공격술로 치명적인 일격을 연속으로 작렬!

위드는 모툴스와 전투를 치르면서 예민한 감각으로 그의 허점을 파악해 냈다. 무수한 전투 경험으로 현재의 생명력이나 방어력, 그 모든 것들이 잡힐 듯이 느껴졌다.

지금까지 쉽고 편안한 전투들만 벌여 온 것이 아니기에 더욱 예리한 관찰력이나 직감을 얻게 되었다.

우유 배달, 신문 배달을 오래 하다 보면 집 대문이나 담벼락만 봐도 딸기 우유를 먹는 집인지 초코 우유를 좋아하는 집인지 알 수 있게 되는 법.

'그렇다면 마지막은······.'

모툴스는 계속 회복을 위한 신성 마법을 시도하고 있었다.

위드는 일점 공격술로 그의 가슴을 연속으로 세 번 노렸다.

-결 검술이 성공했습니다.
치명적인 일격이 터졌습니다.
상대방의 방어력을 무력화하며 284%의 피해를 추가합니다.

-결 검술이 성공했습니다.
 치명적인 일격이 터졌습니다.
 상대방의 방어력을 무력화하며 516%의 피해를 추가합니다.

-결 검술이 성공했습니다.
 치명적인 일격이 터졌습니다.
 상대방의 방어력을 무력화하며 837%의 피해를 추가합니다.

기하급수적으로 늘어나는 공격력!

야만 전사의 엄청난 괴력에 말살의 검까지 한 점에 집중시켜서 입히는 피해는 어마어마했다.

신성불가침의 영토에 있는 모툴스였기에 그나마 지금까지 버텨 온 것.

모툴스의 몸이 유리처럼 깨어지더니 어두운 기운이 사방으로 흘러나오며 흩어지기 시작했다.

"너…희의 생명도 얼마 남지 않았다. 엠…비뉴께서… 반드시…….."

-엠비뉴 교단의 대사제 거악의 제물 상납자 모툴스가 영원한 안식에 들어갔습니다.
 치러야 할 죗값이 막대하기에 그의 영혼은 결코 휴식처로 가지 못할 테지만, 악신에 사로잡힌 이후 처음으로 자유로움을 느낄 것입니다.

-엠비뉴 제4지파의 괴물과 광신도 들이 일정 기간 혼란에 빠집니다.

-위대한 업적으로 인하여 명성이 42,138 올랐습니다.

-전투에 대한 특별한 보상으로 신앙심이 130 상승하셨습니다.

-엠비뉴의 군대를 뒤덮고 있던 어두운 기운이 사라졌습니다.

정복자의 등장 완료
남쪽 사막에서 일어난 젊은 정복자는 세상을 온통 뒤흔들어 놓았다. 그의 발걸음이 지나는 곳을 따라 영토가 넓어졌고, 오만불손한 귀족들은 무릎을 꿇어야 했다.
충성심 가득한 병사들은 사자처럼 용맹하고 강하다.
완전하다고는 할 수 없으나 사막을 일통하고, 대제국이라고 불릴 정도로 넓은 영토와 그 주민들이 그의 지배를 인정하였다.
불온한 그림자를 깊게 드리우던 엠비뉴의 하수인들도 사라지게 되었다.
욕심 많은 왕들에 의해 전쟁이 거듭되며 피를 부르는 이 세계는 똑똑히 알게 되었다, 가장 위대한 정복자가 높은 곳에서 그들을 내려다보고 있음을!

-명성이 51,282 올랐습니다.

-역사에 커다란 발자취를 남기게 됩니다.

-퀘스트에 대한 보상으로 시간의 보너스가 부여됩니다.
 시간의 보너스는 조각술 최후의 비기 퀘스트를 완료하고 원래의 세계로 돌아가는 시점에 적용됩니다.

-기적을 일으킨 모험을 통해 모든 스탯이 15 오릅니다. 획득한 스탯은 원래의 세계로 돌아가더라도 유지될 것입니다.

-제국의 이름을 정해 주십시오.
 제국은 대륙의 역사에 존재하면서 일정한 흔적을 남긴 후에 사라질 것입니다.

"음, 제국의 이름이라."

위드는 이름을 참 자주 짓는다는 생각을 했다.

조각품과 부하들을 만들어 내는 정도야 익숙했지만, 국가의 이름을 또 짓게 될 줄이야 누가 알았겠는가.

"어차피 잠시 지나면 사라져 버릴 제국이니 대충 짓더라도 관계는 없겠지."

딱히 돈이 나오는 것도 아니라서 간단히 이름을 지었다.

"팔로스 제국."

-팔로스 제국이 맞습니까?

"맞아."

팔로스라는 이름.

먼 옛날 추억의 사탕 이름이었다.

그렇게도 먹고 싶었지만 너무 비싸서 도저히 사 먹을 수가 없었던 신기루와 같은 사탕.

가끔씩 꼬마 아이들이 먹고 있는 걸 빼앗아서 먹었다.

약탈과 파괴로 세운 제국이니 딱 어울리는 이름이 아니겠는가.

> -이름이 팔로스 제국으로 결정되었습니다.

> -국가의 통치 체제를 선택하여 주십시오.
> 황제에 의해 다스려지는 군주제, 시민들이 권력자를 뽑는 공화국, 귀족들의 자치권을 인정하는 봉건제, 최고 귀족들에 의해 다스려지는 원로원을 결정할 수 있습니다.
> 주의.
> 군주제로 선택한다면 즉시 후계자를 정하고 모든 권력을 넘겨줘야 합니다. 똑똑한 황제는 제국의 기틀을 다지고 오랫동안 이끌어 가게 될 것입니다. 물론 무능한 황제가 선출되면 그 반대의 상황이 벌어지므로 후계자의 역량이 중요합니다.
> 공화국으로 선택한다면 팔로스 제국의 시민들이 스스로 황제를 결정합니다. 일정 기간마다 황제가 바뀌며, 권력은 제약됩니다. 상인들이 빨리 성장하고, 점령 지역의 반발이 적습니다.
> 봉건제를 선택한다면 각 지역을 다스리는 영주들에게 통치를 맡기게 됩니다. 방대한 제국의 영토에서 중앙의 관할권이 미치지 않는 지방까지 안정적으로 다스리기에 좋은 제도입니다만, 그 지역에 있어서는 황제보다 영주의 권한이 앞서게 됩니다. 반란이나 탈세에 대하여 자유롭지 못할 것입니다.
> 원로원은 팔로스 제국 내에서 명망과 힘을 가장 많이 가진 이들로 구성될 것입니다. 그들은 원로회의를 거쳐서 중대사를 결정합니다.

"으음."

마음 같아서는 딱 군주제를 택하고 싶었다.

절대왕정!

황제가 모든 것을 지배하며 주민들을 착취하는 그러한 국

가 제도야말로 위드의 적성에 딱 맞았다.

 올바른 말을 하는 신하가 있더라도 수틀리면 죽이고 쫓아내고, 모든 것들이 황제를 중심으로 다스려지는 제국!

 "근데 내가 다스릴 것도 아니고, 기껏 이뤄 놓은 걸 다른 놈에게 넘겨주자니 못 할 짓이야."

 공화국은 더욱 곤란하다.

 위드는 사막과 베르사 대륙을 통틀어서 인간으로서는 가장 절대적인 무력과 권위를 가지고 있었다. 그러나 공화국을 택하면 그다음의 NPC가 자리를 차지하게 되리라.

 그러면 아무래도 얄미운 헤스티거가 팔로스 제국의 황제 자리에 앉게 될 가능성이 크다.

 봉건제는 더욱 말도 안 된다. 믿을 놈 하나 없는 마당에 그 지역에 대한 전적인 통치권을 줄 수는 없는 노릇.

 "원로원으로 결정해야 되겠군."

 정치 체제란 무엇을 택하더라도 거기에 속한 사람들의 문제이지 완전하지는 않다.

 베르사 대륙의 역사에 팔로스 제국이 어떤 형태로 존재하느냐를 결정하는 부분이기에 매우 중요하다고 볼 수도 있지만, 위드는 대충 정해 버리고 말았다.

―팔로스 제국의 통치 체제는 원로원의 집단 지배 체제로 결정되었습니다.

팔로스 제국력

베르사 대륙에 변화가 찾아왔다.

과거에도 위드의 모험이 성공하면서 많은 변화가 있었다.

얼음이 뒤덮고 있던 북부가 살 만한 장소가 되었고, 불사의 군단이 사라지고, 태초의 도시가 발견되었다. 새로운 정령들이 생겨나고, 위대한 건축물, 도시 들이 북부 대륙에 세워진 것도 커다란 영향을 남긴 것이라고 할 수 있었다.

무수히 많은 유저들 그리고 그보다도 훨씬 많은 주민들이 살아가는 베르사 대륙이지만 위드만큼 큰 변화를 일으킨 사람이 어디에 또 있을까.

이번에도 엠비뉴 교단에 승리를 거두자마자 유저들이 살아가는 베르사 대륙이 변화했다.

로자임 왕국의 아루드 강가.

스핑크스와 피라미드가 있던 장소로, 현재는 엠비뉴의 교단에 의해 파괴되어서 돌무더기들만 즐비하게 널려 있다.

악으로 물든 쓸모없는 황무지에서 유저들이 몸을 웅크리고 숨었다.

"쉿! 조용히."

"들키면 끝장이니까. 천천히 가자."

엠비뉴의 지배 아래에 있는 땅이었지만 일부 유저들은 살아가고 있었다. 고향인 로자임 왕국을 차마 떠나지 못한 것이다.

사냥도 어렵고, 정상적인 생활도 불가능하다. 광신도나 종교재판관에게 들키면 바로 목숨을 잃어야 했으니 유저들에게는 절망에 가까운 땅.

유저들은 대낮에만 활동하고 밤이면 은신처인 숲에 숨어야 했다.

검게 타 버린 흔적이 남아 있는 황무지를 지나가고 있는데 갑자기 꽃들이 활짝 피어났다.

땅이야말로 모든 회복력의 근원.

생기를 억누르던 엠비뉴의 마력이 사라지면서 과거처럼 비옥한 땅으로 다시 변해 갔다.

곡식을 심더라도 수백만 명이 먹을 수 있을 테지만, 당장은 아루드 강을 끼고 넓은 강가에 온갖 꽃들이 피어났다.

"뭐야, 이거?"

유저들은 신기해서 아는 사람들에게 이상한 일이 벌어졌다고 귓속말을 보내 봤다.

-정말이야?

-응. 갑자기 무슨 일인지 모르겠네.

-모르겠어? 오늘은 위드가 엠비뉴 교단과 싸우는 날이잖아.

-그러면 그거 때문에?

-방송으로 보고 있는데 아직 그 부분까지는 안 나왔어. 근데 모험이 성공한 모양이야. 진짜 대박이다!

부서졌던 스핑크스와 피라미드도 서서히 거짓말처럼 복원되었다. 과거의 역사가 바뀌면서 엠비뉴 교단이 로자임 왕국에 남긴 깊은 상처들이 사라지고 있는 것이다.

세라보그 성도 다시 원래의 상태로 되돌려지고, 몰살당한 국왕과 왕족들이 되돌려졌다. 마을들도 숱하게 복구되었다.

변화는 베르사 대륙의 동부에만 국한되지 않았다.

중앙 대륙!

가장 많은 유저들과 주민들이 살아가는 땅.

명문 길드들의 분쟁은 하벤 제국의 승리로 종식되었지만 전투는 끊이지 않았다.

갈수록 넓어져 가는 엠비뉴 교단의 영토로 인하여 도처에서 파괴와 반란이 일어났다. 광신도들만이 살아가는 도시들, 괴물의 생산 기지로 변한 마을들도 한둘이 아니다.

중앙 대륙의 왕국들은 하벤 제국의 공격에 의해 점령되었지만, 엠비뉴 교단에 의하여 자멸한 국가들도 많았다.

엠비뉴의 세력 팽창으로 인해 하벤 제국조차도 긴장한 채로 그들을 몰아내기 위한 전쟁을 준비하고 있었다.

전쟁으로 인한 화가 중앙 대륙을 다시 휩쓸려고 하는 이때!

무너졌던 도시들이 원래보다 더욱 크게 세워지고 황폐화되었던 대지들이 복원되었다.

엠비뉴를 따르거나 혹은 그들에 의해서 죽어 갔던 주민들이 사라졌던 도시에서 다시 나타나서 일을 했다.

"올해는 풍년이었으면 좋겠어."

"그러게 말일세. 루의 교단에 기부라도 좀 하고 싶은데 말이야."

도시들이 복구되고 주민들이 다시 살아간다.

기술력이 발달하고, 문화가 번성하며, 경제가 꽃을 피운다.

위드가 전쟁의 시대에서 파괴해서 피해를 끼쳤던 이전보다 몇 배에 달하는 번영과 발전이 이루어졌다.

중앙 대륙은 아주 넓었다.

베르사 대륙은 동, 서, 남, 북, 중앙으로 구분을 하지만, 그중에서도 중앙 대륙은 다른 모든 지역들의 인구와 영토를 합한 것만큼이나 컸다.

남부 고요의 사막 너머 불모의 대지, 북부 빙하 지역 너머의 결빙의 땅, 동부의 끝없는 바다와 섬들을 포함하면 중앙

대륙이 그보다 더 넓다 할 수는 없겠지만, 적어도 사람들이 살아가는 영토로서는 다른 네 곳을 합한 것보다도 컸다.

페어리들의 숲, 엘프들의 수림, 목숨을 내놓아야 들어갈 수 있는 드래곤의 영토, 거인족의 유적지.

매우 다양한 지형과 사냥터, 모험이 있다.

엠비뉴 교단에 의해 물들었던 그 넓은 땅이 정상화가 되어 가고 있었다.

유저들은 처음에는 이러한 변화를 잘 몰랐다.

선술집에 왁자지껄 모여서 대형 벽걸이 수정을 통해 위드의 모험을 지켜보고 있었던 게 전부다.

그런데 그들이 알고 있는 유저들이 귓속말을 해 온다.

-내가 퀘스트 재료 구하려고 이네프 성에 왔잖아.

-그런데?

-여기 엠비뉴 교단 싹 사라지고 부서진 이네프 성도 3달 전처럼 돌아왔는데.

-진짜야?

그렇게 변화가 알려졌지만, 유저들이 보는 앞에서 바뀌어 가기도 하였다.

"제발 살려 주세요!"

"엠비뉴를 따르지 않는 자, 고통스러운 죽음뿐이다!"

돌아다니던 종교재판관들에게 사로잡힌 초보 유저들!

그들은 눈을 질끈 감고 종교재판관의 무식하기 짝이 없는 철퇴가 날아오기만을 기다리고 있었다.

근처에는 엠비뉴에 세뇌된 기사들까지 있어서 도망은 꿈도 못 꿀 상황!

그런데 종교재판관의 몸이 회색빛으로 변하더니 마치 목숨을 잃을 때처럼 가루로 변해서 사라졌다.

"자네들은 왜 그러고 있나?"

"넷?"

조금 전까지만 해도 엠비뉴에 세뇌되어 그들을 따르던 기사들은 얼굴에 힘줄이 돋아나고 흉신악살처럼 일그러져 있었다. 하지만 어느새 평범하고 우직한 기사의 모습으로 돌아왔다.

"땅이 차가울 텐데 왜 엎드려 있는지 모르겠군. 어서 일어나게."

기사들은 따뜻한 손으로 초보 유저들을 일으켜 주었다.

중앙 대륙의 엠비뉴 교단 세력이 십분의 일 이하로 급격하게 감소했다.

이 사실은 위드의 모험이 성공으로 끝난 것과 동시에 알려져 중앙 대륙 유저들을 광란의 기쁨으로 몰고 갔다.

-위드는 진짜 강아지 같은 놈입니다. 그놈 때문에 어렵게 장만한 집이 날아갔어요. 주민들도 다 사라졌습니다. 제가 입은 피해는 정말 이루 말할 수가 없는데… 흑흑.

-내 가게! 위드의 악마 같은 짓으로 이 도시는 엉망진창이 되었

어요. 주춧돌까지 완전히 날아가서 주민들이 오분의 일로 줄어들고 경제력, 기술력 말할 것도 없이 망했습니다. 유일하게 좋은 점이라면 도둑이 줄어든 거죠. 털 게 없거든요. 오죽하면 이렇게 되었을까요?

게시판마다 옮겨 다니며 위드에 대한 비난 글을 올리던 중앙 대륙의 유저들!

위드가 전쟁의 시대에서 폭군 활동을 하며 도시들을 파괴해서 수많은 유저들이 피해를 입은 것은 사실이었다.

로열 로드에서는 다른 유저들의 모험이나 침략으로 인해서 손해를 보는 것 정도야 어쩔 수 없이 받아들여야 하는 부분이기도 하다.

명문 길드들이 대립을 하며 전쟁을 일으켜 성을 빼앗는 와중에 죽음을 경험하기도 한다. 상권 위축, 사냥터 제한 등의 부차적인 피해를 본 사람이 어디 한둘이겠는가.

하벤 왕국이 칼라모르 왕국, 브리튼 연합 도시 등을 점령할 때에도 유저들은 바뀐 세상에 적응을 하면서 살아갔다.

어차피 약육강식의 세계이니 그렇게 전쟁으로 손해를 보는 건 그나마 납득하고 받아들였지만, 한 개인의 모험으로 인해서 피해를 보니 억울하게 느껴지기도 했다.

헤르메스 길드의 유저들은 원래 위드에 대해 부정적이었지만, 반대로 중앙 대륙의 유저들은 위드를 우상처럼 생각했다. 그러한 위드의 모험으로 인하여 살아가던 터전을 날려 버린 유저들은 분노하여 비난 글을 올리고 있었다.

-위드 신발아기, 더럽고 치사해서 진짜… 내가 그놈 때문에 본 피해를 생각하면…….

　-다시는, 다시는 위드를 좋아하지 않을 겁니다. 사나이가 한을 품으면 한겨울에 물놀이를 한다는 말이 있는데 말이죠. 로열 로드를 하는 동안에는 평생 증오하면서 살 겁니다.

　-위드가 돌아오기만 하면 죽여 버립시다. 위드 척살조 대모집 중!

　그러다가 중앙 대륙의 변화가 유저들에게 알려졌다.

　몰락한 도시, 폐허밖에 남지 않은 도시, 인구가 절반 이하로 감소한 도시들이 새롭게 바뀌었다.

　엠비뉴의 영향력이 감소하면서 그들의 점령 아래에 있던 대도시, 상업 도시, 관광도시 등이 안정된 치안과 함께 과거의 영광을 화려하게 회복했다.

　도시들은 유저들이 예전에 살아가던 로열 로드의 초창기 이상으로 훨씬 엄청난 번영을 구가했고, 검과 마법의 발달도 이루어졌다. 중앙 대륙 전체에 걸쳐서 주민들이 늘어나고 100여 개의 새로운 도시들이 생겨나면서 교류를 한 덕분이었다.

　그리고 로열 로드의 모든 유저들에게 메시지 창이 떠올랐다.

　띠링!

전쟁의 시대를 종식시킨 팔로스 제국!

역사가들은 전쟁의 시대를 협잡과 배반, 모략, 폭력이 지배하던 시기로 규정지었습니다.

탐욕스러운 왕과 귀족들에 의해 전투가 끊이지 않던 시대!

무고한 주민들이 전쟁터에서 죽어 나가고, 과도한 세금을 못 이겨 저항을 꿈꾸다가 진압군에 의해 목숨을 잃었습니다. 기사들은 충성심을 갖고 명예롭게 행동하는 대신에 잔인하고 폭력을 부끄러워하지 않았습니다.

그러나 이 시대에 엠비뉴의 암운이 깊숙하게 자리 잡고 있었다는 사실을 아는 자들은 많지 않습니다.

광활하고 메마른 모래의 땅에서 올라온 정복자는 대륙의 암운을 깨끗하게 걷어 내고 새로운 질서를 창출해 냈습니다.

팔로스 제국!

낙타를 탄 전사들의 시미터에 의해 세워진 국가입니다.

사막의 문화와 전통을 계승한 제국은 칼로 전쟁의 시대를 끝내며 막강한 지배자가 되었습니다.

강대한 무력을 갖춘 그들은 무려 80여 년간 대륙을 지배하면서 힘에 의한 세계 질서를 유지하였습니다.

고질적인 사막 부족들끼리의 분쟁과 점령지의 반발에도 불구하고 80여 년이라는 긴 시간 동안 지배할 수 있었던 것은 강자를 우대하는 그들의 단순하면서도 효과적인 방식 때문이었습니다.

우수한 사막의 전사들은 왕국 기사들로서도 역부족이었습니다.

그들은 대륙을 연결하는 도로를 개설하여 상업을 장려하였고, 몬스터들을 완벽히 토벌하여 치안을 확고하게 다스렸습니다.

원로원의 내분으로 인해 다투지 않았더라면 팔로스 제국의 통치는 더욱 길게 이어졌을 것입니다.

팔로스 제국력

0년_ 마폰 왕국과 베이너 왕국과의 영토 전쟁에서 승리. 조건 없는 항복 선언을 받음.

대륙의 암운인 엠비뉴 교단을 물리치다.

모든 국가들이 팔로스 제국을 존중하며 두려워함.

대제왕 위드는 황제의 자리에서 물러나며 원로원에 통치를 위임함.

사막 부족의 대표들이 원로원에 합류.

2년_ 점령지에서의 반란 발생. 공국 노아와 루프레아 소속의 6개 도시가 참여. 팔로스 제국의 넘쳐 나는 사막 전사들이 가볍게 제압.

갑자기 저질러진 잔인한 약탈과 파괴는 추가적인 반란을 봉쇄함.

3년_ 전쟁의 시대에 악화된 치안으로 인해 몬스터 무리가 대륙에 크게 날뜀. 팔로스 제국에도 침입하였으나 국경 주변에서 섬멸.

왕국들이 넘쳐 나는 군사력을 두려워하며 조공을 바침.

제국의 전성기 시작.

5년_ 극심한 가뭄으로 인한 흉년. 팔로스 제국은 넘치는 재물로 식량을 비축해 놓아서 피해를 입지 않음.

6년_ 위대한 사막의 전사 모비스 탄생. 모든 사막인들이 존경하는 위드의 뒤를 이어 태양의 전사가 됨.

9년_ 원로원 영토 확장을 결의.

팔로스 제국에 의하여 마폰 왕국 멸망.

전쟁 중의 극심한 파괴로 인하여 다른 국가들과의 외교 악화.

15년_ 사막 지역의 출생률 급증.

중앙 대륙의 발전된 농사 기술의 전수로 식량 생산량 증가.

라호스, 대륙 10대 도시에 선정. 주민들은 사치와 풍요에 빠지게 됨.

사막 지역의 특산품인 물 담배가 대륙 전체에 인기를 끌기 시작.

21년_ 부르칸 부족과 크쉴리야 부족 간의 대규모 내전 발생. 연맹을 맺은 다른 사막 부족 43개 합류. 숱한 시체들과 앙금을 남기고 휴전.

34년_ 사막 전사들의 세대교체. 대제왕 위드와 함께 전투를 치렀던 사막 전사들 절반이 흙으로 돌아감.

52년_ 네브론의 흑마법사 침공.

팔로스 제국과의 3년 전쟁 발발.

흑마법사는 전사 모비스에 잡혀 처형됨. 그러나 죽기 전 사막의 오아시스들에 독을 살포함. 해독이 까다롭고 늦어져서 오아시스 도시들 여섯 군데가 폐쇄.

66년_ 원로원 내부에서 분쟁 발생. 또다시 부르칸 부족과 크실리야 부족 간의 전쟁으로 이어지게 됨. 사막 부족들 대부분이 참여한 내전으로 격화.

69년_ 팔로스 제국의 곳간이 비게 됨. 전사들을 우대하는 정책으로 인해 생산과 상업 부분에서 다른 국가들에 뒤처지고 숙련도 높은 장인들이 부족. 타국과의 교역 불균형이 갈수록 심해짐.

71년_ 원로원 극적인 화해.

감소한 제국의 금 수입을 회복하기 위해 다른 국가들 침략을 결정.

72년_ 점령지에서의 반발.

사막 전사들이 출진하였으나 방책과 요새, 마법으로 저항.

다간 왕국 재건국.

74년_ 위대한 사막의 전사 모비스 은퇴.

77년_ 팔로스 제국에 저항하는 국가들의 숫자가 6개로 늘어남.

콜튼 원정 실패.

81년_ 점령지 대부분에서 반란 발생.

사막 전사들은 여전히 뛰어난 무력을 가지고 있었지만 진압과 통치를 위한 병사들이 부족. 팔로스 제국 점령 지역을 버리고 사막으로 철수를 결정.

> 83년_ 사막 부족들의 뜻이 갈라짐.
> 팔로스 제국의 공식적인 해산.
>
> *역사서에 팔로스 제국이 새로 나타납니다. 관련 모험들이 생성되었습니다.
> *대륙 남부 지역이 경제적, 기술적으로 발달합니다.
> *중앙 대륙에 사막의 문화가 유입된 도시들이 생성됩니다.
> *사막 지역에서 특출난 전사가 탄생할 확률이 높아집니다. 사막 지역의 아이들은 뛰어난 전사가 되기 위한 꿈을 크게 키울 것입니다.

팔로스 제국은 역사적으로 보면 큰 발자취를 남기지는 못했다. 하지만 예정보다 빨리 전쟁의 시대를 종식시킬 수 있었다. 그로 인하여 훗날의 세계에는 큰 번영과 안정을 가져다주었다.

위대한 사막의 대제왕 위드가 세운 업적이라고 할 수 있으리라.

그의 영웅적인 행보는 긴 시간을 거슬러 현재를 바꾸어 놓았다.

게시판에 열심히 비난 글을 올리던 유저들은 서둘러 자신의 글을 지웠다.

좋든 싫든 자신들이 살아가는 하벤 제국. 원래에는 없었던 숱한 도시들이 생겨나고, 문물도 훨씬 발달했다. 파괴되었던 도시들이 예전보다 훨씬 더 크게 생성된 경우도 있으니

그 기쁨이야 이루 말할 수가 없는 것.

-전쟁의 신 위드!

-캬아, 우리를 생각해 주는 건 과연 위드밖에 없네요.

-고맙습니다. 앞으로 열심히 살아 보겠습니다.

-방 한 칸짜리 집이 부서져서 계속 욕을 했는데… 지금 가 보니 대저택으로 바뀌어 있네요. 이 은혜를 어떻게 갚아야 할지…….

"설마 했는데 정말 말도 안 되게 성공해 버렸군."

라페이는 모사꾼으로서 앞으로 일어날 일에 대한 백 가지 가능성을 고려한다.

위드가 모험을 실패하여 엠비뉴 교단이 크게 활약하는 것이 확률이 가장 높은 상황이었다. 실리로 따지더라도 모험을 실패하는 쪽이 그리 나쁘지는 않았으니까.

-프롬펜에 결집했던 광신도의 군대가 소멸했습니다.

-랑켄 성의 엠비뉴 숭배자들이 보통 주민들로 돌아왔습니다.

엠비뉴 교단을 처리하기 위한 전투준비까지 갖춰 놓았는데 허망하게 사라져 버렸다.

텔레비전으로 위드의 모험을 보고 내린 라페이의 판단은, 물론 유성 소환과 같은 놀랄 만한 장면들도 있었지만 결국 불굴의 의지와 노력으로 퀘스트를 성공해 버렸다는 것이었다.

"어이가 없군. 어이가 없어."

그렇게 힘든 모험을 성공한 것도 기가 막히지만 그 결과가 초래한 것은 무엇인가.

중앙 대륙에서 하벤 제국을 위협하던 엠비뉴의 세력은 초라할 정도로 쪼그라들었다. 큰 변수가 없다면, 앞으로 지속적으로 경계를 하는 한 엠비뉴로 인한 피해가 커지진 않을 것이다.

"정말 멍청하군."

라페이는 괜히 웃음이 나왔다.

사람들은 노력을 한다. 그 이유는, 어떤 대의를 위해서라기보다는 자기가 잘 먹고 잘 살기 위해서다.

위드는 모험을 성공시켜서 다시금 유명세를 떨치게 될 테지만, 달콤한 과실은 하벤 제국이 다 차지하게 되리라.

"죽 쒀서 개 준다는 말이 있는데, 그런 걸 다 얻어먹게 되는군."

하벤 제국의 황실에는 이름만 들어도 알 만한 유저들이 모여 있었다.

유명한 성과 도시, 기사단을 지휘하는 유저들!

일찍부터 헤르메스 길드에 소속되어 공적을 세운 이도 있고, 점령 작업 중에 영입된 랭커도 있다.

이른바 헤르메스 길드의 최정예들이 전투준비를 갖춰 놓고 기다리고 있었다.

"우리는 이제 북부로 갑니다."

라페이의 말에 놀라는 사람은 1명도 없었다.

엠비뉴 교단, 혹은 북부 정벌. 둘 중의 하나는 있으리라고 생각했다.

하벤 제국을 지키기 위한 전투보다는 기왕이면 영토와 도시를 얻을 수 있는 정벌이 훨씬 좋다.

엠비뉴 교단과의 번거로운 내전을 생략하고 바로 베르사 대륙 정복의 깃발을 들 수 있는 것.

헤르메스 길드에서는 중앙 대륙을 장악한 순간 베르사 대륙을 거의 통일했다고 생각했고, 절차상 나머지 과정들이 조금 남아 있다고 여겼다.

북부까지 복속시킨다면 유저들이 제대로 결집하지도 못한 동부와 서부는 어렵지 않게 장악할 수 있으리라. 어쩌면 군대가 도착하기도 전에 스스로 항복을 할지도 모른다.

"북부 원정군은 12개의 군단이 함께 출진합니다."

라페이와 참모부에서는 북부 정벌에 대한 계획서까지 꼼꼼하게 작성해 놓았다.

과거 위드에게 호된 맛을 보여 주기 위해 시도했던 북부 원정이 실패로 끝나면서 얻은 자료들이 상당하다.

북부에서는 유저들의 저항이 만만치 않고, 보급에도 차질이 있다. 결론은, 어설픈 병력으로 다시 시도해서는 안 된다는 것이다.

각 군단이 30만씩으로 이루어져 있으니 12개 군단이라면 총 360만에 달하는 엄청난 병력!

하벤 제국의 군대는 총 20군단까지 있었으니 절반이 넘는 병력이 원정대에 속했다.

제국에서도 이만한 병력을 다 훈련시키며 유지할 여력까지는 없었다. 중앙 대륙을 석권한 헤르메스 길드의 유저들이 35만 정도 되고, 정복 과정에서 지나칠 정도로 늘어나게 된 NPC 병사들이 나머지를 차지한다.

헤르메스 길드의 유저들 중에는 다양한 직업군들이 속해 있었고 그들은 온갖 전투에 익숙하다.

각 군단별로 그리고 부대별로, 지휘관들은 병사들의 능력을 상승시켜 주는 기사들로 구성되었다.

왕국 하나를 점령할 때 동원되는 것이 2~3개의 군단이었으니 라페이도 북부 정벌에 매우 큰 힘을 쏟고 있는 것이었다.

기사들이 지휘하는 하벤 제국의 12개 군단은 무적의 군대라고 불러도 무방하리라.

"꼭 이 정도까지 해야 됩니까?"

"아르펜 왕국의 병력은 10만도 안 됩니다."

군단 지휘관들에게서 볼멘소리가 나왔다.

고작 북부를 정벌하기 위해서인 것치고는 지나치게 과도

한 병력이 출진한다는 생각이 들었다.

"우리가 상대해야 할 것은 아르펜 왕국뿐만이 아니라 북부의 유저들입니다."

"그렇다고 해도 오합지졸에 불과한데……."

과거 북부 정벌군을 이끌었던 렌슬럿은 불과 7만의 병력을 데리고 갔다. 무사히 중앙 대륙으로 돌아오지 못하고 몰살을 당하기는 했지만, 북부의 유저들을 수십만 명은 죽였다.

중앙 대륙과 북부는 총 전력으로 봐서 싸움이 안 된다고 생각했다.

특히 바드레이를 비롯한 핵심 유저들이 이끄는 정예 군단들은 각자가 왕국을 상대로 싸울 수도 있는 전력이다.

"대륙 통일을 위한 전투이니 준비가 지나치다고 해서 나쁠 건 없습니다. 목적은 북부의 초토화. 보급에 필요한 나머지 준비를 마치고 나서 사흘 후 진격합니다."

하벤 제국의 황궁 앞에서는 대륙 통일을 위한 출정식이 성대하게 치러졌다.

헤르메스 길드의 유저들의 머릿속에는 이번 전쟁이 시시할 것 같다는 생각이 공통적으로 들었다.

전쟁에서 자신들은 결코 지지 않는다.

과거의 북부 정벌과는 병력의 규모와 질에서 완전히 다르다.

바드레이도 황제 친위군을 이끌고 직접 나설 뿐만 아니라,

상대편에는 전쟁의 신이라고 불리는 위드도 없지 않은가.
 '우리는 항상 이기는 싸움을 하니까.'
 '헤르메스 길드에 속해 있으면 답답한 일은 없어서 좋군.'
 헤르메스 길드의 유저들은 이기는 싸움에 익숙해졌다.
 철저한 규율과 복종, 힘에 의한 위계질서를 바탕으로 효율성을 극대화한 승리를 할 뿐이다.
 개인적으로는 전쟁의 신 위드의 모험을 좋아하고 그의 모습을 보면서 가슴이 두근거린 적도 있지만, 공과 사는 구분할 줄 알았다.
 로열 로드에서 대단한 업적을 이룬 위드라고 해도 헤르메스 길드가 전력을 다하는 이상 아르펜 왕국은 파괴되고 당사자는 사로잡혀 죽게 될 것이다.

 유병준은 코코아를 마시면서 흥미진진하게 모험을 지켜보았다.
 "결국 승리를 거두었군."
 대재앙을 부른 직후에 유성 소환을 할 때에는 어처구니없는 짓을 저지르고 개죽음을 당할 줄 알았는데 바퀴벌레처럼 끈질기게 살아남았다.
 위드의 가장 큰 자산은 어떠한 환경에서도 살아남는 생

존령!

그리고 도무지 믿을 수는 없지만 부하들을 다스리는 능력도 뛰어났다.

깊이 있는 지혜와 통찰력, 부하들에 대한 신뢰, 전략과 전술. 물론 책임감은 거의 찾아보기 어렵다.

예측이 안 될 만큼 보기 드문 쪼잔함을 가졌지만 대신 때때로 대담하고 용감하였으며, 풍부한 상상력에다 어떠한 고난에도 불구하고 좌절하여 꺾이지 않는다.

어떤 퀘스트와 불리한 전투더라도 정면에서 부딪치거나 측면에서, 혹은 가능하다면 뒤치기도 서슴지 않는다.

즉, 인간 바퀴벌레나 다름이 없는 것이다.

"정말 죽이기 힘든 놈이군."

시청자들은 다분히 편집이 된 영상을 본다.

웅장한 음악도 틀어 주고, 때때로 멋지지 않은 장면들은 과감하게 통과!

생방송이라고 하더라도 캡슐에서 나오는 영상으로 인해 약간의 시차는 있어서, 중간에 광고도 삽입해 가면서 편집실에서 다음 영상을 준비하는 방식이다.

이에 반해 날것 그대로를 보는 유병준이 위드의 동영상에서 받는 느낌은, 뭔가 대단히 멋지다기보다는 살기 위한 발버둥의 연속이었다.

어쩌면 역사에 기록된 영웅들의 일대기들 또한 어려운 환경에 놓인 사람들이 발버둥을 쳐 온 기록에 지나지 않을지도 모른다.

인생도 저마다 힘겨운 일들도 겪으면서 극복해 나가고 나이를 먹고, 이를 악물면서 살아가는 게 아니겠는가.

※

"우리의 예상대로 하벤 제국이 움직이고 있습니다."
"놈들이 과연 신속하군요."
풀죽신교의 대회합!
풀죽들의 대표자와 각 직업의 대표, 마을과 도시의 대표가 일제히 참석했다.

하벤 제국에는 헤르메스 길드를 중심으로 한 최고의 랭커들이 있다면 풀죽신교에는 각개각층의 사람들이 다양하게 있다.

중앙 대륙의 관점으로 본다면 초보라고 불릴 수 있는 레벨 100대의 유저도 대회합의 자리에 참석했다. 그는 죽음을 기꺼이 환영하는 영광스러운 독버섯죽이기 때문이다.

북부에서 시작하여 개척의 기회를 누리고 아르펜 왕국과 함께 성장한 유저들이 대다수 자리를 차지했다. 하지만 중앙 대륙에서 이주해 온 길드들과 북부의 영주들도 꽤 많이 있었다.

아르펜 왕국의 건국 후 귀족들과 영주들이 대대적으로 늘어났다.

대부분의 땅들은 문화가 확장되거나 주민들의 의지에 의해 왕국의 직할령으로 시작이 되었지만, 유저들이 활약을 하면서 영주들을 맞이하게 되었다.

유저들은 공적치를 올리거나 마을을 도시로 발전시키는 활동, 기부금 상납, 특정 퀘스트를 수행하여 영주의 직위에 오르는 등 다양한 방식으로 영주가 되었다.

중앙 대륙에서 이주해 오는 고레벨 유저들도 최근에는 영주의 자리에 꽤 욕심을 내는 편이었다.

'우리 길드의 터전을 북부에서 새로 마련해 볼까. 여긴 발전 안 된 곳이 많은 만큼 기회도 열려 있겠지. 산이 많은 곳에는 광산이 존재할 가능성이 있고, 들판이 넓은 땅은 곡창지대로 쏠쏠하단 말이야.'

'전쟁은 별로 관심이 없지만 여기에서는 모험이나 공적치로도 영주가 될 수 있으니까. 그리고 일단 영주가 되고 나면 다른 영주들의 침략으로 땅을 잃어버리는 일도 없을 거란 말이야.'

'음, 멋있겠다. 도시를 다스려 보고 싶었는데 벌어 놓은 돈을 몽땅 써서 나도 영주나 한번 되어 봐?'

북부는 성장 신화를 써 내려가고 있었고, 군사적으로도 내전이 자주 벌어지지 않는다. 아르펜 왕국에서 자체적으로 규제를 한 적은 없지만 일반 유저들이 이를 허용하지 않기 때문이다.

욕심 많은 영주가 전쟁을 일으키면 그 땅은 인기가 최하위!

초보 유저들조차 기피하는 마을이 되어 버린다.

수많은 기회가 널려 있고 발전도 역시 낮은 마당에, 약간의 영토를 얻기 위하여 무리해서 군사를 일으키는 실익이 전혀 없었다.

게다가 북부의 유저층은 상당히 복잡하고 다양했다.

북부에서 빠르게 성장한 유저들은 레벨 300대를 넘보고 있고, 모라타 같은 곳이라면 다른 지역에서 온 레벨 400대의 유저도 곧잘 발견할 수 있었다.

하벤 제국이 중앙 대륙을 석권한 이후에는 얼마나 많은 유저들이 넘어왔는지 통계조차 잡히지 않았다.

어설프게 전쟁을 일으켜 봐야 평판만 나빠지고, 상대편에 고레벨 유저들이 가세해 버리면 그나마 가진 것도 잃어버리지 않겠는가.

그러한 이유로 아르펜 왕국에 속해 있는 영주들은 내실을 기하면서 촌락을 마을로, 마을을 도시로, 그리고 취향에 따라 상업 도시나 관광도시, 문화도시, 생산도시 등으로 개발을 해 왔다.

아르펜 왕국의 급격한 발전의 바탕에는, 일반 유저들의 활약도 컸지만 영주들의 노력 역시 동반된 것이었다.

폐허 마을 모라타에서부터의 성장 기적은 아직도 끊어지지 않고 일주일, 1달이 다르게 변해 가고 있었다.

"하벤 제국이 침공에 동원한 병력은 얼마나 됩니까?"

"지금 열한 곳 이상에서 군단이 움직이고 있답니다."

"으음, 많기는 많군요."

헤르메스 길드의 라페이는 참모부를 결성하여 정보 수집에 대단한 공을 들였다.

하지만 풀죽신교에서는 그렇게까지 할 필요가 없다. 도처에 널려 있는 일반 유저들을 통해 군대의 움직임 정도는 쉽게 보고가 되었다.

이미 풀죽신교에서도 하벤 제국의 활동에 대해서는 경계를 하고 있었다.

위드와 관계가 나쁜 것을 떠나서, 대륙을 정복하려고 하는 하벤 제국이다. 그들이 언젠가 반드시 북부로도 침략을 해 오리라는 걸 알고 대비를 해 왔다.

"절반만 오더라도 감당하기가 쉽진 않을 텐데 지금 움직이는 놈들은 보통이 아닙니다. 하벤 제국에서도 주력이라고 할 수 있는 부대들인데, 싸워 본 사람들이라면 모두 공감하시겠죠."

중앙 대륙에서 건너온 유저들은 자신들이 패배한 경험들을 이야기했다.

일반 공성전이라면 하벤 제국에서는 더 많은 병력과 장비를 동원하여 이길 수밖에 없는 싸움을 한다. 하지만 전투의 규모가 더 커지면 아예 병력으로 상대를 압도하여 싸울 엄두도 내지 못하게 하거나, 라페이의 참모부가 개입하며 상대의 혼을 빼 놓는 전술들을 실행한다.

동맹군의 배신, 배반은 우습게 이루어진다.

싸우기 전에는 어떻게든 최선을 다해 보자고 하지만 전투가 벌어지고 나면 탁월한 전술에 의하여 속수무책으로 농락당하고 만다.

헤르메스 길드는 단지 강한 자들이 모인 게 아니라, 전투 방식에서도 자신들의 능력을 몇 배로 끌어내서 발휘할 줄 알았다.

"그들은 체계적으로 분석하고 전체적인 그림을 그릴 줄 압니다. 패배하고 나면 결국 질 수밖에 없는 싸움이었고 처음부터 상대가 되지 않았다는 점을 인정하게 만들죠."

하벤 왕국 출신의 유저가 말했다.

그는 한때 하벤 왕국에 자리를 잡은 명문 길드에서 제법 인정을 받으면서 활약을 했다. 하지만 헤르메스 길드에 의하여 왕국이 점령되고 난 이후 박해를 견디다 못해 북부로 왔다.

하벤 왕국 통일 전후에서의 온갖 꼼수와 비열한 행동들이 유저들에 의해 낱낱이 밝혀졌다.

"음, 진짜 더럽고 치사한 놈들이군요."

"인생을 그렇게 살다니!"

전의를 다지기 위한 헤르메스 길드 뒷담화의 시간을 잠시 거치고 나서 다시 회의가 진행되었다.

어떻게 해서든 북부를 지키기 위한 싸움을 해야 하기에 결론은 이미 나와 있었다.

"이전처럼 르포이 평원에서 요격을 하면 어떨까요?"

"놈들도 철저히 대비가 되어 있을 겁니다. 같은 방식이 다시 통하진 않을 거예요."

"경험상, 놈들은 다양한 진격로를 택하여 우리를 뭉치지 못하게 하면서 괴롭힐 겁니다."

"고작 7만에도 수십 배가 죽어 나갔습니다. 그런데 이번에 오는 놈들은 수백만이에요. 헤르메스 길드의 대륙 최강 유저들이 전부 몰려올 테고요."

"하벤 제국을 상대로 우리 측의 병력은 몇 명이나 모일 것 같습니까?"

"총동원령을 내리더라도 몇 명이 모이게 될지는……. 사실 우리 풀죽신교만 하더라도 도대체 얼마나 속해 있는지 알 수가 없습니다."

"평원에서 결전을 하다가는 적들만 이롭게 할 뿐입니다."

중구난방으로 계속되는 회의!

이야기가 계속될수록 헤르메스 길드의 강함만이 돋보였다. 그들이 진지하게 나선 전투에서는 위드를 제외하고는 누구도 이겨 보질 못했기 때문이다. 그 위드는 현재 퀘스트를 한다고 다른 시간대에서 모험을 하고 있으니 회의는 짧은 시간에 결론이 나오지 않았다.

"어떻게든 최대한 많은 유저들을 모아서 막아 봅시다."

"적어도 위드 님이 돌아올 때까지 아르펜 왕국이 초토화되는 건 막아야겠지요."

그날 아침, 북부의 성문마다 하벤 제국의 침공을 알리는 벽보가 붙었다.

하벤 제국의 침공

"전쟁이라······."

"후후, 그날이 왔군."

"이놈들은 대륙 통일을 하기 전까지는 멈추지 않겠지?"

하벤 제국의 산악 지역을 다스리는 산적왕 스타이너!

죽음을 몰고 오는 그림자 양념게장!

도둑 잭슨!

그들도 하벤 제국이 움직이고 있다는 소식을 접했다.

하벤 제국의 영향력이 워낙에 절대적이다 보니 작은 행동도 유저들 사이에서 금세 퍼져 나간다. 하물며 북부를 정벌하기 위한 어마어마한 움직임이 알려지지 않을 리가 만무했다.

"산적질을 하기에는 최고의 기회가 왔어."

스타이너는 커다란 도끼를 들고 씩 웃었다.

산속에 숨어서 산적질을 하는 것도 꽤 재미가 있다. 허약한 국가에서 산적질을 한다면 먹을 것도 없고 위험하지도 않을 것이다. 하지만 하벤 제국에서의 산적질은 위태로우면서도 얻는 것이 상당히 컸다.

보물, 마법 아이템, 금화를, 상업 도시의 영주가 되는 이상으로 획득할 수가 있는 것이다.

게다가 인재들의 등용에도 좋다.

하벤 제국이 다른 왕국들을 점령하면서 유능한 기사들이 방랑을 하게 되었다. 그들에게 조금만 잘해 주면 쉽게 부하로 삼을 수가 있다.

산적임에도 의리, 인정, 투지를 발휘하면서 떠돌이 기사들을 적극적으로 영입했다.

일반 주민들도 산적이 되고 나면 고분고분해지고 말을 잘 따랐다.

왕국을 잃어버리거나 극한의 상황에 처해 있던 주민들은 가족들을 먹여 살려 주는 정도만 해 줘도 힘든 훈련을 기꺼이 받으면서 강해졌다. 최고의 실력으로 성장하는 데에는 무리가 있더라도, 산속에서는 금방 적응한다.

비록 토벌군에 의해서 수시로 쫓겨 다니더라도 이렇게 세력을 키우는 맛이 있었다.

스타이너가 위험을 감수하면서도 하벤 제국에 자리를 잡

은 이유는 더욱 큰 야심 때문이었다.

언젠가 산을 내려가서 도시들을 실컷 약탈해 보리라.

레인저들을 적극적으로 키워서 하벤 제국의 병사들에게만 잡히지 않게 된다면, 산과 숲을 지배할 수 있다.

말뿐인 왕이 아니라, 진정한 산적왕으로서의 등극!

"죽일 놈들이 너무 많군."

양념게장은 하벤 제국을 배회하면서 유저들이나 기사들을 암살하고 있었다.

목숨을 잃는 이들이 다수 나타나더라도 엠비뉴 교단의 행동으로 추측해 버리니 일하기가 편하다.

가장 뛰어난 암살자이다 보니 그의 흔적을 알아차릴 수 있는 자는 헤르메스 길드 내에서도 없었고, 또 용의주도하게 완벽한 기회를 노려서 철저하게 해치우기 때문.

암살자가 활동하는 것이 아니냐는 의견이 가끔 나오긴 했지만, 그런 말이 떠도는 시기가 되면 엠비뉴가 장악하고 있는 지역으로 가서 종교재판관이나 암흑 기사 들을 눈에 보이는 대로 처리했다.

하벤 제국이 북부를 정벌한다고 하니 양념게장으로서도 조금 고민이 되었다.

"하벤 제국의 영토 내에서 계속 죽일까? 영주들도 그리 어렵진 않을 것 같은데."

영주들 중에는 NPC도 매우 많았다.

하벤 제국을 위해 세금을 거두고 병사들을 키우는 영주들.

황궁에서 세율이나 방침을 내리면 그에 따라서 통치를 하는 영주들이다.

영주 성은 보통 철저히 지켜지기 마련이지만, 넓은 성에서 침투할 만한 작은 구멍을 찾는 것쯤이야 양념게장에게는 쉬운 일이다.

"제대로 저항도 하지 못하는 놈들을 죽이는 건 재미가 없는데. 북부로 가야겠군. 진짜 상대해 볼 만한 놈들은 군대와 함께 북부로 향하겠지."

양념게장은 북부로 올라가서 헤르메스 길드의 유저들을 사냥하기로 마음먹었다.

잭슨은 여러 목표를 가지고 있지는 않았다.

하벤 제국의 수도 아렌 성의 허름한 선술집에서 싸구려 맥주를 마시면서 기다렸다.

"세상이 나를 돕고 있군. 조만간 거사를 벌일 날이 오겠어."

전투로 이름을 날리고 싶지도 않고, 장대한 모험도 원하지 않는다.

그가 노리는 것은 오직 한 가지.

하벤 제국의 황제를 상징하는 옥새!

바드레이마저도 친위대를 이끌고 북부로 움직이고 난 후라면 황궁의 경계망은 많이 허술해질 것이다. 은밀하게 황궁에 들어가서 옥새를 가지고 나오는 것이 잭슨의 목적이

었다.

"제대로 털어 봐야지. 킬킬킬."

위드는 퀘스트를 완수하고 나서도 조금도 기쁘지 않았다.

"죽 쒀서 개를 준 꼴이군!"

팔로스 제국이 역사에 큰 발자취를 남기지는 못했다.

돈이라면 모를까 명예욕이야 속세를 떠나 암자에서 사는 수도승의 수준으로 담담하였기에 큰 상관은 없다. 그런데 자신의 행동으로 말미암아 전쟁의 시대가 일찍 종식되어 중앙 대륙이 훗날 더 크게 발전을 하다니!

"개한테 갈비탕을 끓여 줬어."

헤르메스 길드에 큰 도움을 준 꼴이 되고 말았다.

하지만 그들은 그러한 은혜도 모르고 북부 정벌을 위해 출진했다고 한다. 위드에게는 이보다 더 억울할 수 없는 상황이었다.

"그렇다고 퀘스트를 그만두고 아르펜 왕국을 지키기 위해 돌아가지도 못하겠고."

위드가 전쟁의 시대를 벗어나서 원래의 시간대로 돌아가게 되면 그냥 바드레이에게 두들겨 맞아 죽을 신세다.

과거에는 그래도 호각에 가깝게 싸우기는 했지만 전투가

길어졌다면 주변의 방해 없이도 상대를 어쩌지 못하고 졌을 것이다.

멜버른 광산 이후로 지금까지 퀘스트를 한다면서 사냥도 못 했고 스탯도 못 쌓았으니 격차는 더 크게 벌어졌으리라. 바드레이를 만나면, 아니 다른 고레벨 유저 3~4명이 덤벼드는 것도 무섭다.

그나마 바드레이처럼 강한 적과 일대일로 붙는다면 훨씬 낫지만, 수십 명의 고레벨 유저들의 합동 공격에는 제대로 숨도 못 쉬고 죽을 것이기 때문.

위드라고 해서 보통 유저들이 생각하는 것처럼 전쟁의 신이나 무적은 아니었다.

현재의 시대에서야 정말 강력하지만, 어쨌든 원래의 시대로 돌아가게 되면 날아갈 능력들이다.

도시에서 전전긍긍 눈치를 보며 조각품을 팔아서 돈을 벌던 시절도 그리 오래전이 아니었으니까.

"난 도대체 왜 이런 팔자냐. 퀘스트를 하면 무슨 극악의 난이도이고, 대륙의 평화를 위협하는 단체, 유저들과 원수를 져도 하필이면 가장 센 단체와 이렇게 되고 말이야."

열심히 살면 어떤 보람이라도 있어야 하는데 끊임없이 기구한 운명!

그럼에도 위드도 가끔 행복을 누리는 순간들이 있기는 했다.

5,000원짜리 티셔츠를 사서 잘 입고 빨래를 했는데 목이 늘어나지 않았을 때나, 오랫동안 써서 해진 수세미를 버리고 새것으로 설거지를 하면서 누리는 기쁨.

 새 양말을 꺼내 신을 때, 욕실 청소를 깨끗하게 한 후에도 잠시 동안 인생의 행복을 만끽했다.

 큰맘 먹고 자장면을 시켰는데 단무지가 많이 와도 기분이 좋았다.

 그러한 소소한 행복이 없었더라면 견디기 어려웠으리라.

 "음, 아무튼 거의 마지막까지 왔으니 조각술 최후의 비기 퀘스트를 계속 진행하는 수밖에는 없어."

 아르펜 왕국에 대해서 걱정이 안 되는 건 아니지만 별수가 없었다. 가더라도 어떤 큰 힘으로 하벤 제국의 침공을 막을 수 있는 건 아니니까.

 "그러고 보면 퀘스트를 역시 실패했어야 하는 건데."

 비로소 때늦은 후회가 스쳐 지나간다.

 그 죽을 고생을 하면서 퀘스트를 성공해서 헤르메스 길드가 대륙을 통일할 절호의 기회를 안겨 주다니, 이런 멍청한 짓을 자신이 저지를 줄이야.

 "어쨌든 반 호크."

 "말하라, 주인."

 "넌 참 잘생겼어. 믿음직하고 충성스러운 부하야."

 "……."

"이번 전투에 이긴 것도 다 네 덕분이라고 할 수 있지. 고맙다."

반 호크의 갈비뼈가 부르르 떨렸다.

평소에 안 하던 말을 하는 걸 보니 또 어떤 트집을 잡아서 때릴지 모르기 때문.

그러나 반 호크의 두려움과 달리 위드의 속내는 보이는 것과 달리 시커멓지 않았다. 원래의 세상으로 돌아가게 된다면 반 호크를 믿고 내세워야 할 처지라서 앞으로 잘해 주기로 결심한 것이다.

'그래, 이놈이라도 있으니 그래도 퀘스트를 빨리 끝내고 아르펜 왕국이 완전히 망하기 전에 돌아가기만 하면 뭔가 기회가 있겠지.'

몰락해 가는 왕국을 되살리기보다는 그나마 남은 재산을 챙겨서 튀려는 계획!

"자하브 님."

"으음?"

"도와주셔서 감사합니다."

"아니네. 엠비뉴 교단은 당연히 부숴 버려야 하지."

자하브도 평생 노예이니 늙어서 죽기 전에 잘 부려 먹는다면 무슨 방법이 있지 않겠는가.

'역시 세상은 인맥이야. 학연·지연·혈연은 없지만 약점을 잡아서 부려 먹으면 되는 거지.'

대사제들이 다 사망하고 나자 엠비뉴의 군대는 현저히 약화되었다.

그들의 능력을 올려 주는 오라가 사라지면서 광신도들은 평범한 인간이 되었고, 괴물들은 신체의 붕괴를 일으켰다. 하늘을 날아다니던 바라테스 부대도 땅으로 추락해서 산산조각이 나 버렸다.

사막 전사들과 전투 노예들은 그리 어렵지 않게 그들을 몰살시킬 수가 있었다.

"우아아아아, 이겼다!"

"베이너 왕국 만세!"

들모레 요새에서도 커다란 함성이 들려왔는데, 아마도 쳐들어온 괴물들을 간신히 물리치긴 한 모양이었다.

하늘에서 먹구름이 서서히 걷히더니 환한 빛이 들모레 대평원을 밝혔다.

엠비뉴의 군대가 남긴 무수히 많은 시체들은 그 빛에 의해 정화되어 사라졌다.

대재앙과 유성 소환에 의해 참혹하게 박살이 나 버린 대지의 흔적만이 전투가 얼마나 격렬했는지를 알려 주었다.

그리고 갑자기 하늘에서 빛의 기둥이 떨어지더니 흰 수염을 길게 기른 노인이 나타났다.

그는 전장을 훑어보더니 긴 한숨을 내쉬고 나서 위드를 향하여 말했다.

"피와 시체를 쌓아 올린 대제국의 황제여, 전투에서 이긴 것을 축하드리오."

"성자 아헬른 님 되십니까?"

"과분하지만 사람들이 나를 일컬어 그렇게 부른다오."

위드는 노인이 나타나는 순간부터 그가 성자 아헬른일 거라고 짐작하고 있었다.

그의 몸에서는 신성력으로 인한 흰 오라가 발출되었다.

반 호크와 토리도가 불편해하고, 언데드들이 기피하면서 도망친다. 하지만 인간들은 그 신성력에 닿으면 상처가 치유되고 생명력이 차올랐다.

'진작 와서 좀 도와주지.'

아헬른도 위드를 탐탁지 않게 여겼다.

"황제여, 그대는 너무나도 잔인하고 마음속에 인정이 없소이다."

"시대가 저를 이렇게 만들었지요."

"말보다는 검이 앞서는 이 시대에도 최소한의 도의는 있었는데, 그대는 오로지 살육밖에 모르더구려."

"악한 자들을 죽이기 위하여 망설이면, 수십 배의 선한 자들이 고통 받습니다."

"그대가 저지른 지나친 살인과 파괴. 무고한 영혼들이 신에게 가지 못하고 주변을 떠돌고 있소."

"신들이 저를 축복해 주고 계십니다만."

아헬른과 위드 간에는 치열한 말싸움이 벌어졌다.

전쟁의 시대에서 자신이 조금 심한 짓을 저질렀다는 건 위드도 인정하는 바였다. 야만족의 왕, 잔인한 학살자, 폭군이라는 별명들이 긍정적이지는 않았다.

하지만 이 시대에는 나약하면 짓밟히고 강하면 남의 것을 빼앗는 것이 당연하게 여겨지고 있었다. 그에게 패배했던 다른 군주들 또한 자연스럽게 저지르던 행동들이다.

더구나 비밀리에 엠비뉴를 따르는 이들을 소탕하기 위해서는 어쩔 수 없다는 한계도 있었다.

어느 세월에 엠비뉴를 믿는 자들을 하나하나 가려 가며 죽일 것인가.

위드는 자신이 착하다는 착각은 하지 않았다.

칼을 들고 덤비는 자들을 대화와 설득으로 깨우치게 할 정도로 무모하지도 않았다.

한 대 맞고 용서해 주기보다는, 더 세게 두 대를 때려야 훨씬 속이 후련하고 정신 건강에도 좋지 않은가.

게다가 훗날의 대륙은 오히려 훨씬 번영을 구가하기까지 했다.

자신이 한 일로 초래된 결과가 기분 나쁠 정도로 좋은데 질타를 받으니 억울한 감도 있었다.

"엠비뉴의 그림자 아래에 있는 세상을 구하기 위해서 어쩔 수 없는 부분이 있었습니다. 만약 제가 약했거나 인정에 의해서 흔들렸더라면 악한 이들을 다 죽이지 못하였을 것입니다."

"악한 자들도 사람이오."

"그러나 살면서 그보다 더 많은 착한 자들을 고통 속으로 빠뜨렸겠지요. 세상에 순수한 마음을 가진 사제들이 아무리 많더라도 이 비극은 그치지 않았을 것입니다. 저는 차라리 가장 악하고 강한 자가 되어서 비극의 매듭을 깨끗하게 잘라 내는 쪽을 택하였을 뿐입니다."

"그대야말로 진정 폭군이라고 부를 만하오. 새로운 강력한 힘의 질서가 세워졌으니 당분간 대지가 피에 젖는 일은 줄어들겠지. 그대로 인하여 앞으로 수많은 사람들이 구원을 얻은 것도 틀림이 없으니 그대의 말 또한 틀렸다 할 수 없겠구려. 이 시대가 그대와 같은 폭군을 낳은 것일지도 모르니 아헬른은 더 이상 탓하지 않겠소."

띠링!

-성자 아헬른의 인정을 받았습니다.
 악명이 주는 병사들의 충성도 하락이 사라집니다.

아헬른은 시간에 쫓기고 있다는 듯이 서둘러서 말했다.

"그보다도 어서 엠비뉴 교단을 막아야 하오. 한시가 바쁘오."

"예?"

"황제여, 엠비뉴 교단이 이 세상을 파멸로 몰고 가려는 거대한 음모를 꾸미고 있다는 사실을 그대도 잘 알고 있으리라 보오."

"물론입니다."

"그들은 하늘까지 올라가는 탑을 세우고 있고, 또 혼돈의 드래곤을 깨우려고 하고 있는데… 그들의 목표가 완수되기까지 이제 불과 열흘밖에 남지 않았소."

"열흘요?"

위드의 악명이 쌓이다 보니 아헬른과의 만남도 정상보다 늦어지게 되었다. 아마 노들레와는 상당한 시간 차가 벌어졌을 수도 있으리라.

그렇지만 벌써 혼돈의 드래곤이 깨어나려고 하고, 하늘까지 오르는 탑이 완공되려고 할 줄이야.

"제가 엠비뉴 교단을 방해해서 시간이 충분할 줄로 알았습니다만."

"이 세상에 흐른 수많은 피가 그들을 빠른 길로 이끌었소. 잡혀간 수많은 포로들이 하늘까지 오르는 탑을 쌓고 있고, 오늘의 패배가 알려지고 나면 불완전한 상태의 혼돈의 드래곤이라도 깨우려고 할 것이오."

"크으음."

엠비뉴의 군대를 물리친 이상 퀘스트에 변화가 오리라 예상은 했다. 그들의 전력이 어떻게든 크게 깎이게 되는 것이다.

물론 엠비뉴의 총본영에도 엄청난 세력이 남아 있을 테지만, 갑자기 모든 것들을 서두르고 있다고 한다.

"시간이 없소이다. 지금 당장 가야만 하오. 방대한 영토와 세상의 보물들을 소유한 황제여, 신들이 보살피는 영웅이여, 그대가 가지고 있는 것들을 내려놓고 엠비뉴 교단을 막기 위한 숭고한 임무에 함께해 주시겠소?"

띠링!

드래곤의 입을 향해 뛰어드는 7인의 결사대

엠비뉴의 대군은 황제에 의해 제거되었다.

믿을 수 없는 대업적을 이루어 낸 것이지만, 위험은 아직 끝나지 않았다.

교단을 이끄는 대사제 헤울러.

그는 시작과 끝을 알 수 없는 긴 시간 동안 살아오면서 음모를 퍼트려 왔다. 육체는 세월을 거스르고, 깊은 지혜는 탐욕과 파괴욕에 사로잡혔다.

교단의 군대가 패배했다는 소식을 듣고 서둘러 혼돈의 드래곤을 깨우고, 신의 능력을 엿보기 위해 하늘을 향해 올라가고 있는 탑의 건설을 서두를 것이다.

그들을 막아야 한다. 대륙에서 살아가는 모든 생명을 위해······.

난이도 : 조각술 최후의 비기 퀘스트

목표 : 하늘로 오르는 탑 붕괴.

　　　　혼돈의 드래곤 아우솔레토 파괴.

퀘스트 제한 : 퀘스트 도중에 무사히 살아남아야 한다.

　　　　　　　사망했을 시에는 퀘스트 실패.

　　　　　　　세뇌당하거나 항복을 하면 역사에 변화를 가져옵니다.

주의!
퀘스트를 수락하면 당사자와 아헬른 외에 참여할 NPC를 5명 선택할 수 있습니다.
퀘스트를 실패했을 시에는 대륙이 그만큼의 큰 피해를 입게 될 것입니다.

"으으음, 드래곤이 무슨 닭백숙도 아니고."

결국 퀘스트의 마지막은 혼돈의 드래곤을 없애야 하는 것이라는 소리 아닌가.

엠비뉴 교단을 이끄는 첫 번째 대사제 헤울러 역시 다른 놈들보다는 훨씬 강할 것이라는 느낌도 들었다.

고작 7명이 가서 임무를 완수해야 하다니, 그야말로 살인적인 난이도!

그렇더라도 위드는 퀘스트를 받아들일 수밖에 없는 처지였다. 간이 커질 대로 커지다 보니 남아도는 건 배짱밖에 없었다.

"세상이 저를 부르고 있군요. 대륙을 구하고 엠비뉴를 물리치는 일에 저의 사명을 다할 것입니다."

-퀘스트를 수락하셨습니다.
퀘스트를 위해 함께 출발할 5명을 선택할 수 있습니다. 단, 그들도 자발적으로 참여해야만 합니다.

"잘 판단하셨소. 엠비뉴 교단을 막는 일이 급하니 빨리 출발할 준비를 했으면 하오."

아헬른은 바로 재촉부터 했다.

인간관계가 나쁘다면 단둘만 가야 할 수도 있는 퀘스트였다.

'어차피 믿을 놈도 많지 않지. 제대로 실컷 부려 먹을 수 있는 부하는 몇 명 없어.'

위드는 자하브부터 선발했다.

"가시겠습니까?"

"물론이네. 그녀에 대한 복수를 완성시켜야지."

―자하브가 퀘스트를 수행할 동료로 포함되었습니다.

일단 복수에 눈이 먼 노인 1명 섭외 완료.

그리고 나머지가 무척 고민이 되었다.

무력만 놓고 보자면 부하들 중에서 고르기만 하면 되겠지만, 모집할 수 있는 5명이라는 인원수가 조금 빡빡하다.

일종의 파티를 구성해야 한다면 다양한 특성의 직업들을 뽑아야 한다. 성자 아헬른이 치료를 맡는다고 하면 길잡이로 도둑이나, 강력한 일격을 날릴 수 있는 마법사가 속해 있는 것도 괜찮으리라.

"문제는… 쓸 만한 놈이 별로 없군."

다른 직업군 중에서 위드의 눈에 차는 이가 있을 리가 만

무하다.

 적어도 레벨이 500이나 600 정도가 되지 않으면 툭 하고 건드리기만 해도 죽어 버릴 것처럼 허약하게 느껴지는 것.

"전일, 전이, 전삼!"

"옛!"

"영광입니다."

"어디라도 함께 가겠습니다."

-사막 전사 전일, 전이, 전삼이 퀘스트를 수행할 동료로 포함되었습니다.

그리고 이제 단 1명!

"헤스티거."

"저를 부르실 줄 알고 있었습니다. 이런 거룩한 사명이 제가 마땅히 해야 할 일이라고 여기고 있던 중입니다. 대제를 따라서 끝까지 가겠습니다."

"넌 좀 싫은데."

"저를 아끼시는 것은 잘 알고 있습니다. 하지만 제 걱정은 마십시오."

"그래. 뭐, 데려가 보자."

-헤스티거가 퀘스트를 수행할 동료로 포함되었습니다.

위드가 그렇게도 꼴 보기 싫어하던 헤스티거를 뽑은 이유는 두 가지 정도였다.

참 마음에 안 들고 보기는 싫지만 능력만큼은 확실하다.

노들레의 퀘스트를 하면서 스스로의 성장보다 헤스티거를 지원해 주었더라면 그는 자신보다 훨씬 더 강해졌을 수도 있을 것 같았다.

천재적인 재능을 가졌는데 거기에 성실한 노력파이기까지 하다.

몬스터 사냥과 퀘스트 목표 달성을 위하여 매번 헤스티거와 경쟁하면서 지내 왔기에 위드도 그 탁월한 능력만큼은 인정했다.

그리고 두 번째 이유로는, 그래도 잘 먹고 잘 살라고 그대로 놔두기에는 너무 얄밉다.

엠비뉴의 군대를 격퇴하고 팔로스 제국까지 건국하였으니 앞으로의 세상은 탄탄대로라고 할 수 있지 않은가.

헤스티거가 금은보화에 미녀들까지 끼고 살아갈 것을 생각하니 저절로 식은땀이 흐르고 아랫배가 아파 왔던 것.

'이번에는 제대로 죽여야지.'

다 모인 것을 보고 아헬른은 고개를 끄덕였다.

"이제 가도록 하세. 신성한 의무를 행할 자들이 전부 모였으니 길이 열릴 것이네. 엠비뉴 교단이 있는 지역에는 어둠의 마력이 흘러서, 신성력이 아니라면 그곳으로 가지 못하지."

아헬른은 백색의 지팡이로 땅을 가볍게 찍었다.

그러자 환한 빛으로 이루어진 문이 생성되었다.

아헬른이 먼저 들어가고, 자하브와 조각 생명체들, 헤스티거가 뒤를 따랐다.

마지막으로 위드가 문을 통과해야 할 순간이 다가왔다.

이 문을 지나가고 난다면 아마 팔로스 제국의 건국자와 같은 부귀영화는 모두 사라지고 말게 되리라. 엠비뉴 교단에서 있을 퀘스트를 마치고 나면 전쟁의 시대의 이곳으로 다시 돌아오지 못하게 될 가능성이 높았다.

"전사, 전오, 전육, 전칠, 전팔, 전구, 전십, 알베른, 알베런."

"옛, 대제님."

조각 생명체 부하들은 위드가 헤어지기 싫은 아쉬움에 작별의 인사라도 나누려는 것인가 싶었다.

"내가 죽도록 고생해서 너희 좋은 일만 해 놓고 말았구나."

"……."

"제국까지 건국해 놓았으니 다들 높은 자리 차지해서 등 따듯하고 배부르게 살겠지."

"……."

고마운 마음까지도 사라지게 하는 적나라한 표현!

"마지막이 될지도 몰라서 그러는데, 내가 없더라도 내 은혜 잊지 말도록 하고."

"옛, 물론입니다."

"그럼 다들 가까이 와 봐라."

위드는 조각 생명체 부하들을 향해 무언가를 속닥거렸다. 무언가 음험한 음모의 냄새가 물씬 풍기는 광경이었다.

그리고 그 이후, 문으로 들어가기 전에 쌍봉낙타의 머리를 쓰다듬어 줬다.

"앞으로 잘 지내라."

"푸흥!"

쌍봉낙타는 먼 땅을 쳐다보면서 빨리 가라는 듯한 태도를 취했다.

냉소적이기 짝이 없는 태도!

쌍봉낙타도 나름대로 아쉬움을 달래고 있는 것이었다.

"이제 와서 하는 말인데, 네 등은 정말 불편해서 힘들었어. 역시 와삼이가 최고였는데."

"……!"

위드는 작별의 시간은 짧을수록 좋다고 생각했기에 이제 당당하게 문으로 들어가서 사라졌다.

"대제왕이시여!"

"폐하!"

"푸흐흐흐흥!"

그리고 나서야 진짜 떠났다는 것을 알게 된 부하들의 탄식 소리가 울렸다.

쌍봉낙타의 눈곱 많은 눈에서도 아쉬움의 굵은 눈물이 흘

렀다.

○

 문을 통과하자마자 위드는 생소한 지역에 도착했다.
 땅은 갈라진 갈색 암반으로 이루어져 있고, 그 깊은 틈새로는 매캐한 연기가 새어 나왔다. 멀리 떨어진 땅에서는 붉은 무언가가 솟구치기도 하였는데, 이제는 여러모로 익숙해진 용암!
 "여긴 어디야."
 위드는 바위 옆에 몸을 숨긴 채 재빨리 눈을 굴려서 상황을 파악했다.
 수십 미터나 되는 높고 두꺼운 장벽이 길게 이어져 있지만 군데군데 부서져서 제 역할을 하지 못하고 폐허로 변해 있다. 그 너머로는 몬스터와 괴물 들이 우글거리는지, 자꾸만 괴상한 소리가 들렸다.
 꾸륵꾸륵.
 쿠워억!
 그리고 장벽 너머로 몇 킬로는 떨어진 먼 곳에 요새와 비슷한 건축물이 지어져 있었다.
 건물의 중심에는 익숙한 엠비뉴의 초거대 동상이 우뚝 솟아 있다. 똬리를 튼 뱀처럼 빙글빙글 돌면서 구름을 넘어서까지 치솟아 있는 탑도 보였다.

예전에 퀘스트로 봤던 엠비뉴의 대신전이 바로 저곳이리라.

아마 혼돈의 드래곤도 어딘가에서 잠들어 있을 게 틀림없다.

'영상으로 봤을 때는 대신전에 감시탑이 아주 많았지. 중간에 시커멓게 썩은 강에는 독 안개도 흘렀고. 들키지 않도록 조심해야겠군.'

상황을 제대로 파악하지도 못한 채 대책 없이 달려드는 건 절대 금물이었다.

듬직한 부하들을 데리고 사막의 대제로서 대륙을 휩쓸던 때와는 많이 다르다. 전투를 수행할 병사들도 없고, 전장도 적의 소굴이다. 게다가 퀘스트를 완수하기 위한 시간도 모자라다.

설상가상, 그보다도 먼저 문으로 들어온 아헬른과 조각 생명체들이 단 1명도 보이지 않았다.

"개똥도 약에 쓰려니 없다더니. 설마 나 혼자 버려진 것은… 아니겠지?"

위드의 불행한 예감은 점쟁이를 능가하는 적중률을 가지고 있었다.

띠링!

―메마른 울부짖는 폐허에 도착하셨습니다.
이곳은 대륙의 감춰진 지역으로, 전쟁의 시대에만 존재하였습니다.
최악의 사교 집단 엠비뉴 교단의 대신전에서 흘러나오는 사악한 마력은 모든 공간 이동을 흩트려 놓습니다.
아헬른과 다른 동료들은 이 넓은 폐허 지역 어딘가에 있을 것입니다.
그들을 발견하여 만날 수도 있고, 혹은 적들에게 먼저 발각되어 죽을 수도 있을 것입니다.
생존은 전적으로 동료들의 능력에 달려 있습니다.

위드와 함께 온 부하들이나 자하브의 능력은 최고라고 할 수 있다. 조각 생명체들의 전투 능력이야, 밥 먹고 싸움만 했으니 오죽 뛰어날 것인가.

그래도 이런 상황에서는 몇 명이나 살아남아 다시 만날 수 있을 것인지 짐작하기조차 불가능했다.

'약속 장소를 정해 놓은 것도 아니고, 제각각 어디인지도 모르게 흩어졌다면 아주 곤란할 수밖에 없겠는데. 1명 1명 찾다 보면 시간도 지체하게 되어서 혼돈의 드래곤이 깨어나는 것이나 탑의 건설을 막지 못할 거야.'

지금까지와도 성격을 완전히 달리하는, 곤란하고 어려운 퀘스트.

진정 최악의 경우라면, 싸움을 좋아하는 조각 생명체 부하들이 다 발각되어 죽고 혼자 전부 책임을 져야 할 수도 있지 않겠는가.

'남 걱정할 시간도 없어. 내가 실수를 할 수도 있는 거니까.'

위드는 조금 더 커다란 바위 뒤쪽으로 옮겨 갔다.

사람 여럿이 충분히 숨을 수 있을 정도의 면적이기에 부하가 먼저 와 있기를 바랐지만, 그곳에는 오래된 해골만이 있을 뿐이었다.

'이제 어떻게 한다. 조심조심 잠입을 해 봐야 하나?'

싸우고 죽이는 퀘스트는 힘만 있으면 해결할 수 있다.

하지만 이렇게 머리를 쓰고 꼼수를 부리는 얍삽함이 통하는 퀘스트야말로 위드의 주 전공.

위드는 장벽을 보면서 차분히 숨을 골랐다.

'이 퀘스트가 나에게는 가장 중요해.'

여태까지 고생한 것들이 거의 마무리가 되어 가고 있었다.

이번 퀘스트를 끝내고 나면 헤르메스 길드로부터 살아남는 것만 남는다. 조각술 최후의 비기를 가지고 간다면 생존 확률, 혹은 승리할 가능성도 높아지게 될 것이다.

앞으로도 여러 퀘스트들을 진행하고 몬스터들을 사냥하면서 살아가겠지만, 사막의 대제로서 강해져 본 경험과 조각술 최후의 비기가 있다면 난이도가 높다고 하더라도 그리 어렵지만은 않을 것이다.

사실 조각술 최후의 비기 같은 특별한 스킬은 아마도 사기적인 능력을 자랑할 테니까.

그런데 막상 퀘스트를 실패해 버린다면 얻은 것도 없이 고생만 하다가 시간만 낭비하고 원래의 세상으로 돌아가는 꼴

이 된다.

'그래도 당장 눈앞의 급한 불은 끌 수 있지.'

엠비뉴 교단이 다시 커져서 중앙 대륙을 휩쓸게 될 것이다.

하벤 제국이 큰 피해를 입는다면, 어쩌면 아르펜 왕국을 정복하지 않고 회군할 수도 있지 않을까.

'이제 어떻게 해야 하나.'

위드는 이 퀘스트를 과연 최선을 다해서 성공시켜야 하는지부터가 고민이 되었다.

하벤 제국의 12개의 군단은 신속하게 움직였다.

중앙 대륙 정복을 마치고 얼마 되지 않은 시기였기에 각 군단별로 전투를 위한 최상의 상태를 유지하고 있었다.

"북부로 간다."

"대륙 통일이 얼마 남지 않았다. 행군!"

하벤 왕국 내의 한 부분을 차지하던 명문 길드였던 시절부터 끊임없는 전투를 경험하면서 단련이 되어 온 군대.

엠비뉴 교단과의 싸움도 대비하고 있었던 만큼 그 창끝을 북부로 돌리는 데에는 별도의 준비도 필요하지 않았다.

"마지막 싸움이 될지도 모르는데 방심은 있을 수가 없습니다. 완벽한 승리로 끝내야 합니다."

라페이와 참모부가 적극 개입하여 군단의 이동로까지 결정했다.

군단들이 주둔하고 있는 장소에서부터 중앙 대륙 하벤 제국의 영토를 횡단하여 북쪽으로 향한다. 각 도시들마다 미리 보급품들을 쌓아 놓고 있다가 그들이 통과할 때 건네준다.

어차피 하벤 제국의 침공은 알려지지 않을 수가 없는 것.

미처 대응하지 못할 정도로 신속한 이동을 하면서도 아군 전력을 최고의 상태로 보존하는 것이 관건이다.

하벤 제국 내의 상인 집단들도 군대를 따르면서 물자들을 과할 정도로 보급할 테니, 전쟁에서 가장 중요한 보급에 대한 부분은 문제가 되지 않았다.

라페이와 참모부에서는 전투 외적인 부분에 대해서는 철저히 배려를 해 주기 때문에 각 군단들은 편하게 싸움만 잘하면 된다.

"7개의 군단이 일차로 모여야 할 곳은 포르우스 강 앞이다."

렌슬럿이 북부 원정군을 이끌고 과감하게 넘었던 강!

200만이 넘는 거대한 군세가 모여서 정면으로 적을 공략한다.

북부 유저들로 구성되어 있는 풀죽신교의 반격도 당연히 시작될 것이다.

하지만 하벤 제국이 결집한 병력은 초보자 무리가 주축을

이루는 인해전술로는 끄떡도 하지 않는다.

7개의 군단이 유기적으로 움직이면서 중요한 지형들을 장악하고, 적들이 덤벼 오는 족족 괴멸시켜 버린다.

200만 최정예 군대의 정면공격은 북부 유저들이 아무리 덤비더라도 상관없다는 자신감의 표출이었다.

여기서 숫자는 아무 의미가 없다.

만 명이 있다고 하여 만 명의 전투력을 발휘하는 게 아니듯이, 어느 정도 한계를 초과하여 모인 병력은 큰 의미가 없으니까 말이다.

사실 200만의 군대 역시 적정 전투력을 발휘하기에는 필요 이상으로, 하벤 제국의 세력을 만천하에 시위하는 것과 마찬가지였다.

앞으로 대륙의 패자가 되고 나면 크고 작은 많은 반란이 일어날 수 있다. 점령 지역에서는 이미 소소한 저항들이 벌어지고 있기도 하다.

그리하여 그들에게 보여 주는 것이다.

봐라! 하벤 제국의 힘은 이렇게 강대하다!

너희가 그나마 희망으로 삼는 아르펜 왕국, 북부라고 하더라도 무력하게 짓밟힐 뿐이다.

점령 초기의 반감과 저항은 익숙해지면 저절로 사그라지게 될 것이다. 나중이 되면 먼저 헤르메스 길드 소속이 되려고 안달복달할 테니 잠깐 몇 달간의 시기만 넘기면 된다.

"큰 전투를 세 번에서 다섯 번 정도 이기면 북부는 괴멸하게 될 것입니다."

라페이는 원정군의 군단장들에게 그렇게 말했다.

보통 그가 말하는 것은 틀림이 없었다. 북부의 유저들이 제아무리 용기가 있더라도 다섯 번쯤 처절하게 몰살을 당하고 나면 알아서 기게 될 것이다.

헤르메스 길드는 지금까지 항상 무적이었다.

유독 위드에게는 패배를 경험했지만, 지금은 그도 없는데 무엇이 걱정인가.

나머지 3개의 군단은 느들란 산맥을 넘어서 나달리아 평원으로 즉각 진출했다.

하벤 제국의 본대 병력이 모라타와 아르펜 왕국의 왕궁인 대지의 궁전을 파괴한다. 그렇게 되면 적들은 지형이 험한 바르고 성채로 가서 장기간 농성을 하는 방법을 택할 수도 있다.

하벤 제국에서는 북부의 적들이 잠시라도 희망 따위를 품는 것은 허용하지 않으려 했다. 본대 병력이 모라타 파괴를 위한 전투를 할 때 우회한 병력은 바르고 성채를 먼저 짓밟아 버릴 것이다.

그리고 2개의 군단은 별도의 점령군으로 편성되었다. 그들은 산개해서 북부를 남김없이 쓸어버릴 것이다. 아무리 작은 마을이라도 모조리 부숴 버린다.

폭군 위드?

그가 전쟁의 시대에서 보여 준 것쯤은 애교로 느껴질 정도로 초토화를 시켜 버릴 것이다.

북부의 자랑거리인 위대한 건축물은 물론이고 도시의 흔적도 남기지 않으리라.

라페이는 모든 유저들에게 진정한 힘과 공포가 무엇인지 확실하게 각인시켜 줄 때라고 생각했다.

검치와 수련생들은 가끔 생각을 했다.

'우리가 싸움을 못했으면 어땠을까.'

공부를 하고 있으면 저절로 잠이 오고 머리에 쥐가 났다. 간단한 문서 분류와 같은 서류 작업도 피곤하기 짝이 없다.

사무직으로 취업이 되더라도 정신적으로 힘들어서 도저히 견디지를 못했다.

대신 공사 현장에라도 나가서 몸을 실컷 쓰고 나면 후련하고 개운하기 짝이 없는 단순한 이들.

검둘치가 벽보를 보고 달려왔다.

"스승님, 전쟁입니다."

"우리가 기다려 오던 날이 왔구나."

검삼치가 기회가 왔다면서 급히 아부를 했다.

"정말 스승님의 말씀대로 이루어졌습니다. 천기를 헤아리다니, 과연 스승님의 깨달음이 어디까지인지 모르겠습니다."

검치는 하늘을 보며 전쟁의 기운을 이미 읽고 있었다.

오랜 세월 동안 쌓아 온 경륜은 당연히 아니었고, 그냥 비 오는 날의 신경통 환자처럼 몸이 찌뿌듯했던 것이다.

'곧 제대로 한번 싸우려나?'

수련생들도 하벤 제국과 싸울 날을 기다리며 각자 사냥과 스킬 훈련에 집중하고 있었다.

그들은 무기술의 마스터를 목표로 퀘스트를 진행해 왔다. 그 과정에서 특수한 수련들을 하며 스탯과 스킬들을 얻어 냈다. 이제는 강한 몬스터들을 전력을 다해 해치우면서 레벨을 올리는 중이었다.

검둘치도 전투라면 당연히 신이 났지만, 도장을 책임질 후계자로서 뒷수습에도 신경을 쓰지 않을 수 없는 입장이었다. 자신과 수련생들이 약한 건 아니지만 저 막강한 하벤 제국의 군대에 맞서 싸워서 이길 수 있을 거란 생각은 도저히 들지 않았다.

"어렵겠지. 힘들겠지. 그러나 저놈들이 싸우는 방식은 텔레비전으로 몇 번 봐서 대충 어느 정도 알겠다. 마법을 잘 피해서 가까이 다가가기만 한다면 난전에 끼어들 수 있을 것이다. 강한 군대를 상대로 하는 전투를 겪어 보는 것도 좋은 경

힘이 되겠지."

"결국 아쉽지만 우리가 나서더라도 패배로군요."

검둘치는 고개를 끄덕였다.

어쩔 수 없는 운명이리라.

자신들은 약하고 적들은 강하다는 그 사실은 바뀌지 않으니까.

물론 검치와 수련생들이 약한 건 아니다. 실제로 베르사 대륙에서 그들과 비슷한 수준이라도 되는 단체를 찾기는 불가능할 정도다.

최소 레벨 400대.

검술 스킬 고급 9레벨 이상.

이런 제한이 있는 단체는 유일무이했기 때문이다.

이번에는 검삼치가 물어봤다.

"그럼 북부도 놈들이 다 점령해 버리고 말겠네요?"

"막내가 올 때까지 참아야지."

"막내가 온다고 바뀌겠습니까?"

검오치가 얼굴 가득 의문을 담아서 물었다.

하벤 제국의 침공!

자신들은 그냥 싸우는 게 좋아서 나서려는 것이니 지금 싸우든 나중에 싸우든 큰 상관은 없다. 제대로 싸움이 벌어져서 적들이 앞에만 있다면 몇백씩은 죽여 줄 것이다.

그렇지만 약점이 보이지 않는 하벤 제국의 어마어마한 군사력을 과연 위드가 이겨 낼 수 있을 것인가.

"지난번에 도장에 와서 훈련을 하고 있던 위드에게 하벤 제국의 군대가 쳐들어오면 막아 낼 수 있느냐고 물었다. 그랬더니 대답이 무엇이었는지 아느냐?"

"이길 수 있다고 하지 않았습니까?"

"못 이긴다고 했다. 중앙 대륙을 통일한 최강의 전력이니 막기가 버거울 것이라고 했다. 자신한테는 웬만큼 데어 본 적도 있어서 방심하지도 않을 테고, 시간도 있었으니 준비를 잘했을 거라면서."

"그러면 망하는 거 아닙니까?"

"싸움은 그렇겠지만, 큰 국면에서의 전쟁은 그렇게 단순하지는 않지."

검치가 재미있는 일을 남겨 둔 사람처럼 빙긋 웃었다.

"적들을 막아서 지킬 수는 없다고 했다. 싸우려고 하지는 않았지만 일단 싸움이 걸렸으면 적을 완전히 박살을 내지 않으면 안 되지. 위드는 하벤 제국을 갈가리 찢어 놓을 것이라고 했다."

"무슨 의미입니까?"

"말 그대로의 의미라고 들으면 될 것이다."

사범들의 심장이 쿵쿵거리고 거칠게 뛰기 시작했다.

얼마나 카리스마가 넘치는 발언인가.

저 넓고 큰 하벤 제국을 갈가리 찢어 버리겠다니!

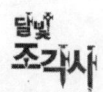

사내들을 달아오르게 만들기에 충분하다.

위드는 매번 죽겠다 죽겠다 하면서도 정작 싸움이 벌어지고 나면 눈빛부터가 달라진다.

어쩌면 싸울 때의 투쟁심이 솟구치는 그 모습이 진정한 본모습이 아니겠는가.

물론 위드가 했던 말은, 내용은 어느 정도 같아도 검치가 전달한 말과는 느낌이 많이 달랐다.

— 아 진짜, 짜증 그 자체인 놈들이라니까요. 옷에 달라붙은 껌처럼 지긋지긋하기까지 합니다. 막는다고 해결될 문제도 아니고… 이번에 저놈들을 갈가리 찢어 버려야죠.

TO BE CONTINUED

꿈의 도약, 로크에서 하십시오
(주)로크미디어에서 신인 작가를 모십니다

즐거운 세상, 로크미디어는 꿈을 사랑하고 도전을 두려워하지 않는 작가 분들의 참신한 작품을 기다리고 있습니다. 21세기 장르 문학계를 이끌어 갈 차세대 선두 주자 (주)로크미디어에서 여러분의 나래를 활짝 펴 보시길 바랍니다.

모집 분야 판타지와 무협을 포함한 장르 문학
모집 대상 아마추어 작가, 인터넷 작가
모집 기한 수시 모집
작품 접수 시 유의 사항

1. 파일명은 작가명_작품명.hwp형식을 갖춰 주십시오.
1. 파일에 들어갈 내용은 다음과 같습니다.
   - 성명(필명인 경우 실명을 밝혀 주세요), 연락처, 이메일 주소.
   - 제목, 기획 의도.
   - A4용지 1장 분량의 등장인물 소개.
   - A4용지 2장 분량의 전체 줄거리.
   - 본문.
1. 작품이 인터넷에 연재되고 있다면, 게시판명과 사이트의 구체적이고 정확한 주소를 기재해 주십시오.

선택된 작품은 정식 계약 후 출판물로 간행되어 전국 서점에 유통됩니다.
작가 분은 (주)로크미디어의 전폭적인 지원하에 전속 작가로 활동하시게 됩니다.
※ 자세한 내용은 로크미디어 홈페이지(rokmedia.com)를 참조하세요.

(140-133)서울시 용산구 원효로97길 46 5층
(주)로크미디어 편집부 신간 기획 담당자 앞
전화 : 02-3273-5135
www.rokmedia.com   이메일 : rokmedia@empal.com

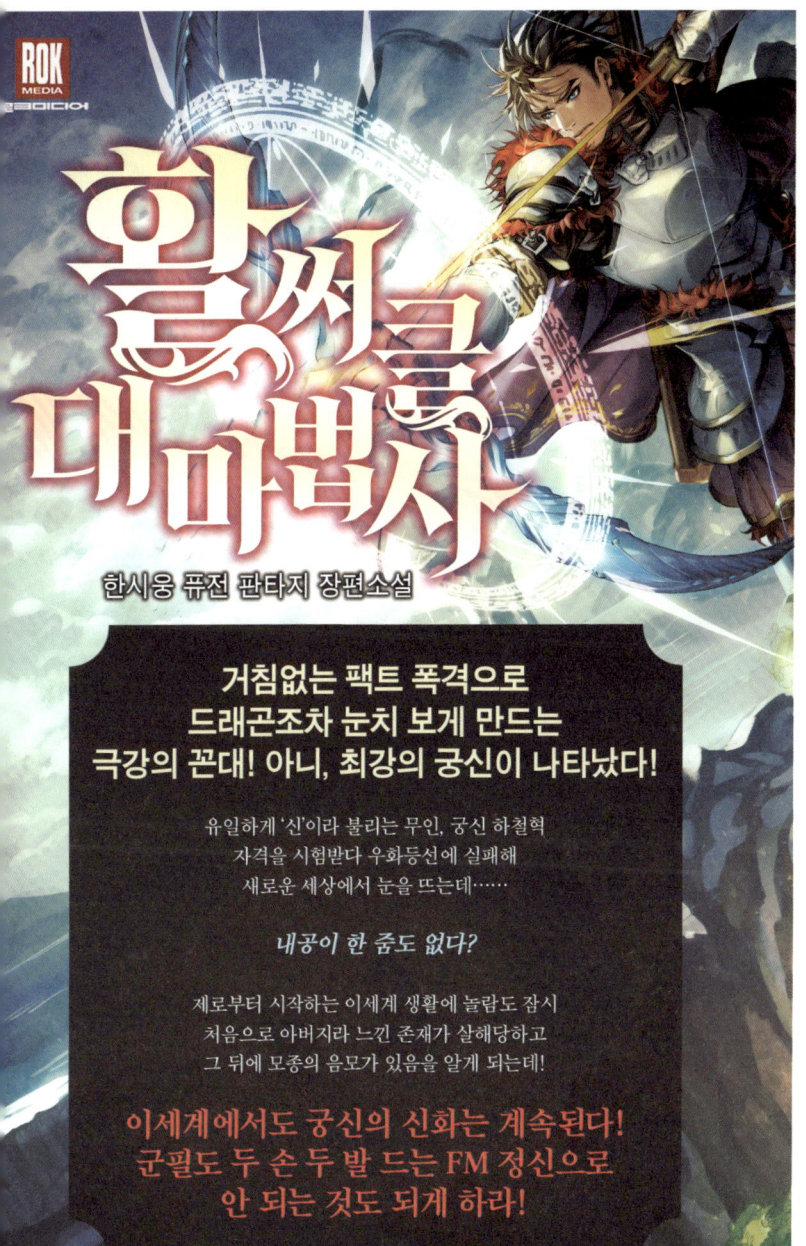